Werner Lansburgh

Wiedersehen mit Doosie

Meet your lover
to brush up your English

Nymphenburger Verlagshandlung

Personen, Schauplätze und Gedanken dieses Buches sind frei erfunden. Jede Ähnlichkeit mit einer lebenden Person außer der des Lesers ist rein zufällig.

Von Werner Lansburgh erschien in der Nymphenburger Verlagshandlung:
"Dear Doosie". Eine Liebesgeschichte in Briefen – auch eine Möglichkeit, sein Englisch spielend aufzufrischen. (1977, 3. Auflage 1978)
Frühere Werke:
"J" – Tourist wider Willen. (1968, vergriffen.)
"Schloß Buchenwald" – Roman aus der Fremde.
(Damokles Verlag, 1971)
Auf schwedisch, u. d. Pseudonym Ferdinand Brisson:
"Blod och Bläck". (Nybloms, Uppsala, 1943)
"En Vintersaga". (Nybloms, Uppsala, 1944)

2. Auflage 1981

Mit 30 Zeichnungen vom Verfasser

Satz und Druck: Poeschel & Schulz-Schomburgk, Eschwege
ISBN 3-485-00396-4
Printed in Germany

Again for D.,
der nie Geschenen.

Zweite Teile waren niemals gut.

CERVANTES, Don Quijote II

The second time, of course, was even better.

HENRY MILLER, somewhere

Preface

bedeutet “Vorwort”, Aussprache *préffis.*
Das wußte ich damals noch nicht,
I didn’t know.
Auch Du sollst es wissen,
Hoffentlich ist es Dir neu;
Denn ich möchte Dir etwas schenken
– to presént, schenken: the présent, das Geschenk –
Als Dank für mein Dreirad,
my tri-*trai*-tricycle,
Das Du mir wiedergabst
Wie es da stand
In that street
in Berlin.

You’re unpacking my suitcase,
Meinen Koffer,
After roughly-*ráffli* (about, ungefähr)
Fifty years:
Gibst mir ein reines Hemd,
A clean shirt,
and clothes
and shoes
and a pen to write with,
To work with.

You gave me the paper, *too*
(oder “as well”; aber Vorsicht bei “also”:)
You *also* gave me the paper.

You did,
Geliebte.

Nine Hundred and Five

Dear Doosie,
Imagine a man – denken Sie sich einen Mann, der Ihnen ein paar Dutzend glühende Liebesbriefe geschrieben hat. Ob das nun wahr oder frei erfunden ist, whether this is true or fictitious, spielt überhaupt keine Rolle, it doesn't matter in the least; denn was Sie hier lesen, gemeinhin Belletristik genannt, heißt auf englisch sowieso "fiction", also Edelschwindel.

Again: Imagine a man who has written dozens of love letters to you, und zwar in Form eines Buches, das Sie nicht gelesen zu haben brauchen, selbst wenn es existieren sollte.

Andere aber haben es gelesen, others did. In fact – fiction or no fiction – that book was a so-called best seller. Da nun der Autor jene anderen mit "Doosie" anredete, einer werbegerecht gemischten Brunstform von "Du" und "Sie", und sich bei diesen Annäherungsversuchen noch obendrein als deren Englischlehrer aufspielte, um sie aus einer ungewöhnlichen Entfernung – "Exil" heißt so etwas – einzufangen, so antworteten viele unserem Mann mit recht verliebten Leserbriefen. Doch Sie, Doosie, Du antwortetest nicht.

Klug, sehr klug von Ihnen.

Wie würden Sie "klug" übersetzen?

"Intelligent"? Hardly. "Clever"? No.

Wise of you, very wise.

Frankly, ehrlich gesagt, your silence, Ihr Schweigen, is one of the reasons why I love you. Words spoil so much, machen soviel kaputt. Genug, wenn *einer* schreibt. Let me, please.

Nun werden die anderen, die schrieben, für unsere Beziehungen – I mean you and me – recht vordergründig sein. Deshalb, for background, ein paar konkrete Einzelheiten. Once more, Doosie: It really doesn't matter, ganz egal, whether these details are true or pure imagination.

Als jene Liebesbriefe an Dich ernstlich auf dem Buchmarkt einschlugen – das ist noch gar nicht so lange her –, their author received hundreds of letters and/or telephone calls from all sorts of Doosies living in practically all parts of Germany – West Germany, to be precise, including West Berlin where he was born. They all wrote or phoned to Uppsala, Sweden, where he had been living since the days of Hitler, in exile.

Zuviel Englisch? Bitte bedenken Sie, daß Sie auch bei deutschen Schriftstellern nicht jedes Wort verstehen, sonst wär's ja keine seriöse Literatur. Im übrigen haben Sie schon die Hauptsache – the gist, nettes Wort, bitte merken, Aussprache etwa *dschisst*, entschuldigen Sie meine primitive Lautschrift –, die Hauptsache haben Sie schon mitgekriegt. Zum Beispiel diese Telefonanrufe, telephone calls, oder "exile", allerdings *écksail* ausgesprochen (wobei das *é* nicht französisch, sondern Betonung ist); auch "author" und "precise" haben Sie mitgekriegt – alles deutsche Fremdwörter. Zum Glück sind Sie ja ein gebildeter Mensch und können sich mit Hilfe solcher Fremdwörter oft über Erwarten gut im Englischen zurechtfinden, ich rechne damit bei Ihnen, ja baue darauf, als "grundlegend" – basic, fundamental, essential: alles Fremdwörter (wenn auch nicht im Englischen). Also bitte: nur keine Angst.

Nochmals, the gist-*dschisst* of it: There were hundreds of letters and/or telephone calls from all sorts of Doosies. OK?

As a result (wieder so ein hilfreiches Fremdwort) – as

a result, that man made up his mind, or decided, to see the most interesting Doosies. Er beschloß also, diese in der lieben alten, sicher jetzt ganz anderen Heimat aufzusuchen, bei ihnen seine Sprache aufzufrischen, to brush up his German (es war arg verrostet – yes, you can say "rusty") und sich bei dieser Gelegenheit, on this occasion, hopefully-hoffentlich with their help, nach Beschäftigungsmöglichkeiten im Lande jener Sprache umzusehen, "in case anything turned up" (Mr Micawber, "David Copperfield", Charles Dickens).

Zu diesem Zweck, for this purpose, his material had to be arranged systematically. By the end of February – d. h. jetzt, zur Zeit der Abreise – there were letters and telephone calls from a total of 904 Doosies, i.e. (d. h.) almost one percent (not *pro*cent!) – almost 1% of all readers, bisher etwas über 100 000, mostly women. In other words, there were over nine hundred openings for our man – *opening*, wichtiges Wort: Öffnung oder, weniger zweideutig, Chance, Aussicht auf Arbeit, eben besagte "Beschäftigungsmöglichkeit".

It was only natural, therefore, that he marked, markierte, this material according to the nature of those openings. Drei Farbstifte genügten: green for sex, red for work (social connections, literary contacts, etc.), and blue for money, including accommodation, Unterkunft. Natürlich überschnitten sich diese Kriterien zuweilen, they *overlapped* (bitte merken), but the more they overlapped, the better.

Um Ihnen eine ungefähre Idee von dem zu geben, was auf uns beide in Deutschland zukommen wird – if there is no delay, Verspätung, my train from Uppsala will be in your country this evening – well, to give you an approximate idea of what may be in store for us, eben auf uns zukommen mag ("be in store": please remember), hier eine Aufteilung, a breakdown of the material. Bitte auch "breakdown" merken, bedeutet nicht nur "Zusammenbruch" und wird vielleicht im PS verhört.

Diese Zusammenstellung, this breakdown, sei jetzt einmal vorwiegend auf englisch vorgetragen, ich bitte um Ihr Vertrauen (typisch Mann!), please put your trust in me, Sie werden sehen, daß alles nicht so schlimm ist, it won't be half as bad as it may seem.

Let's start with green, meaning a possible sex opening for our man:

Of those 904 Doosies, 116 had sent photographs (*not* "photographies"!) of which 70-odd, gute siebzig, suggested suitability for bed. Sixteen are blondes, five pitch-black, four reddish. The rest, forty-seven to be precise, are something in between – "mousy" is the word, bitte merken –, mostly some kind of murky (dirty darkish) brown, eine meiner Erfahrung nach für Männer besonders anstrengende Zwitterfarbe.

Jetzt bitte nicht zurückblicken, es kam nämlich eben im Zusammenhang mit den 47 Fotos vor: Wie schreiben Sie *vierzig* – "fourty" oder "forty"? You may look back now. Aufpassen bitte.

Incidentally, übrigens, three of these photos are of men: an elderly ballet teacher calling himself Rosa, a Graeco-Roman wrestler, Ausspr. *réssl(e)*, Ringer, nineteen, featherweight, 58 kg (fascinating photo, almost Michelangelo's David), and a 67-year-old Oberstudienrat in gym shorts, Turnhosen, who said he never was a Nazi.

As to my red and blue markings, money et cetera, eighty-two Doosies are influential-einflußreich, either "culturally", socially or financially, most of them being over sixty. These ladies include an elderly water-colour artist (deutsch: Aquarell-usw.) living alone in a stately Hamburg-Blankenese house and having excellent connections with the Norddeutsche Rundfunk. Another particularly "red" one is Anastasia, a Russian *émigrée* living in Pinneberg, earlier in St. Petersburg, still going strong at 76, allegedly-angeblich a great-granddaughter, Urenkelin, of some cousin of Tsar Nicholas II (yes, II, not II., *ohne* Punkt). She was a journalist and now helps to compile the bestseller list of *Der Spiegel*. ("Red" as "red" can be, for me.)

Thirty-seven letters or small parcels contained – in jenem Buch war etwas heimatduselig davon die Rede gewesen – nun, 37 Sendungen enthielten Schokoladenmaikäfer mit Pappbeinen und/oder Dr. Oetkers Götterspeise, alles liebevoll in Blümchenpapier eingepackt, oft mit Goldschnur rundherum. Es geht nichts über deutsche Leser, sie sind seelenvoll. Yes, Doosie, they *are*, even if you call me a cynic or, still worse, ask me to translate *seelenvoll*. Englisch ist nicht so.

Telephone calls came mostly on Fridays. Das hängt mit einer Phantasieverabredung zwischen Autor und Leser in jenem Buch zusammen – a "blind date", fairly sexy, "every Friday, 10 p.m. sharp". Einzelheiten vielleicht später, Sie sind für so etwas im Augenblick nicht in der rechten Stimmung.

So much for background, als allgemeine Orientierung. Sie mögen daraus ersehen, daß Ihr Englisch reicht, Sie haben mindestens die Hälfte verstanden. (Es wird nicht schwerer werden, put your trust in me ...) Und weiter wird Ihnen hinlänglich klargeworden sein, daß unser Mann genügend Beschäftigungsmöglichkeiten (openings) in seiner alten Heimat hatte.

You may have a question here.

Wieso "Beschäftigungsmöglichkeiten"? Der Mann hatte doch schließlich Erfolg – he was (since last year) an "established author" as people call it. Warum blieb er nicht in seinem Uppsala und schrieb ein neues Buch an seine Doosies aus der Ferne? Or, if Sweden was not good enough for him, why didn't he write his English-German stuff in a comfortable bungalow somewhere on the Côte d'Azur? Seine Honorare hätten dafür gereicht.

Der Grund: Der Mann begriff seinen Erfolg nicht, it didn't enter his head that he had arrived (bitte merken: daß er "angekommen" war). He simply couldn't believe it. If you have been living in exile for over forty years –

– "you" ist bekanntlich "man" oder "Du/Sie". Mit Recht. Denn jedermann hat ein Exil, auch *Sie* haben eines, und da ich Ihres nicht kenne, Doosie, nimm meines, auch wenn überstanden, als ein kleines tröstendes Beispiel. The misery of others always helps.

Again: If you have been living in isolation for so many years, practically without a language to communicate in or things to communicate about, in fact Sie dann plötzlich durchkommen, when you have a breakthrough all of a sudden, when you can speak and write and live and work again – werden Sie das begreifen können?

Perhaps you will. Frauen sind klüger. But he didn't. He had been deep-frozen, tiefgekühlt, since 1933. Now that he'd suddenly come to life again, he had what you might call "Phantomschmerzen", imaginary pains like those of a leg long lost: he still longed for "openings", for *work*.

Arbeit! Als wenn er am Verhungern wäre! Das mag typisch für seine Generation sein – typical *of* (not *for*!) his generation – in seinem Fall sogar besonders typisch: Er war nicht nur Deutscher – hard-working people, these –, sondern auch Jude. Jews always are more typical than everybody else. Besonders, wenn sie noch obendrein getauft sind. He was (baptized, I mean), und noch dazu ein Preuße, Prussian, Aussprache martialisch: *Praschn.*

Clearly, klar, in today's Germany such a creature-*krietsch(e)* must be a relic of times long passed – "relic", Reliquie, wieder mal ein hilfreiches Fremdwort, ausgesprochen *réllik*: He is a fossil so to speak, ausgesprochen *fossl.* Oder gibt es so etwas auch heute noch in Deutschland? Ich muß mal nachsehen. What I mean is the German *Arbeitstier,* a word which – Gott sei Dank! – cannot be translated into English.

Think of him what you like. But such is your lover.

Ich muß jetzt Farbe bekennen, denn Sie haben's inzwischen sowieso gemerkt. Ein Mann, der seine neunhundertvier Doosies grün, rot und blau anstreicht, um sich in seiner Exheimat hungrig wie ein Wolf auf sie zu stürzen, und dies der einzigen Geliebten (Dir) gleichzeitig berichten will, der kann doch nur *eine* Art von Geschichte schreiben, one kind of story only. Um das Kind beim rechten Namen zu nennen, to call a spade a spade:

This is the story of an MCP or "male chauvinist pig", wie angelsächsische Feministen erzreaktionäre Männer meiner Art zu bezeichnen pflegen.

"Pig" als Schimpfwort bitte nicht mit "Schwein" übersetzen, das wäre viel zu grob und hieße auf englisch etwa "swine", in Oxford-Wörterbüchern mit Recht als Tabuwort bezeichnet. Wir haben es schließlich mit einem angelsächsischen Pig, nicht mit einem deutschen Schwein zu tun, und ein solches möchte ich möglichst nicht sein. I think we can agree on that, Doosie, can't we?

"Chauvinist" dürfte Ihnen gleichfalls bekannt sein, wieder einmal ein hilfreiches Fremdwort; bedeutet übrigens auch im Englischen "nationalistisch", ist also auch dort das falsche Wort für die in Rede stehende Erscheinung. Und was schließlich "male" betrifft, so lernen Sie es bitte oder, falls bereits bekannt, gebrauchen Sie es öfter als Sie's tun. You seem to say "man" or "masculine" all the time. Say "male" once in a while, it sounds more emancipated.

Nochmals, um mein Gewissen zu erleichtern und Ihren Sprachschatz zu bereichern: This is the story of an MCP, *emm ssi pi*, or male chauvinist pig. Daß Sie an einen solchen Mann, mich also, geraten sind, ist – –

Bitte das soeben vorgekommene "Daß Sie ..." übersetzen, den Rest können Sie sich schenken.

That you ... Nein.

The fact that you've run into an MCP like me is no doubt, zweifellos, the best thing that could happen to you. Als selbstbewußte Frau, die ihr Englisch aufpolieren will, wäre Ihr idealer Lehrer doch sicherlich ein Mensch, der jede Rücksicht auf Sie nimmt, der Ihre leisesten, ihm nicht einmal bekannten Reaktionen mit einfühlsamster Selbstlosigkeit beobachtet, Sie wie seinen Augapfel hütet – like the apple of his eye – und sich bei jedem englischen Wort aufs liebevollste überlegt, ob und wie er es Ihnen unterjubeln kann. Clearly, this can best be done by a person who loves you. Now there is nobody in the world who loves you more unselfishly, selbstlos, than a male chauvinist pig. Das klingt paradox, besonders mitten in der gegenwärtigen Emanzipationswelle, Women's Lib, ist aber logisch:

An MCP, especially one of the German variety (the *Arbeitstier*), has one great love: his WORK. Nun sind Sie als meine Schülerin der Gegenstand meiner Arbeit, you are the subject – nein, Doosie, nicht "object"! – you're the *subject* of my work. Auf deutsch: ich liebe Sie.

Daß ein solcher Mann unter Arbeit alles versteht

– selbst Sprache, mitmenschlichen Bezug, jedes normale Funktionieren überhaupt, zum Beispiel Briefeschreiben, Geliebte – darf Sie in diesem Kaspar-Hauser-Fall nicht überraschen, it shouldn't surprise you. Auch dies nicht, und das ist für unser zukünftiges Verhältnis besonders wichtig: He keeps mixing up Work and Sex.

There are reasons for this. For one thing, as everybody knows who ever practised it, sex *is* a kind of work. And for another thing, sex is a language which even a deaf-mute can speak, *deff-mjuht*, selbst ein Taubstummer, warum also nicht ein über vierzig Jahre lang der eigenen Sprache entrückter Sch— ... ja was? "Schriftsteller"?! Anyway: no wonder that our man mixes it all up. Vielleicht verwechselt er sogar "Doosie" mit "Deutschland" und wird bei seiner Sucht, "in" zu sein, noch obendrein obszön: Into Doosie ...

Auch sein Alter verwechselt er. On the one hand, he is twenty-one, pre-Hitler, his "German age" as he calls it, sein "deutsches Alter". On the other hand, wie Sie sich das vielleicht schon selber ausgerechnet haben, as you may have figured out yourself, he is much older. To take a metaphor from English literature, he is the picture of Dorian Gray and Dorian Gray himself rolled into one – bitte "rolled into one" merken, etwa "in einer Person", das wird todsicher im PS verhört.

Im Grunde also zu jung für Sie, und auch wieder zu alt. Suchen Sie sich etwas Passendes in dieser Altersspanne aus, Sie allein werden das Richtige finden. A book is printed for thousands, hopefully for hundreds of thousands, but it is written for One. Of course you are the One. Die anderen mögen Englisch lernen.

Komisch: All my 904 Doosies, whether married or divorced, twenty-one or sixty-five, photo or no photo, seem to be open for a personal meeting in which anything might happen, *alles*, anything (not "everything").

Nur eine will nicht. Number Nine Hundred and Five.

Because – weil Du keine Lust hast, eine von Hunderten zu sein?

"Och, das würde mich nicht sonderlich stören."

Good, Doosie, großartig. Why not then? Because I am a male chauvinist pig?

"Das kann zur Abwechslung auch mal ganz nett sein."

Donnerwetter. Danke. Well then, what's the reason? Is it perhaps because bed –

"Ja."

– because bed is more real on . . .

"Ja."

– Du hast mich nicht ausreden lassen, Number 905. Das müssen wir ganz genau wissen, besonders jetzt: Mein Zug nähert sich zusehends der deutschen Grenze. Do you really mean to say that the best place for making love is on –

"Ja!"

– on printed paper?

"Mein Gott, ich hab's doch schon dreimal gesagt."

Come, Doosie. Komm, Geliebte.

P.S.

This P.S. is a kind of minitest, eine kleine Nachkontrolle. I think we ought to have this sort of thing after each of our sessions. Wenn Ihnen das zuviel wird, or if you're tired, skip it (ignore it), *provided that*, *vorausgesetzt daß* Sie während jeder unserer Sitzungen ernstlich vorhaben, sich dieser Nachkontrolle zu unterziehen, auch wenn Sie's später sein lassen. Wer Angst vor einer Prüfung hat, paßt nämlich vorher besser auf.

1. Bitte um krasse feministische Bezeichnung für einen unausstehlich reaktionären, dominierenden Mann, in English please, both abbreviated-abgekürzt and in full. Nicht zurückblättern! Schlimmstenfalls auslassen!

2. Fremdwörter, stellten wir fest, sind nützlich, weil man sich mit ihnen im Englischen oft über Wasser halten kann. Bitte per "deutsche" Fremdwörter ein paar Übersetzungen von "grundlegend", drei kamen vor.

3. Jetzt ein bißchen Vokabel-Paukerei, ziemlich langweilig, muß aber wohl auch sein. Bitte um "Verspätung" – kam im Zusammenhang mit meinem Zug aus Uppsala vor. Weiter bitte "Enkelin" – Anastasia war's, die Urenkelin von ... ach, nehmen Sie das bitte auch gleich mit, "Urenkelin". Weiter "Tiefkühltruhe" – wir hatten nur "tiefgekühlt", in Schweden war's; vielleicht haben Sie Glück: Verben sind oft auch Substantive. Dann bitte noch "taubstumm" und "Aquarell" (die gute Pinslerin mit ihren NDR-Kontakten).

4. Bitte "Prozent" und "Ballett" auf englisch, es kommt da auf kleine Rechtschreibungsnuancen an. "Ballett" auch bitte laut aussprechen. Danke. Weiter:

Erinnern Sie sich noch an "Arbeitsmöglichkeit" sowie – wir waren bei einem umfangreichen weiblichen Briefmaterial – an "Aufteilung" im Sinne von "Klassifizierung"? (Well, yes, "classification" is all right, freue mich, daß Sie an unsere "Fremdwortmethode" denken, aber etwas ausdrucksvoller bitte, deftiger.) Thanks.

5. "... wie Chaplin und Churchill in einer Person." Habe Sie ausdrücklich gebeten, sich dieses "in einer Person" zu merken (bei Dorian Gray war's). Speaking of – or apropos of – Dorian Gray, hier eine letzte Aufgabe, aber *nur*, wenn Sie wirklich Lust dazu haben, if you really feel like it: Please summarize in a few words – two or three short sentences will do – the plot or story or *Handlung* of Oscar Wilde's "The Picture of Dorian Gray", in English of course. Wenn Sie's auch auf deutsch nicht können, *skip it* – or, if you feel like it, tell me the story of your life instead, aber auch in diesem Falle, *please,* nicht mehr als zwei bis drei kurze Sätze ... OK?

It would be nice if you'd put your answers in writing. Here is space for you. Der Platz wird schon reichen, denn wenn Sie auch nur die Hälfte meiner Fragen beantworten können, ist's mehr als genug.

?

?

?

?

?

So much for *your* answers. As to mine, they will have to be hidden a little, sie müssen schon etwas versteckt werden, damit Sie mir nicht mogeln, to keep you from cheating. Weshalb ich Ihnen jetzt zur Ablenkung – as a "red herring" ("roter Hering", Ablenkungsmanöver) – von meinem liebsten Doosie-Brief erzählen will, wenn auch bei schlechtester Beleuchtung. (My train is on the ferry, Fähre, somewhere between Denmark and Germany.)

It was a large white envelope, ein großes weißes Kuvert. Der Absender war "Doosie", ohne Adresse, auch ein Brief war nicht zu finden. The envelope carried my name, c/o my publisher-Verlag. It contained (a) one Schokoladenmaikäfer mit Pappbeinen, und (b) one packet of Dr. Oetkers Götterspeise.

Auch aus dem Poststempel – English: postmark – ließ sich nichts Näheres entnehmen, it was illegible, unleserlich. Und die Briefmarke, the stamp, zeigte eine mir in frühester Kindheit sehr vertraute Wiesenblume. Wie war ihr Name? Wie konnte man denn so etwas vergessen? Auch auf der Briefmarke war kein Name ersichtlich, vielleicht, weil jeder diese Blume kennt. Es ist alles schon so lange her.

Sometimes I like to feel that this letter came from you.

Bitte auf englisch: 1. Fähre; 2. Kuvert; 3. Verlag (wörtlich "Verleger"); 4. Poststempel / Briefmarke; 5. Ablenkungsmanöver.

Please answer my earlier questions 1-5 first. Have you done so? Don't cheat!

1: ferry. MCP or male chauvinist pig. (Zu "male" bitte noch "female" für *Ihr* Geschlecht merken, ausgesprochen *fí—meil,* Sie sagen mir zu oft "woman" or "feminine". Der lange Strich, *fí—*, bedeutet: bitte mit *langem* i aussprechen.)

2: envelope. Basic, fundamental, essential – und was Ihnen sonst noch für Fremdwörter einfallen, "elementary" zum Beispiel.

3: publisher. Delay, granddaughter, great-granddaughter, deep-freeze (or simply "freezer"); deaf-mute, water colour.

4: postmark / stamp. Percent. (Schrieben Sie "%"?

Kluges Kind! Ballet, Betonung auf der ersten Silbe, ungefähr *bállei*. Weiter: Opening. Breakdown.

5: red herring. “like Chaplin and Churchill rolled into one.” – Was schließlich “The Picture of Dorian Gray” betrifft, it’s roughly – very roughly, sehr ungefähr – the story of a young man who, by having someone paint a miraculous portrait of himself, remained young: His picture, somewhere hidden in his house, in the dark, irgendwo versteckt, im Dunkeln, alterte an seiner Stelle, vergessen, gleichsam im Exil. The end is tragic, not tragic*al*.

Doch doch, Doosie, Sie können auch “tragical” sagen, man wird Sie ohne weiteres verstehen. But “-ic” is often more expressive than “-ical”.

Im übrigen bin ich Dir noch eine Übersetzung schuldig: Das Bild “alterte an seiner Stelle, vergessen, gleichsam im Exil”.

... aged for him, forgotten, as if in exile.

Ein leichtes Schaukeln der Fähre. Wir sind in Deutschland.

Kümmel! I remember now.
Did you tell me?

The Reindeer

Dear Doosie,
I had better spare you my euphoric feelings on arriving in Germany, ich sollte Sie lieber damit verschonen. Man soll seine schlechte Laune nicht an anderen auslassen, aber auch – wie jetzt – seine gute nicht. It might irritate you if I described my orgastic feelings when having my first *Apfelkuchen* at one of those shops in the Hamburg Central Station, let alone, *geschweige* – let alone my feelings when having around me a language which once was, perhaps still is, my own. Ich glaube, eine gewisse Zurückhaltung wäre hier schon am Platz. Denn schließlich rührt Sie doch wohl irgendein "huhu!" in irgendeiner Bahnhofshalle nicht zu – well, it doesn't move you to tears, does it?

"Ich sollte Sie lieber damit verschonen" auf englisch bitte. Dieses "sollte" fertigen Sie wohl meistens mit "should" an. Nicht falsch, aber es gibt da etwas Eleganteres. You'll find it in the first words above. Aufpassen bitte. Try to learn while reading. Don't wait for me to ask you questions. Be your own teacher. There is no better teacher than yourself.

Zum Beispiel: "ganz abgesehen von –", in English please. Kommen Sie mir jetzt bitte nicht mit Ihrem "except" plus Standardfrage, ob's "except" oder "excepting" heißt. Beides meinetwegen, aber nicht hier. Kam ebenfalls im ersten Absatz vor, dort mit "geschweige" übersetzt.

O doch, "not to mention" geht auch, falls Ihnen das vorschwebte.

Was? Ihnen schwebte *gar nichts* vor?

Again: I had better spare you the euphoria of my arrival. Sie wohnen ja schließlich in dem fraglichen Land und haben vermutlich genug davon, schon rein wörtlich genommen, ohne jedes Werturteil: You have got enough of it around you, while I have had too little of it so far, bisher. So I had better – *had better* – control myself.

Die Euphorie des Ankömmlings – mein Gott, was mir deutsche Touristen bei ihrer Ankunft in Uppsala von dieser Stadt, und von Schweden überhaupt, vorzuschwärmen pflegen! Now I, for my part, have had more than enough of it. But I have learnt to keep my mouth shut. One shouldn't be a spoil-sport, Spielverderber (wofür man auch "kill-joy" sagen kann oder noch schöner: "wet blanket", nasse Bettdecke, kalte Dusche, wird alles im PS verhört) – no, really, one shouldn't spoil other people's happiness.

Aber einen kleinen Rat möchte ich Dir dennoch geben, a little piece of advice: If you have been in a foreign country for a few days, say in Sweden – bitte "say" für Dein zu oft gebrauchtes "for instance" bzw. "for example" merken – – nochmal: If you have been in a foreign country for a few days, *say* in Sweden, dann verwende bitte nicht mehr als eine – höchstens zwei – Stunden dafür, einem Eingeborenen, a native, *say* a Swede, or, *say*, a Berliner living there for half his life – einem solchen Einwohner das Land in allen Einzelheiten zu erklären. We all know that the Germans are an observant people, particularly concerning foreign countries, but there are limits.

Wo wir bei der Euphorie des Ankömmlings sind, speaking of the newcomer's euphoria in a foreign country (die erste Silbe von "euphoria" bitte *ju* auszusprechen), so läßt sich diese Erscheinung auch verwissenschaftlichen. In the hope of getting a university scholarship for this – a scholarship, *sköll(e)schip*, ist ein Stipendium – let me propose (submit, put forward) the Theory of the Addition Effect. As follows:

In coming to a foreign country, *say* to Sweden, you might be delighted, entzückt, to eat something you have never had before, *say* a reindeer steak ("reindeer", *rein*-usw., Renntier). In other words, you'll be delighted to find that the Swedes have a delicious speciality – in addition to ordinary things of course, such as Hasenklein, rote Grütze, Bratwürste oder – it makes my mouth water – rohen Schinken.

Nun gibt es aber kein Hasenklein (*let alone* Hasenbraten), keine rote Grütze, Bratwürste bzw. rohen Schinken in Schweden, und vieles andere auch nicht. Nicht einmal einen Franz Josef Strauß gibt es, auf den Sie schimpfen können, oder den Inbegriff der Heimat: Brötchen.

What you have been doing is adding new things to old ones you're used to, but which don't exist in that country. Manche Deutsche gehen sogar soweit, das für sie vielleicht reizvolle Phlegma albinoblonder Schwedinnen zum Temperament brünetter Münchnerinnen zu addieren. O God. (I may make the same mistake with my *Apfelkuchen*. Please let me.)

So much about the Addition Effect in a foreign country. Daheim werden Sie diesen angenehmen Effekt vornehmlich in der Ehe genießen können: Having a lover on the side, you'll find that he has qualities your husband hasn't got – his bringing you flowers, for instance – until you discover that this is the one and only quality he has.

Woraus sich folgern läßt, daß ein Geliebter, der Ihre Häuslichkeit, insbesondere Ihr Verhältnis zu Ihrem Ehepartner, nicht wesentlich bereichert, völlig wertlos ist. What's the use of a lover who doesn't make you happier? I hope to be of some use to you, Doosie, if only with a bunch of flowers.

Bei Frau Greier-Hoeffner hoffte ich das weniger intensiv. The fact that her name was hyphenated, bindegestrichelt, seemed to suggest some sort of tragedy. In England, hyphenated names usually are a sign of the aristocracy or the upper class, während so etwas in Deutschland zumeist auf Menschen deutet, die Künstlerinnen, Feministinnen, geschieden oder sonstwie unglücklich sind.

Now, Frau Greier-Hoeffner *was* an artist – she did landscapes (water colour) – and was divorced. Das wußte ich schon aus ihren Briefen. Auch daß sie über sechzig war. But she had plenty of her ex-husband's money, a ten-room villa in Hamburg-Blankenese and, most important of all, an (ex-)brother-in-law-Schwager who was one of the big bosses in the NDR or Norddeutsche Rundfunk. Weshalb ich einen ihrer ersten Briefe mit zwei dicken roten Strichen neben "NDR" versah. As you may remember, red is for "work". Ich habe nichts dagegen, meine Bücher mit viel Schweiß und Mühe fürs Fernsehen zu verhunzen und Dich an .... (name of famous German actress) zu verramschen.

And here she was in the Hamburg Hauptbahnhof, trotz or in spite of my two-hour delay ("delay" hatten wir schon), patiently waiting on platform 13, with a terrific-riesig-schreckenerregend bunch of flowers. Ganz anders als Deine Briefmarken-Blume.

Vieles war schon brieflich angedeutet: Like everybody else, Frau Greier-Hoeffner *had* a tragedy all of her own und wartete auf eine baldige Gelegenheit, dies näher zu erklären, möglichst schon im Taxi. (I sometimes wonder why Germans don't print a résumé of their respective tragedies, including their *Weltanschau-*

ung (untranslatable), on the back of their visiting cards to get it over and done with once and for all, um es ein für allemal loszuwerden – bitte "to get it over and done with" merken. Noch ausdrucksvoller: "to get it out of their system".)

Es fing schon an, als ich meinen ersten Apfelkuchen in der Bahnhofshalle verzehrte. She said she had – nun (sie stockte), sie habe sich sehr nach mir gesehnt. And then she asked me whether I, too, had been longing-sehnen (mich) for her, "ein ganz klein bißchen".

Vermutlich hatte ich ihr etwas zu freundliche Briefe geschrieben. It's all my fault, Doosie, or rather the fault of that ex-in-law of hers, the NDR big shot. ("Big shot", wenn neu für Sie, ist wichtig: "große Kanone" etwa. By the way, you can also say "big gun".)

What would you have done if you had been in my shoes – "in meinen Schuhen", an meiner Stelle? Would you have gone with her to that Blankenese house of hers as she suggested? Or would you have told her right away that you didn't feel like *sehnen* but rather believed in "pure friendship", if possible in its purest NDR form?

Ich faßte Mut. Im Taxi, auf dem Weg zu ihrer Blankenese-Villa, erklärte ich, ich zöge ein einfaches Hotel vor. Es war ein harter Kampf. Hospitality is a relentless virtue, auch auf deutsch: Gastfreundschaft ist eine erbarmungslose Tugend.

Eventually – schließlich, nicht "eventuell", hab's meinen Doosies bereits über 500 000mal gesagt, vier- bis fünfmal in jedem bis dato verkauften Exemplar, und dennoch sei's wiederholt – eventually-*schließlich* Mrs Greier-Hoeffner gave in, gab also nach und half mir, ein Hotel zu finden. We found one. I wanted a single room but she insisted on one with a double bed. Ich könnte mich da besser ausstrecken, meinte sie.

Then she took me to a posh or *piekfein* restaurant, a Scandinavian it was, and ordered a big reindeer steak for the two of us. Sie wollte mir etwas ganz Besonderes antun, sagte sie, " a special treat" (sprachlich korrekt).

Beim dritten Glas Bordeaux – I hate red wine, I had suggested *Bocksbeutel,* but to no avail (vergeblich, Sie sagen mir zu oft "in vain") – beim dritten oder vierten Glase war Frau Greier-Hoeffner, nunmehr Magda, sehr tief geworden, "seelisch" möchte ich sagen, denn "Seele" – engl. "soul", nur einmal jährlich zu gebrauchen, dagegen afro-amerikanisch jederzeit auf Deinem Plattenspieler auflegbar – nun, "Seele" war jetzt ihr drittes Wort. Sie bohrte mit diesem Worte tiefer und tiefer – I guess this is the female version of what feminists call male "penetration". Eventually – *schließlich*, wie gesagt – she said that she *loved* my soul, and that it was for this reason that she had insisted on a double bed. Thus (therefore, consequently) I had to reveal my secret to her, ich mußte ihr mein Geheimnis offenbaren:

"I *have* no soul", I said.

This was the truth, and still is. Sie wissen es bereits, Doosie, aber Frau Greier-Hoeffner wußte es eben nicht. She did not know that a man's soul, at least that of a so-called male chauvinist pig (made in Germany), is in his work alone. Admittedly, zugegeben, work can also be performed (done) in a double bed, but in my case there are age limits, Altersgrenzen, as regards the other sex.

Nicht beleidigt sein, bitte. Lassen Sie mich erklären. Work must be a challenge (wichtiges Wort: eine Herausforderung, eine wirkliche Aufgabe). It must give you the feeling, Gefühl, of being an insider. Now, for a man seeking an "opening" after forty-odd years, and being pretty old himself – for such a man a double bed shared with someone of an equally depressing age is hardly-*kaum* a challenge.

Don't call me names, Doosie. Try to understand, especially if you want to learn English. Be sensible, *sénns(e)bl* – nicht das deutsche "sensibel", sondern "vernünftig". Be human, *hjú—m(e)n:* be a woman, whatever your age – egal welches Alter, meinetwegen achtzig. *Du* darfst jedes Alter haben, any age, because you are a challenge, you are *the* challenge, with every word I write.

"Aber Du *hast* eine Seele", said Frau Greier-Hoeffner, using "Du" for the first time. She was quite sure of it, she said, because she had read my book.

"Ich *habe* keine Seele", I repeated.

"Doch!"

"Nein!"

"Ja!"

"*Nein!*"

"Weißt Du, was ich jetzt machen möchte?" asked Frau Greier-Hoeffner.

There was silence on my part.

"Ich möchte Dich beißen!"

My thoughts went elsewhere. Beißen, schöne Sache, an sich. My thoughts went to Erika. I have a typewriter by that name (Work), a very old one, and a Doosie, jung und knusprig (26), Hamburg, eigene Kleinwohnung, Handschrift vielversprechend gekurvt und knubbelig, Foto (im Bikini) in angenehmem Kontrast dazu ausgesprochen schlank, *slim,* Telefon 472. . . . etc.

Liebevoll sah ich Frau Greier-Hoeffner an and told her that I had a splitting headache, schreckliche Kopfschmerzen. Ich sagte das so glaubwürdig, daß ich sie bekam. Frau G.-H. meinte, die anstrengende Reise sei daran schuld, ich müsse mich unbedingt schonen. (Schonen! In that bloody double bed of hers!)

Ich nickte schwach und verschwand in Toilettenrichtung. Ich ging leicht gebeugt, like a grand old man, with a splitting headache as a mark of distinction. (Nur *leicht* gebeugt, wie gesagt, with a *slight* stoop, die volle Krümmung der ganz Prominenten kann ich mir bei meiner rassisch begrenzten Körperlänge nicht leisten, I can't afford it, und "afford" wird vielleicht im PS verhört.)

Gegenüber der Toilette – opposite the lavatory there was what I had expected: a telephone. Kerzengerade, mit jugendlich-federnden Schritten (my German age) ging ich darauf zu.

At first I had some trouble with the telephone. It clicked and buzzed and then informed me that the *Gespräch* was *beendet*. Now if you don't understand the habits or the language of a foreign country, there is always money to help you. I put in a five-mark piece, three times. At the third time the thing worked.

"Doosie?"

"Wiebitte?"

"Doosie?"

"Oh, it's *you*!"

"Tonight?"

"Yes, fine."

"At what time exactly?"

"Take a taxi."

There was a click. Five marks back.

Good night, Doosie.

P.S.

Wie es mit Erika ging? If you're interested, I'll tell you tomorrow. For the moment, we have to do our revision – wobei "revision" leicht mißverstanden werden kann; bedeutet gerade das, was wir jetzt vorhaben: Wiederholungsübung. Und da habe ich eine wichtige Frage:

Wenn Sie einen Mann vor sich haben – having before you a man who constantly mixes up Work and Sex, how would you behave yourself? Let's take Sex for instance: Would you be passive? There are many women who are. Das scheint sich in den letzten Jahrzehnten zwar etwas gebessert zu haben – things seem to have improved a bit over the last decades, but even so real *Mitarbeit* still seems to be rare.

I asked you this morning to be your own teacher, *aufzupassen*, to be *active*. If you have been passive, these postscripts will confront you with things you don't remember, and you'll feel miserable. (Man sagt das sehr oft, "to feel miserable", bitte merken.)

But if you have been active – the best English word for this is *co-operative*, "mitarbeitsfreudig" (for instance in your job, your family, your social or political organization, your bedroom, etc.) – if you have been co-operative, meaning *active*, this and any other P.S. will be our "second go" so to speak. Take that in the sense you like. Macht Spaß. Here we go:

1. Spielverderber – möglichst mehrere Ausdrücke. Weiter, etwas trockener und vokabelmäßiger, aber es hilft ja alles nichts: Schwager, schreckliche Kopfschmerzen, Gleis 13, Schreibmaschine (Erika), schlank (Erika) und meinetwegen auch: Renntier.

2. Bitte um a) "Aufgabe" (schwere und spannende), b) "gute vierzig Jahre", c) "schließlich" und d) "vorschlagen". Vermutlich übersetzen Sie diese Wörter meistens – nicht falsch aber oft etwas zu automatisch – mit a) "task", b) "over forty years" oder besser "a good forty years", c) "at last" und – sehr schwerfällig – d) "propose". Bitte zwecks Bereicherung Ihres Vokabulars und Vermeidung von Sprachverkalkung um andere Übersetzungen.

3. "Sie sollten lieber ..." ("Sie täten gut daran ..."). Habe Sie heute schon einmal danach gefragt, aber da diese Ausdrucksform im Englischen sehr häufig ist, lieber noch einmal.

4. Zwei Redensarten bitte: "Wenn ich an Deiner Stelle wäre" und weiter "Tu Dir keinen Zwang an" (im Sinne "heul Dich nur aus", "werde es los", "schwitze es aus" oder so ähnlich – mir fällt im Deutschen nichts Besseres ein, Dir vielleicht, Du bist "drinner").

5. Du scheinst mir immer noch etwas gegen meine Zweideutigkeiten zu haben, z.B. gegen meine obige Aufforderung zu größtmöglicher Aktivität. Therefore, to avoid (to get away from) misunderstandings in the future, please give me one single word for Sex, Work, eternal-ewig Love and Seele-soul, all "rolled into one". A great Greek philosopher used that word quite often. I haven't used it yet, but you know it. You needn't have studied philosophy for that.

Now, take a pencil, please.

?

?

?

?

?

Wenn Sie die letzte Frage schaffen – if you manage the last question, you'd make me very happy. That word is

something of a key to our common understanding – key, Schlüssel, das wissen Sie, ausgesprochen *ki*—, and "common understanding", das wissen Sie auch, "gegenseitiges Verständnis". Ich übersetze das trotzdem, um ganz sicher zu gehen. It's important.

(Wenn etwas wirklich ernst und wichtig ist, wenn im Augenblick nichts auf der Welt wichtiger ist als dies, dann sagt man auf englisch leise: It's important.)

It's important, Doosie. Don't give up, please – I mean the last question. It's the acid test – bitte "acid test" merken, etwa "Feuerprobe".

1. spoil-sport (kill-joy, wet blanket). Das wäre "Spielverderber". Weiter: brother-in-law, a splitting headache, platform 13, typewriter, slim ("slender" ist eher: schmal-grazil); reindeer. – Apropos of "brother-in-law", hiermit ein gutes Wort für Ihre gesamte Schwäger- und Schwiegerei: your in-laws.

Da sehe ich übrigens gerade ein Sprachbeispiel für "in-laws" in Oxfords *Advanced Learner's Dictionary*, as follows: "All my in-laws will be visiting us this summer." Oh dear! Oder: Ach du liebe Zeit!

4. (This irregular order is to prevent you from cheating:) If I were in your shoes. Get it out of your system. (Oder: Get it over and done with.) Übrigens: Was heißt "Ach du liebe Zeit"? Kam eben vor. You had better (or: you'd better) read "actively".

3. See 4, above, at the end.

2. a) challenge; b) forty-odd years; c) eventually. Jawohl und immer wieder: "eventually" bedeutet "schließlich", nicht "eventuell", genauso wie das ähnlich irreführende "actually" nicht "aktuell", sondern "wirklich" bedeutet. You'll learn it eventually, it's actually quite important. – Dann hatten wir noch d) "vorschlagen": May I suggest that you use "suggest" more often than your "propose"?

5. Now, Doosie, don't despair-verzweifeln if you haven't managed Number 5, the "acid test". Es kann alles wieder gut werden, wenn Sie mir versprechen – if you promise, here and now, never to find anything I say "obscene". Ohne dieses Wort Nr. 5 – without it, I couldn't write to you. Without it, you wouldn't learn a thing. Without it we wouldn't even have so much as – nicht einmal eine so lächerlich unbedeutende Sache wie – not even so much as a good fuck.

Now, if you keep your promise, I'll spell-buchstabieren Number 5 for you: *e* wie Emil ... no, let's do it more pedagogically:

i for *E*nglish, *ah(r)* for *R*eindeer, *ou* for Organ (in a church, for instance), *ess* for *S*eele-soul. – The Greek philosopher was Plato, pronounced *pleitou* (lach doch nicht so albern).

Without it, nothing. No life, no love, no language, no home, no Brötchen, nicht einmal, not even so much as ...

("fuck" is a so-called four-letter word, "taboo".)

Will you keep your promise?

LOVE, four letters. EROS, four letters. Durchaus nicht anstößig. Nicht einmal ein ...

OK?

Good night, Doosie.

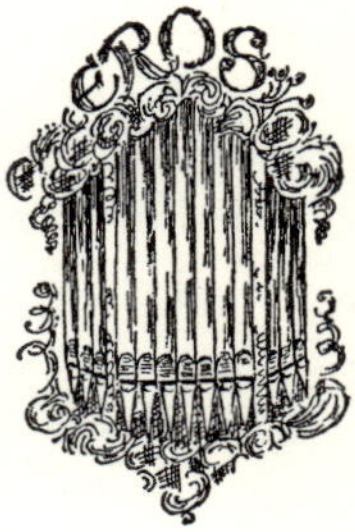

"ou" for organ (musical or physical, or both)

The Golden Twenties

Ich hatte gehofft, Erika würde mir so die Tür öffnen, wie ich sie zuletzt in Schweden auf ihrem Foto gesehen hatte, im Bikini oder wenigstens in einem Morgenrock mit nichts drunter. This was to be expected. That bikini snapshot of hers, from Mallorca, was practically a nude (ausgesprochen *nju—d,* deutsch "Akt", bitte merken). It recalled one of those fascinating nudes by Modigliani, and on the back – Rückseite, don't say "backside" – on the back of that photo she had written, as if on her backside: "OK, darling?"

From this and from her letters – ihr erster Brief zum Beispiel enthielt eine "Leibeserklärung", und zu dieser Schreibform fragte sie am Rande, was eine "Fehlleistung" auf englisch hieße (a Freudian slip) – from this and other things I had formed a very concrete picture of her, and I liked that picture: 26, keß, frech, and promiscuous.

Bitte "promiscuous" merken. Klingt wie ein wissenschaftlicher Fachausdruck, ist es aber nicht. It simply means that you like to go to bed with people you like, no matter how many, and is pronounced *pr(o)mískj(u)-(e)s* oder so ähnlich. Nochmal: pro-mis-cu-ous.

I like that sort of type, although I have never really met one. Auch heute noch nicht, trotz meines vorgerückten Alters, der Pille (the Pill) und einer endlich ernstgemeinten Emanzipation der Frau. Der Typ scheint sehr selten zu sein. Well, yes, Susanne perhaps, but that's another story and pretty long ago.

Charakterlich handelt es sich hier vielleicht nicht um einen besonders mütterlichen Typ, wohl eher um das

Gegenteil. This makes that type of woman extremely attractive every second day or so. Sonst nicht. Very practical.

In other words a bitch. Nun ist "bitch" entgegen allen englisch-deutschen Wörterbüchern durchaus keine "Metze" oder "Hure". Would you ever call sweet Jackie Kennedy-Onassis a whore-Hure? She's a bitch, and "bitch" means a *Stück*, a *Biest*. So etwas liegt mir nun einmal – das englische "beast", obwohl ebenso ausgesprochen (*biest*), ist viel bestialischer. It's *bitch* in English, bitte merken.

Doch als mir Erika die Tür zu ihrer kleinen Wohnung öffnete, a two-room flat, war von Bikini keine Rede. She couldn't have been dressed more fully. Selbst ihr Hals war unsichtbar, thanks to a roll-neck sweater or – probably less American – polo-neck sweater or, German, Rollkragenpulli. Darunter lauerte allerdings einer der besten – well, one of the best nudes Modigliani ever did: 26, keß, frech, and pro-mis-cu-ous. Kein Wunder, daß ich ihren wollenen Panzer richtig zu verstehen glaubte: I took it as a kind of strip-tease trick and behaved accordingly, benahm mich also danach.

At first all went well. She seemed responsive-zugänglich-empfänglich-ansprechbar oder so, bitte "responsive" merken, wird vielleicht PS-verhört. In fact, she put on a record, eine Schallplatte, die mich lebhaft an Susanne erinnerte, obwohl es sich jetzt um eine Popmelodie ohne Text handelte. You won't remember that one, Doosie, but it was quite a ·hit·*, Schlager, in

* Die ·Pünktchen· bedeuten: Wichtiges Wort, ·Treffpunkt Sprache· sozusagen, ich kann Sie ja nicht ewig mit meinem "bitte merken!" nerven. Solche Pünktchenwörter werden vorzugsweise im PS verhört. Glauben Sie aber nun wieder nicht, daß deshalb keine *anderen* Wörter verhört werden. Immer schön aufpassen. Be active, Doosie, be ·co-operative·.

my day, and I loved both the tune, *tju—n,* Melodie, and the text: “Heute nacht oder nie.”

Auch Erikas kleine Wohnung, eigentlich eine “Bude”, auf burschikosem Englisch ·digs·, erinnerte mich lebhaft an Susanne oder – ich muß jetzt mit der Sprache heraus, obwohl es Ihnen einen neuen Anhaltspunkt gibt, mein Alter auszurechnen – it all reminded me of the twenties, and die zwanziger Jahre.

Es ist ein bißchen komisch, it’s a little odd to return to Germany after so many years, only to find your own time again, wenn auch etwas – tja, “threadbare” ist vielleicht das Wort, fadenscheinig. It’s the “nostalgic wave” I suppose. Evidently the German *Nachholbedarf* is almost as ·intense· as is my own. (Doosie: say “intense”, not “intensive”, when it comes to feelings.)

I even discovered, over Erika’s couch, a reproduction of a drawing-Zeichnung by Kokoschka (a nude) which, in the original, had been hanging over Susanne’s. (She was a banker’s daughter, and “banker” is *Bankier.*) Auch in Erikas Bücherregal, in her book shelves, things looked as if those books had been mine when I was her age: Tucholsky, Martin Buber (mit Lesezeichen auf S. 20, wie bei mir), Wilhelm Busch (Album), Christian Morgensterns Galgenlieder, Karl May, der Tod in Venedig, Zuckmayer (if only memoirs), und dazwischen, wie ein dicker fetter Fremdkörper, ·sticking out like a sore thumb·, der *Butt.*

Die Umstände waren also günstig – “auspicious” you may say. Ich fühlte mich als eine äußerst interessante Mischung zweier oder dreier Generationen, a combination of old age and eternal-ewig youth, and in that capacity, in dieser Eigenschaft, I stretched myself full-length on Erika’s couch, as once on Susanne’s, with Erika beside me.

Ich fragte, ob es ihr nicht ein bißchen zu warm sei in

ihrem Rollkragenpulli. She said Yes and took it off. Dann sagte sie: "Nein, bitte nicht."

Worauf sich unser Gespräch geistigen Dingen zuwandte, for the time being ("bis auf weiteres", I hoped).

She talked a lot about "the golden twenties". She "loved" them, she said, and asked me to tell her "all about it". Aus irgendeinem Grunde – sie saß kerzengerade auf der Couch, wißbegierig – kam ich mir etwas irritiert vor und sagte, die goldenen zwanziger Jahre seien alles andere als golden gewesen: There had been six million •unemployed•, Arbeitslose, and the middle class had been ruined by an inflation at the end of which the price of one single Schokoladenmaikäfer mit Pappbeinen was about one billion mark.

She gave me a very sweet and understanding look. Then she said: "Ach bitte lieber nicht."

Da muß man schon aufs Ganze gehen, nämlich auf what the Germans call *Kultur* (in English, the word "culture" is almost as rare as is soul-Seele). Ich fing zu schwärmen an: In my days, I said, Berlin was the literary and artistic navel-*neivl*-Nabel of the world. Albert Einstein, for instance, was living in the house opposite ours (das war schon wahr, aber tat eigentlich-actually nichts zur Sache), and Kurt Tucholsky – equally true but •actually• irrelevant – had given me, on my seventh birthday, a *Druckkasten* to play with. This, I said, was my first real contact with the Printed Word – "es hat

* Again, this time in English: The points or •dots• or *Pünktchen* are to caution you (to warn you) that there will be, or at least *may* be, a P.S. examination on the word so marked because that word or expression is important – in fact it's quite often the •point•, die Pointe, of our tête-à-têtes. But of course, I'll examine you on other words as well, *auch*. Never trust me. Never trust a man who loves you.

mich zum Schriftsteller gemacht". My voice was full of feeling when I said this. I was glad to notice that it trembled-zitterte.

"Nein", sagte sie wieder, "bitte nicht."

She rose, erhob sich, and put on Gustav Mahler conducted by Bruno Walter. Then she seated herself opposite my couch, in an easy chair which was more or less in my good old *Bauhaus* style – I think they call it "Swedish" now, or something. She listened-*lissnd* to the music, *mju*—usw. It was two o'clock in the morning.

Sollte ich ihr – was I to tell her that this was no way in which to treat a poor Hitler refugee-Flüchtling returning to his country after so many years?

I ·controlled· myself, beherrschte mich.

Dann folgte noch mehr Gustav Mahler (Kindertotenlieder), and after that an Israeli girl sang songs from the Dreigroschenoper. ("Ja, da muß man sich doch einfach hinlegen.") However, instead of *sich hinlegen,* she turned to Ravel's "Bolero", und während der schier unermüdlichen thematischen Wiederholungen desselben – sie legte die Platte sogar zweimal hintereinander auf – diskutierten wir Adorno, Saul Bellow und Siegfried Lenz. Letzterer, the ·latter·, seemed to be her favourite, along with Mario Puzo, Marie Louise Fischer and – believe it or not – James Joyce. Diese unerklärlich breite Bildungspalette entsprang ihrem "Kulturhunger" as she called it. (Never call it "culture hunger", Doosie.) She was a member of the Büchergilde Gutenberg and of a Schallplattenring called "Amadeus". She smoked "Erasmus" cigarettes, und war im übrigen Chefsekretärin, more precisely the first secretary of the second boss of the Hamburg or Schleswig-Holstein branch of the *Verfassungsschutz.* She hated that job – noch stärker, wenn Du willst: she ·loathed· it – but loved the old building she was working in, and the big park around it. "Alles alte Eichen – und ein Goldfischteich!"

At about four o'clock in the morning I made a discovery, eine Entdeckung: Erika was neither "keß" nor "frech" nor promiscuous, and least of all a bitch. Sie war ganz einfach lieb und süß und – ich habe da nur ein altmodisches Wort zur Hand: *romantisch*.

Darf ich verallgemeinern? ·Admittedly·, zugegeben, I have so far only two examples to go by, Erika and Frau Greier-Hoeffner. But adding to them my Doosie letters, I do have a ·distinct· feeling – ein sehr bestimmtes Gefühl – that German women, more than others, have a *Seele*. In keinem anderen Land haben zum Beispiel alte Männer wie ich so große Chancen bei jungen Frauen. The reason must be "soul". Deutsche Frauen verstehen den Fluch des Alters zwar bei sich selber, zum Glück aber nicht beim anderen Geschlecht – oder noch nicht. Wie lange noch? Anyway, none of my Doosies seems to mind my age, und bis da ein Wandel kommt, bin ich schon lange tot.

At five o'clock it looked as if something might materialize at six or seven. Aber wer kann das mit Bestimmtheit voraussagen? Seelen sind unberechenbar, unpredictable. So after a last attempt-Versuch made at half past five, the time had come for me to go. She gave me a kiss, right on my mouth, and said –

– well, Doosie, you won't believe it, but she said or rather whispered-flüsterte: "Ich liebe Dich." It was a very faint whisper, ich mag mich auch verhört haben, aber in Fällen wie diesen fragt man nicht gern "wie bitte?"

Wann wir uns wiedersehen könnten, fragte sie. Ich log, ich sei schon morgen ganz woanders, vermutlich in Heidelberg, hoffte wohl noch auf eine plötzliche Wendung ("Heute nacht oder nie"). It didn't help.

I returned-erwiderte her kiss, she opened her mouth. Ich mag das wieder mißverstanden haben, it might just have been a ·yawn·, ein Gähnen. Young people, especially those in their golden twenties, get more easily tired than the old. They call it "stress" now, we called it "work".

Auf dem Weg zu meinem Hotel, im Morgengrauen, auf leeren Hamburger Straßen (at dawn, in the empty streets of Hamburg), war ich eigentlich nicht allzu unglücklich über den platonischen Verlauf dieser Nacht. Perhaps it's ·just as well·, I thought. (Wie Sie sehen, sind die Anfangs- und Endpünktchen recht praktisch. Dann wissen Sie doch wenigstens, wo der Ausdruck, den Sie sich merken sollen, anfängt und zu Ende ist.) Vielleicht nur gut so, dachte ich, ·just as well· – that platonic outcome I mean. (Ein viel drastischerer Ausdruck ist übrigens ·good riddance·, auf deutsch etwa: "ein Glück, daß ich das los bin!")

Daß ich nicht direkt unglücklich darüber war, die Sache los zu sein, hängt mit einem Brötchen- oder Bäckerwagen zusammen. Now this is a delicate ·subject· ("Thema", hatten wir bereits), und ich würde Ihnen die Geschichte wohl kaum erzählen, wenn nicht zwei Punkte dafür sprächen.

Point one: As you know, I am a happy man since I returned to what you may call my language, or my "Heimat" or what you will. Now there is no real happiness without a ·shade·, eine Spur, ein bißchen – without a shade of bad luck or *Pech*. It makes you humble, *hammbl*, demütig. As you know from the great Greek tragedies, the Gods don't like us to become ·uppish·, frech und übermütig – they call it "hubris", *hjú—bris*, deutsch: Hybris. Kurz: Nur getrübtes Glück verspricht ein bißchen Dauerhaftigkeit, und ich bin besagten Göttern unendlich dankbar dafür, daß diese

Trübung nichts weiter ist, als ein leicht lädierter – well, I'll tell you right away.

Point two: That story, delicate as it may be, will be good for you. Dabei fallen nämlich ein paar nette medizinische Vokabeln für Dich ab, und schließlich willst Du ja Englisch lernen. Also los:

Da war dieser Unfall, that accident. I was run over by a car, more precisely by a baker's van, von einem Bäckerwagen, mit Hunderten von Brötchen drin. Die ganze Sache war etwas komisch, ich muß Ihnen das gelegentlich einmal näher erzählen. Anyway, the ambulance came and I was taken to hospital. There I was ·x-rayed·, geröntgt, pronounced *éxreid*, and installed in a surgical ward, in einer chirurgischen Abteilung. For quite some time I was unconscious-bewußtlos, and ·eventually·, *schließlich,* I woke up in a heavy plaster cast, Gipsverband. Among other things, my pelvis or *Becken* was broken.

·To come to the point· oder zum Kern der Sache, I still have an awkward feeling in my groin, Leisten, und weiß manchmal nicht recht, wie es um die Weichteile meiner vorderen Beckenmitte steht, meaning my masculinity. Tut manchmal weh.

Nein, Sie brauchen sich wirklich nicht zu beunruhigen, Doosie, things would probably have worked out all right with Erika, and so they would with you. Vermutlich interessiert Sie diese Sache auch herzlich wenig, you ·couldn't care less·. Aber eines werden Sie mir schon zugeben müssen: Wie wenig auch immer – however little sex may have to do with Love, it has something to do with Life, occasionally.

Leben. Für mich gehören zum Beispiel Brötchen dazu, Deine deutschen Frühstücksbrötchen. Und meinetwegen auch ein Brötchenwagen, der mich überfährt.

Good night, Doosie.

P.S.

1. Günter Grass's "Blechtrommel" (The Tin Drum) starts with the word "Zugegeben: . . ." Auf englisch bitte. Bei diesem Wort fanden Sie zwei Pünktchen, two dots. Dazu noch ein paar andere Punktwörter (nicht alle, Sie haben ja aufgepaßt): "Um zum Kern der Sache zu kommen"; "sich beherrschen"; und schließlich: "Nichts könnte mich weniger interessieren" (wir sprachen von Ihrem vermutlich fehlenden Interesse an meiner Intimsphäre – please, for a change, don't use "interested" here).

2. Ein äußerst frequentes Wort für "eigentlich" oder "wirklich". Aber bitte Ihr altgewohntes, monotones, wenn auch nicht falsches "really" vermeiden – in folgenden zwei Sätzen: "Ich wollte Dich eigentlich anrufen" und "Er hat wirklich recht". (Die Sache kam schon einmal im Vorbeigehen vor, in passing, in our last P.S. Aber nochmal, weil so wichtig.)

3. Ein Akt (z.B. eine Zeichnung). Eine Zeichnung. Ein Rollkragenpulli. Ein Biest. Bude (Erikas). Ein Schlager ("Heute nacht oder nie"). Eine Melodie. Gähnen. Flüstern. Zittern. Well, that's enough. Aber wenn Sie wollen, noch ganz schnell: "Ein Glück, daß man das los ist" – two words, please. Und wenn Du jetzt noch Puste hast, versuch's mal mit "Dreigroschenoper" auf englisch, hab's Dir bei Erika nicht übersetzt.

4. Als wir den Preis von Schokoladenmaikäfern mit Pappbeinen während der Inflation der zwanziger Jahre berührten, sagte ich "one billion mark". Would you please translate "one billion" into German from (a) British English and (b) American English.

5. Auch ohne von einem Bäckerwagen überfahren zu werden, wären folgende Vokabeln nützlich für Sie: röntgen, Krankenhausabteilung (ein sehr kurzes Wort), bewußtlos (kann kaum ein Engländer richtig buchstabieren), chirurgisch, Chirurg (letzteren bitte raten, kam noch nicht vor), Gipsverband, Becken (gebrochenes), Leiste (da unten also).

?

?

?

Ich gebe Ihnen nicht mehr Platz, Sie haben ja selber Papier. Wozu wollen wir denn unseren Verleger belasten. As I know him, he'll appreciate it, schätzen, if we help him to save one or two inches of paper.

Fangen wir mal mit dem allerletzten Wort der letzten Frage an. "Leiste" heißt *groin*. Wie Sie sich erinnern werden, tut sie mir manchmal weh, sowohl links wie rechts, aber sprachlich half mir das wenig, als ich Ihnen vor kurzem davon erzählen wollte. Ich war mir nämlich nicht ganz sicher, ob dieses Wort, *groin*, nun wirklich in der bei mir aktuellen Körperecke angesiedelt war. Hatte ich nicht einmal so etwas *gegessen*, in einem entzückenden Wirtshaus in Winchester? (No, sorry, that was *loin*.) Als ich dann "groin" im Wörterbuch mit "Leiste" übersetzt fand, war mir die Lage des deutschen Wortes noch zweifelhafter, da es sich so fern von Dir bedeutungsmäßig nur noch als schmaler Holzstreifen über Wasser gehalten hatte. – 1. Admittedly; to come to the point; to control oneself; I couldn't care less.

Was blieb mir anderes übrig, als dieses oder diesen "groin" im englischen "Bilder-Duden" zu lokalisieren? – 2. I actually wanted to phone you. He is actually right. (Übrigens können Sie auch sagen: "As a matter of fact, ...")

Ich suchte also in den zwei Registern dieses *English Duden* "groin" bzw. "Leiste", wurde beidemal auf Bild 18 verwiesen, Teilnummer 38. Was ich denn auch aufschlug. – 3. A nude, ganz weich und sensuell ausgesprochen, *nju—d*; a drawing; a roll-neck (or poloneck) sweater; a bitch; digs; a hit; a tune; yawn – whisper – tremble (all three both as verbs and nouns: *to* yawn or *the* yawn, et cetera). – ·Good riddance·. And finally there is Bert Brecht's "Threepenny Opera",Ausspr. *Thripp-* etc., a free adaptation of John Gay's "Beggar's Opera" (1728).

Schlug also Bild 18 auf, fand bei Nr. 38 in der Tat (actually) den fraglichen Körperteil – "groin" *ist* "Leiste" – und verliebte mich bis über die Ohren. Nun ist Geschmack ja Geschmacksache, taste is a matter of taste, aber dieses Mädchen, Bild 18, this *nju—d*, hat's mir angetan. I've fallen in love with that drawing. Who did it? – 4. In Britain, a billion is a million millions, just as in Germany; in the United States, it's a thousand millions (auf deutsch eine Milliarde), kommt aber beim Preis eines einzigen Schokoladenmaikäfers (1923, Hochinflation) ungefähr auf dasselbe heraus – it practically amounts to the same, ist gehupft wie gesprungen: It's six of one and half a dozen of the other.

Wer zeichnete sie? Der Name des Künstlers ist unter den Hunderten von Quellen- und Personenangaben des *English Duden* unauffindbar. Und hat er je gelebt? Die ganz großen Meister sind oft in Nebel gehüllt. What do we know about Homer, Shakespeare, and the Master of the Pietà d'Avignon? (That pietà is in the Louvre, I always carry it with me; do get yourself a reproduction, too.) – 5. x-ray (*ex-*), ward, unconscious, surgical / surgeon. (Aussprache von "surgeon" bitte in Ihrem Lexikon nachschlagen, in meiner primitiven Lautschrift ginge "*sö—dschn*" wohl ein bißchen zu weit. Aber es ist

Dir doch recht, wenn ich mich in meinen Aussprachebezeichnungen nur an gewöhnliche Buchstaben halte, als ungefähre Anhaltspunkte?) Dann hatten wir noch: plaster cast, pelvis, and Duden, 18,38: groin.

I still wonder who drew that Duden girl. Illustrierte Wörterbücher sind in der Regel unüberbietbar trocken, as dry as could be, und plötzlich dieses Bild . . .

Of course, Doosie, you don't look like her. You're slimmer or rounder, smaller or taller, less good-looking or even more so, much older perhaps, and different in a thousand ways. But you are –

– you *are*.

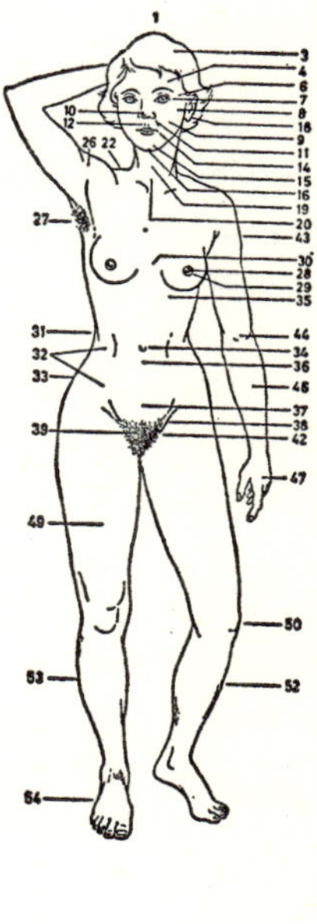

The Venus of Duden. (Master of the Groin, late 20th century.)

P.P.S

Ich muß noch einmal ganz schnell auf die Frage des Alters zurückkommen, I must ·revert· to it, die Sache läßt mir keine Ruhe. Auf dem Nachhauseweg von Erika, im Morgengrauen, at dawn, sah ich ein arg zerrissenes Wahlplakat, "Weg mit § 218!"

Bin ich verrückt geworden? Stammt das noch aus *meiner* Zeit? Hat sich denn überhaupt nichts verändert? Bin ich immer noch der Jurastudent in Berlin, anno 1929, oder ein alter Knacker mit Jünglingshalluzinationen und noch dazu mit einem garstigen Johannistrieb, ·Indian summer·? One of us must be wrong here: either I haven't aged, or this country hasn't.

Inzwischen bin ich auf der Hamburger Universität gewesen, Hörsaal 53, Strafrechtskolleg. Die Studenten schrieben mit, jedes Wort, ganz wie zu meiner Zeit, als sei die Buchdruckerkunst *immer* noch nicht erfunden. Und die Studentinnen – well, I don't want to boast, protzen. Aber mit einer –

Did she take me to be of her age? Or was she ·fed up· with all those young males (sie sah blendend aus), hatte sie die Nase voll davon, and was it perhaps my old age that attracted her? Kennen Sie Hans Baldung Griens "Der Tod und das Mädchen"? His painting (there are several) shows a skeleton, Skelett, embracing a young woman in the bloom of her beauty. Vielleicht gefiel sie sich in dieser Rolle, for a change. I didn't mind.

Aber mein wirkliches Alter habe ich immer noch nicht herausgefunden. Es ist merkwürdig, wieder zu Hause zu sein. Auf dem Wege zur Universität war ich in die Hamburger Kunsthalle gegangen. I hesitated for a moment: Should I pay one mark or two?

The Girl from Honolulu

Dear Doosie,
"Hagenbeck" sagt Dir doch sicherlich auch etwas, it must be ·familiar· to you.

"Richtung Hagenbeck", hatte man mir im Hotel gesagt, zum NDR nämlich. Ich fühlte mich geborgen, I felt reassured, das Wort kannte ich noch aus den Kindertagen.

Words. When I was small, I used to look into Father's copy of the "Simplicissimus". Verstand etwa nur jeden fünften Witz. Dann, als ich größer war, etwa jeden zweiten. Und schließlich alle, fand sogar die Hälfte fad. I suppose you're grown up then.

Glancing at German magazines today, or watching German television, I understand about one-third of the jokes and names and allusions, Anspielungen. I hope I'll understand more of them ·in due course·, mit der Zeit. It's a strange feeling to grow up at my age. Na, "Hagenbeck" verstehe ich jedenfalls schon.

Zunächst war ich angenehm überrascht. The NDR big shot, Frau Greier-Hoeffner's ex-brother-in-law, was very nice. But like most nice men, he could do nothing for me. Außerdem nannte sich die Hauptabteilung, deren Chef er war, "Haus und Küche", während es mir selber mehr um Bücher ging, möglichst meine eigenen. Mir schwebten – ich glaube, ich bin da nicht allein – kontinuierliche Fernsehlesungen aus meinen Werken vor, möglichst-preferably twice a week, for a period of, say, one or two years, giving an ·average· monthly income, ein durchschnittliches Monatseinkommen von sagen wir einmal DM 10 000 payable to a secret Swiss bank account.

I was passed on from one department manager to another, about six or seven of them, and all were very nice. One even offered me a cup of coffee, and another one, the literary or *Kultur* boss, actually proved to be, erwies sich als – ˙proved to be˙ a man of action: er schlug mir vor, ich solle ihn doch unbedingt einmal in seinem Ferienhaus in Schweden besuchen, auf einer kleinen Insel namens ... (I didn't listen), ganz in der Nähe von ... (I couldn't care less), und er erklärte mir sehr ausführlich, wie man dahinkommen könne, how to get there, es war offenbar etwas umständlich. Should I have suggested to him to meet right here, at the NDR?

Schließlich kam ich an einen Mann, der weder nett noch unnett war – ˙nondescript˙ is the word, eigenschaftslos. As Pepita told me later, he was managing a program which was practically unknown. (Sie können "program" auch etwas britischer "programme" buchstabieren, but that doesn't help much in this case.) His name was Müller. He offered me a 15-minute broadcast (radio, not TV).

Diese Rundfunksendung, meinte Herr Müller, solle "Eindrücke eines Rückwanderers" heißen, whereby he meant my impressions on returning to Germany after so many years. Allerdings machte Herr Müller eine wichtige Einschränkung: "Von Exil und Emigration bitte nichts, das hören die Leute nicht gern."

Ich auch nicht. But how on earth am I to explain where I've been all the time, and why?

(How/why/where/who etc. ˙on earth˙: sehr nützlich für irritierten Alltagsgebrauch. "In drei Teufels Namen"? Klingt etwas gespreizt, ˙stilted˙; vielleicht fällt Dir im Deutschen etwas Besseres ein.)

Where on earth did I come from after all those years?

You really have to do some hard thinking on that. Was I to return as a Baptist missionary from Africa, as an author from the DDR, or as an ex-Nazi from Spain? Und das alles nur, um ein einziges Mal fünfzehn Minuten lang zurückzukehren, for DM 175 at the most? Moreover (also, in addition) Mr Müller said that my *Eindrücke* would not be broadcast-gesendet until next spring at the earliest – er nannte das "Produktionsplan" (production schedule, ausgesprochen *schéddjul* oder etwas amerikanischer *skédd-*). Und schließlich, so Herr Müller, sei die Sache natürlich keineswegs definitiv, das hinge vom Intendanten ab. Auch könne es leider sein, daß der NDR früher oder später brutal aufgespaltet würde – "eine nationale Katastrophe", Herr Müller said. I felt elated at this piece of information, mir schwoll die Brust: I was evidently part of the *Zeitgeschehen.*

Ich mußte an Johnny denken – good old Johnny and his Girl from Honolulu. Johnny, more precisely John F. Harrison, a Londoner, is a very good friend of mine, and his Girl from Honolulu is a TV film script which he sent to the BBC or British Broadcasting Corporation. Die Handlung dieses Skripts – its story or its 'plot' – kann ich Dir vielleicht später einmal erzählen. Hier nur, was mit dem Skript selber bei der BBC geschah:

The Head of Department, Hauptabteilungsleiter, liked it very much and sent it to the Production Manager. He, too, liked it very much and sent it to a director. That director, in German *Regisseur*, simply loved it, and so the Production Manager told the Head of Department that he would like to do the thing. Nun galt es natürlich, die Sache nach allen Seiten hin abzusichern, and for that reason the script went backwards and forwards between all kinds of departments – technical, literary, musical, monitoring, dramaturgic, choreographic, etc. This went on for about three months, and in each case the script was returned to the Head of Department (about twenty-two times it was), always with an OK. Eines schönen Tages aber, als der Hauptabteilungsleiter wiederum Johnnys Skript auf seinem Schreibtisch vorfand – for the twenty-third time it was, now from the Technical Co-ordination Department, again with an OK – da platzte ihm die Geduld: He said that they had been discussing that thing for over three months now, and that he was ·sick and tired· of it.

(Statt "sick and tired of it" können Sie auch "fed up with it" sagen, es kommt auf dasselbe hinaus.)

Das Ende ergab sich von selbst: The Girl from Honolulu was sent back to Johnny, together with a nicely printed note, "With the compliments of the BBC".

·As to· – um Ihr oft allzu steifes "regarding" oder "concerning" zu variieren – as to Mr Müller and my *Rückwanderungseindrücke,* all problems were solved, for the moment at least, by Mr Müller's secretary.

"Ich bin eine Doosie", sagte sie, als ich gehen wollte, und strahlte mich an. "Echt toll, Ihr Buch."

Ihr Deutsch warf mich um, it swept me off my feet, je mehr sie weitersprach. Sie sah weiß Gott nicht wie eine Deutsche aus. Never had I seen, among attractive women, one who looked more exotic. She was a kind of Josephine Baker (that Negro dancer in my golden twenties), Johnny's Honolulu Girl, Cleopatra and Marlene Dietrich "rolled into one" (hatten wir bereits). Her hue-*hju*-Teint was brown, her hair and eyes pitch-black, pechschwarz, and her figure was a dream. Wie konnte dieser afro-aphrodisische Traum so "echt toll" deutsch sprechen, daß ich mir selber wie ein Gastarbeiter vorkam?

She told me in bed.

Her father had been an American, a mulatto I suppose, and her mother, a Berlin girl by the name of Berta Jahnke, was a passionate smoker. So during the Occupation ...

Damit sei nicht gesagt, daß Berta Jahnke es für eine Stange Zigaretten tat, for a carton of cigarettes. A creature-*krietsch(e)* like Pepita could only be produced by Love. ·Anyway· – Sie können jeden zweiten englischen Satz mit "anyway" anfangen, nicht aber jeden zweiten deutschen mit "wie dem auch sei" – anyway, so etwas hatte es zu meiner Zeit nicht gegeben.

Pepita Jahnkes Englisch war sehr dürftig – auf englisch: it was ·poor·. Her father, she told me, had gone back to the States when she was a baby, and what she had learnt in school was little or nothing. Weshalb sie mein Buch gelesen hatte.

"Frankly, your English isn't half as bad as you may think", I said in reward-Belohnung for the DM 26 she had paid for that book, but she didn't understand.

Aber ihr Deutsch! Mein Gott, ganze Wortgenerationen sind da mir nichts dir nichts hinter meinem Rükken aufgewachsen, behind my back, haben gelebt und geliebt, Bandscheibenvorfall gehabt (a slipped disc), Pilze gesammelt, Heinrich Böll gelesen und die Bild-Zeitung, während ich nichtsahnend irgendwo in einem Iglu ...

Are you interested, Doosie? In Neo-German, I mean? Vermutlich gebrauchen Sie diese Wörter ebenso häufig wie Pepita, und da schulde ich Ihnen schon eine Übersetzung ins Englische. Zugegeben, ·admittedly· (nochmals Pünktchen), manche Wörter stammen noch aus meiner Zeit, waren aber lange nicht so häufig oder hatten eine ganz andere Bedeutung. Let's take a few of them:

Genau! That was Pepita's answer to practically

everything I said. Es schmeichelte mir, ich fühlte mich wie ein Präzisionsinstrument, it ·boosted my ego·, "steigerte mein Ich" (ego: Aussprache *éggou* oder *i—gou*), gab mir also Selbstvertrauen, bis ich herausbekam, daß man zu meiner Zeit ganz einfach "ja" oder "na eben" oder "stimmt" gesagt hätte – oder meistens "nein". (The German language has grown more peaceful while I've been away.) "Genau", in English: Exactly, certainly, quite (so) – and, if you don't really understand: "I see."

Das ist nicht drin. So Pepita zuerst bezüglich Auto (A), das sie nicht hatte: her salary-Gehalt, she said, was too small for that. Dann wiederholte sie denselben Ausdruck mehrmals bezüglich Bett (B), wobei mir ihr "drin" bzw. "nicht drin" irgendwie erfrischend vorkam. (Schon im Taxi war's "nicht drin" und ging dann so bei ihr zu Hause weiter, anfangs wenigstens.) In my days she would probably have said (A) "kann ich mir nicht leisten" and (B) "kommt nicht in Frage" oder – Berlin – "is nich". In English: (A) "I can't afford it", and (B) "forget it" or "cut it out".

Überfragt. Das war in der Anfangsphase, als wir uns noch siezten. Whenever I tried to pump her for useful inside information, sie also auszuhorchen versuchte (NDR-Kontakte etc.), she invariably answered "da bin ich überfragt". This probably means "I know, but I won't tell you". Or does it simply mean an honest "I don't know"? Ich weiß nicht recht. ·Anyway·, after midnight she told me most of what she had been *überfragt* before, but by that time I was too tired to listen.

Haut. Die gab es schon zu meiner Zeit, aber noch nicht so. After midnight, Pepita used that word for what Susanne, fifty years ago, would have called her "body", "breasts", "nipples" and so forth.

hintergründig, vordergründig, unterschwellig, viel-

schichtig etc. Again, these words came up before midnight, during the introductory or "cultural" phase of the evening. Bei deutschen Frauen kommt das Dritte Programm immer zuerst, bevor man aufs Erste umschalten kann, und da dieser Verlauf etwas unenglisch ist, sind auch diese Wörter dementsprechend schwer zu übersetzen. Let's try:

hintergründig: "profound"? "obscure"? Vermutlich beides, da oft in literarischem Zusammenhang gebraucht.

vordergründig: "important"? "unimportant"? (letzteres, weil nicht "hintergründig" genug?) Meine deutsch-englischen Wörterbücher schweigen sich aus, there is no such entry, Stichwort. German-English dictionaries seem to be as much behind the times as I am. Immerhin ein Trost. Some comfort.

unterschwellig, vielschichtig etc.: A mixture between profound, obscure, important and unimportant? Was auch immer die Bedeutung, so kann ich Ihnen ein ebenso gängiges Snobwort im Englischen anbieten, mit dem Sie überall imponieren können. Kein Mensch weiß genau, was dieses Wort bedeutet, vermutlich weil es irgendwo zwischen "ungreifbar", "gallertartig" und "rätselhaft" steht, kurzum zwischen "hintergründig" und "unterschwellig". The word is ·elusive·, pronounced *iluuu—siv*. Bitte sagen Sie Dankeschön, ich habe Ihnen da ein hochkultiviertes Allwort verehrt, it's ·a feather in your cap·, das kannst Du Dir als Feder an den Hut stecken: *iluuu—siv*.

Dann – es war nach Mitternacht – gebrauchte Pepita noch ein Wort, das mir weit weniger gefiel als mein altes. ·True·, gewiß, I can only repeat that the German language has become more peaceful than it was when I last heard it, it's more civilized now and much less aggressive. But there are limits, es gibt Grenzen.

Maybe I am an irredeemable romantic, ein unverbesserlicher, and a male chauvinist pig ·at that·, obendrein, but Pepita's new word for it was, to my taste, just a little too "gemütlich". Da ist mir doch ein stärkerer Ausdruck lieber, besonders aus dem Munde einer heißen Halbmulattin um drei Uhr morgens. In other words, to me, Pepita's "bumsen" was baby talk, Kleinkindersprache. It nearly made me impotent. As far as I am concerned, it's "fuck" in English, and more or less the same in German.

Aber das mag das Erbe einer preußisch aggressiven Ära sein, die Pepitas Generation glücklich überwunden hat. Who knows, perhaps her children will call it *bimmeln* oder *bammeln.*

Diese Entwicklung ist durchaus zu begrüßen, an sich, as such. Still (even so, all the same) – still, I should like to know which word you'd choose yourself. After all, when it comes to things like that, it would be nice if we had the same taste.

Good night. Überleg's Dir mal.

P.S.

Falls Sie sich nur die Pünktchen-Wörter gemerkt haben, hier ein paar pünktchenlose zur Förderung Ihrer Aufmerksamkeit. Bitte um Englisch für Teint (Pepitas), Bandscheibenvorfall, Stange (Zigaretten), Stichwort (Lexikon), Regisseur, Belohnung, Trost. Kam alles vor.

Take a piece of paper, please, and write it down right away. As you see, I leave no blank space anymore, keinen Leerraum. Every publisher-Verleger knows that paper must be smudged-beschmiert with print to sell at the highest possible price.

Dann bitte ich Sie, vier Sätze – irgendwelche – mit folgenden Wörtern anzufangen, aber *nicht* mit denen, die in Klammern stehen. Die sind zwar nicht falsch, haben sich aber vermutlich bei Ihnen schon zu sehr eingenistet. Sie müssen variieren können. Also, Satzanfang:

a) "Was ... betrifft" – ohne "concerning", "regarding" oder "with respect to".

b) "Gewiß, ..." – ohne "certainly", auch ohne das bereits zum Überdruß gepaukte "admittedly"-zugegeben.

c) "Immerhin ..." – ohne "even so", "all the same", "nevertheless". Denken Sie an "yet"? Großartig! Aber da gibt es noch etwas mindestens so Großartiges, ebenfalls sehr kurz, fünf Buchstaben.

d) "Nun gut, ..." oder "na schön" oder altmodischer "wie dem auch sei" – oder irgendein anderer Verlegenheitsanfang; aber diesmal ohne das meistens sehr praktische "Well, ...".

Zu abstrakt für Sie? Too abstract, academic, subtle-

sattl? Mein Gott, Doosie, Sie müssen doch Ihre Sätze anfangen können!

Aber bitte erst einmal die Fragen im alleroberstenAbsatz beantworten. Dazu folgendes:

As to the last word, "Trost": it's comfort. *True*, you can also say "consolation". *Still*, "comfort" is used more often, I think. *Anyway*, the other words are these: hue (Pepita's, *hju*), a slipped disc, carton, entry, director, reward.

"reward" wird etwa *riwo(a)d* ausgesprochen, wobei *-o(a)-* ein "o" wie in "or" oder "for" bezeichnen soll – sorry, I can't do better without using special symbols. Sie wissen ja, daß meine Lautschrift nur provisorisch gemeint ist. Übrigens, da habe ich eine wunderschöne Übersetzung von "provisorisch" für Sie. Your "provisional" is not wrong, but please remember this gem, *dschemm*, Juwel: ·makeshift·.

Dann wollte ich Ihnen ja gelegentlich einmal den Inhalt von Johnnys "Girl from Honolulu" erzählen. Why not right now? Johnny wrote it in the form of a musical and wanted me to write the music for it. So far, bis jetzt, I've only done two songs. The script has 150 pages, Seiten, ich muß mich also kurz fassen, am besten wohl Telegrammstil, engl. telegraphese, ausgespr. *teligrafi—s*:

> Beautiful black Honolulu striptease girl 22 dressed in bikini arrives London Airport Flughafen from Hawaii with twelve hours' delay Verspätung stop Carries nothing but nichts als nothing but small bag with lipstick safety pins Sicherheitsnadeln and Pill plus crumpled zerknautscht piece of paper showing nothing but scribbled gekritzelt name Jim Brown London England stop Looks for Jim Brown at airport but no Jim Brown there stop

Tells passport officers and police and customs Zoll and Christian airport mission and so forth that Jim is London sailor Seemann whom she danced with et cetera exactly one year ago July 12 in Kiss Me nightclub Honolulu stop Says Jimmy then promised versprochen marriage Heirat in exactly one year and would meet her this airport today July 12 stop

Passport and customs and police and mission officers all laugh at her and insist sending her back to Honolulu stop Bullied unterdrückter police assistant Patrick Littletoe aged 64 limping hinkend underdog armer Schlucker is one and only one believing her story stop Making himself ridiculous lächerlich he phones for hours to shipping companies and seamen's hostels and labour exchanges Arbeitsämter asking for a seaman called Jim Brown who exactly one year ago sailed Hawaii stop Since no such Jim Brown anywhere old limping Patrick Littletoe and Honolulu girl walk endless miles of London Airport examining hundreds of halls floors lobbies entries exits lifts escalators restaurants bars until eventually schließlich they find a man sound asleep and slightly drunk in ladies' lavatory Toilette colon Doppelpunkt Jim Brown waiting for twelve hours for his fiancée Verlobte stop The end is unpolitical but militantly antibureaucratic Littletoe Song of Hope and Love and Faith Hoffnungliebeglaubensong stop

Johnny war sehr stolz auf sein Skript, mighty proud. He seemed to have forgotten that the idea was mine. Ich war auf diese Idee gekommen, nachdem ich einmal jemanden schmählich versetzt hatte, quite unlike Jim Brown. Ich schäme mich heute noch.

Was heißt “im Gegensatz zu”, wenn Sie einmal von Ihrem ausgeleierten “contrary to” absehen? Hab’s eben gesagt: unlike. Aufpassen bitte. Weiter – es ist schon ein bißchen lange her (Pepita), mal sehn, ob’s noch sitzt:

1. Eine 15-Minuten-Sendung (NDR). Zur Übung auch noch: “Ein 13 Jahre altes Mädchen”, in dieser Wortfolge bitte.

2. “Ich habe genug davon” (die Nase voll davon – kam im Zusammenhang mit einem BBC-Hauptabteilungsleiter vor, zwei legere Ausdrücke bitte).

3. Ein hochgestochenes Wort für hintergründig-unterschwellig-undefinierbar, mit dem Sie stets imponieren können.

4. Wie sprechen Sie “police” (Polizei) aus? Kam dreimal in der Jim-Brown-Geschichte vor, hoffentlich haben Sie’s nicht dreimal falsch gelesen. – Before I forget: What is an “escalator”? Kam ebenfalls bei Jim Brown vor, blieb aber unübersetzt. To ·be on the safe side·, sicherheitshalber, I’ll give you a translation below. It’s the one thing in the world which divides mankind in two entirely different types – those who stand on it, and those who walk on it. Are you a Stander or a Walker, and which type do you want me to be?

5. (We’ll take that later.)

Bitte normale Stellung beibehalten, während Sie 1 bis 4 beantworten. Erst hinterher umdrehen bitte, after warming up, es ist dann viel reizvoller.

1. A 15-minute broadcast – nicht “minutes”! A 13-year-old girl – nicht “years”, und bitte auf die Bindestriche achten. – 2. I’m sick and tired of it; I’m fed up with it. – 3. elusive. – 4. “Police” auf der letzten Silbe betont, mit schrecklich langem i: *p(e)lí—ß*. – Escalator, pronounced *éssk(e)leit(e)*: Rolltreppe. Doosie, I can’t help it: I’m a Walker. – 5.:

5. Since we find ourselves in the normal position again, which of the two words would you prefer for "it", Pepita's or mine? Bitte hier aufschreiben ...., auf deutsch natürlich, wenn Sie wollen mit unsichtbarer Tinte, with invisible ink.

Did you write *lieben*? Nice word for it, really, and most original. I haven't thought of that. There is something in it. Da ist was dran. ·There is something in it·. Nochmals, aber *endlich merken jetzt*:

There is something in it.

Good night.

The beginning, more or less, of the Song of Hope and Love and Faith, hiermit weltberühmt unter dem Namen "The Littletoe Song". Denn wo wären wir ohne die kleinen unterdrückten Littletoes, die uns GLAUBEN?

In the Same Boat

"We are in the same boat", Ulrike said, im selben Boot. Weshalb, läßt sich ohne weiteres auf englisch sagen, da Ihnen – vielleicht bis auf das Wort "refugee", Emigrant oder Flüchtling – der Rest leicht verständlich sein wird.

"We're in the same boat", Ulrike repeated, "because both of us are outsiders – you as a refugee, and I as a woman."

Dann schilderte sie in aller Ausführlichkeit, in great detail, die zynische Grausamkeit der Männerwelt und die erbarmungslose Unterdrückung der Frau. Her picture of the Woman today was so heart-rending, herzzerreißend, that I felt flattered, mich geschmeichelt fühlte, ihr Schicksal mit dem meinen verglichen zu sehen.

Nothing was more natural, therefore – nichts war also natürlicher, als daß ich ganz auf ihrer Seite war. We discussed the ·subject·, das Thema, from breakfast through to dinner. I fully accepted all her feminist arguments, and by the time Bed seemed ·within reach·, in Reichweite, I had become an ardent-glühend feminist myself. Nur habe ich jetzt ein schlechtes Gewissen, wo Ulrike friedlich im Nebenzimmer schläft. Sie hat mir liebevoll das Bett gemacht, es ist drei Uhr nachts, wir sind in Köln.

Ulrike is one of my ·major· Doosies – "major" is often a better word than "important". She is lovely. Age 34, blonde, short-cropped hair, sehr kurz geschnitten, and deliciously slim. From behind, sometimes also from the front, she looks like a boy. In addition, she is extremely intelligent and well-read (belesen). She is an Assistant Professor (Dozent?) in Philosophy, University of Cologne ("Köln" tut's auch), her specialty being Ludwig Wittgenstein's "language games".

Sie hatte mir recht viele Briefe geschrieben, immer verliebter. I had ·encouraged· this (meine Antworten an Doosies sind stets verliebt, aus Freude an der Sache), and in her last letter she had said that she might help me to find an opening at the University, i.e. (d.h.) an opportunity for work.

"Opening", wichtiges Wort, hatten wir bereits. Auch ist Ihnen meine Süchtigkeit nach "Öffnungen", welcher Art auch immer – "Work" is the operative word – gleichfalls bekannt. It's the exile syndrome, something like the Jewish trauma after the Babylonian captivity. Ich werde nie begreifen, daß durchschnittlich, ·on average·, 165 Doosies pro Tag verkauft werden. Anyone can make a living on that. Aber offenbar bin ich an arbeitsloses Einkommen nicht gewöhnt, wobei "arbeitsloses Einkommen" unearned income heißt.

After dinner, when undressing – what lovely boyish arms Ulrike had, and little or nothing of that big bosom stuff (große Busen machen mir immer etwas Angst) – she told me that she was not only a militant feminist but also a lesbian.

Why hadn't she told me before? Why all those *verliebte* letters?

Der Grund war einfach: sie wollte es noch einmal mit einem Mann versuchen. She hated to be abnormal. This, she said, made her twice an outsider, zweimal: (a) sexually, i.e. as a woman, and (b) homosexually.

To me this was a challenge. Hoffentlich erinnern Sie sich noch an dieses schöne, schon in Hamburg vorgekommene "challenge", das soviel mehr Erfolgserlebnis verspricht als das etwas fade deutsche Wort "Herausforderung".

She told me (in bed) she had tried to sleep with

several men – a young German poet, a middle-aged English sociologist by the name of *Deutsch*, and two ·shrinks· (slang for psychiatrists or psychologists), one Swiss and one American, both called Levi (Ausspr. *lehvi* bzw. *lihvai*). She said that she had failed miserably, kläglich versagt, with all of them. (Bitte "to fail" merken, "versagen".) To my male vanity, Eitelkeit, the challenge took on enormous proportions.

Außerdem verliebte ich mich in sie. Bin immer noch verliebt, in this white bed which she made for me half an hour ago.

Inzwischen ist das Licht hinter der Glastür ausgegangen, die unsere Zimmer trennt. She may be asleep now.

I failed, too. I had fancied, mir eingebildet, that I would make it. I tried hard, but the "harder" I tried the less she responded. She couldn't help it, she said, but "it" looked aggressive to her. Wir schalteten das Licht aus, we switched off the light, doch das half auch nichts.

Ich mußte an Boris denken, my friend Boris in London, a militant Communist. Trotz seiner glühend antiimperialistischen Einstellung müsse er zugeben, sagte er einmal – "well, I have to admit", he said, "it sometimes looks pretty imperialistic".

Dazu ließe sich vielleicht sagen, daß Frauen für weniger imperialistisch aussehende Dinger auch keinen rechten Sinn zu haben pflegen. Aber da haben wir's ja wieder: Gedankengänge dieser Art sind eben gerade das Reaktionäre an mir. Deshalb lag ich ja auch jetzt in meinem weißen Bettchen und hatte ein schlechtes Gewissen, pangs of conscience.

I had agreed to everything Ulrike had said about the oppression, humiliation and enslavement of women – Unterdrückung, Demütigung, Versklavung. I had tried to make love with the most "understanding" solidarity I could think of. (I had even asked her to call me "Baby".) And I had been a damned ·hypocrite· all the time, ein elender Heuchler, wobei "hypocrite" nicht *-krait* sondern *-krit* ausgesprochen wird – na, lieber das ganze Wort: *hípp(e)krit.*

Jahrzehntelang hatte ich den Leuten vom Fluch des Exils vorgestöhnt, man hatte zerstreut zugehört und so getan, als verstünde man das. Damned hypocrites. Genauso lau – tepid, *téppid,* or lukewarm, *luuk*-usw. – genauso lahm nun auch mein Interesse für Ulrikes Exil als Frau. True, gewiß, she had at least become an Assistant Professor at Cologne University while my doctor's degree had just been good enough for sweeping floors, den Boden zu fegen, at the German Institute of Uppsala University; aber gerade deshalb sollte ich ja wissen, wie fürchterlich das alles ist.

Why am I such a bloody reactionary? Why am I progressive only when trying to talk a woman into the most traditional activity there is?

Damit noch nicht genug. As with feminists so with socialists: I agree with everything they say because (a) almost all good-looking women under 35 are leftists, *links*, and (b) because they are probably right. And yet I am a bloody bourgeois at heart, with an imperialist anatomy at that.

Gewiß, manchmal hatte ich versucht, Ulrike gegenüber etwas ehrlicher zu sein. For instance, I ventured-wagte to ·suggest· (wieder einmal: "vorschlagen"; hier etwa: "schonend beibringen") – I ventured to suggest that women might perhaps-*vielleicht* be "just a little different". Aber da kam es prompt von Ulrike, derlei Ansichten seien traurige "Umwelteinflüsse" bei mir, ich solle mir das schleunigst abgewöhnen.

I agreed and kept my mouth shut.

Umwelteinflüsse? Natürlich. The fact that birds fly and fish swim is certainly the result of *Umwelteinflüsse.*

But does that help to make a fish fly? Anyway, I kept my mouth shut.

Geliebte, Sie scheinen sich leicht zurückzuziehen. Let me explain, therefore, why I am a ·sham· or ·fake· or ·phoney· or ·bogus· or *hypocritical* sympathizer with the feminist cause-Sache.

Würden Sie mir zustimmen, wenn ich sage, daß wir – wie übrigens jede Generation vor uns – in einem Zeitalter der Dummheit, des Eigennutzes und der Korruption leben?

If you agree, would you like to see all that stupidity, selfishness and corruption yet in another form?

Ich meine die weibliche Variante. Personally, I've got used to seeing male pimps-Zuhälter, male publishers-Verleger, male popes-Päpste and Prime Ministers. Frankly, I need some time to get used to the female versions – Margaret Thatcher, for instance.

"Quatsch. Ich verstehe etwas ganz anderes unter Gleichberechtigung, und zwar in einer Umwelt –"

Yes, Doosie, you are right. (Ich bin mal wieder feige, a bloody coward.) Aber versprich mir eines: Werde mir vor lauter Gleichberechtigung, equality, nur kein Mann. Die *Männer,* die sollte man nun endlich von sich selber emanzipieren. Males are ·pitiful·, erbärmlich. They cannot live, they cannot love, sie können nur destillieren – aus Geistigem ihre verdammte "Logik", aus Physischem ihr bißchen Sex und aus der "Seele" – na, Du weißt schon, in Deutschland wenigstens: das Arbeitstier. Pitiful.

So ist das wenigstens bei mir. Besonders ausgesprochen sogar. Jews, being particularly quick-witted and ambitious, compare to ordinary men just as ordinary men compare to women. Der Mensch ist gleichsam, ·as it were·, der Jude unter den Tieren, und so geht das eben auch in der menschlichen Gesellschaft weiter.

Hence – *ergo* – antisemitism. Hence militant feminism. Hence Instinct against Reason. "In the same boat" – never! Our history is the tragedy – and glory – of the *homo sapiens*, i.e. of a pretty ridiculous creature (mostly male) which knows too much. Leg Dir das bitte selber zurecht, ich übersetze es nicht, will's auch nicht näher erklären, das könnte andere (nicht Dich, Geliebte) nur noch mehr verärgern. Sollen sie doch ihre Tabus gefälligst selber einrennen.

That pitiful male "reason". Das geht in seiner erbärmlichen Abstraktheit bei mir sogar so weit, daß ich auf der ganzen Welt nur einen einzigen Menschen mit allen Fasern meines (pitifullen) Herzens lieben kann, und den habe ich nicht einmal gesehen. As I've said more than once, that person is – bist –

"bist", "bißt" – klingt plötzlich so weitab, exilverfremdet. Gibt es so ein Wort? Ich bin, Du bist, er ist. Muß es schon geben.

Na sowas, I must have dozed off, muß eingenickt sein. Es ist plötzlich wieder hell geworden, it's about nine o'clock in the morning. Ulrike seems to be busy in the kitchen, preparing a "continental breakfast".

Brötchen: Frühstücksfrühling, Kindheit des Tages.

She seems to be waiting for me. I'll tell her. I'll make clear to her that I am a reactionary *broetchen* bourgeois, a bloody hypocrite, a male chauvinist pig, and that I don't give a damn about her f—ing feminist cunt. ("cunt": Übersetzung siehe Duden, neuere Auflage, übernächstes Stichwort nach "Foto".)

I'll tell her. But *after* breakfast.

Yes, Ulrike darling, I'm coming.
Breakfast time, Doosie, *Brötchen*.
Bist.

P.S.

Ich habe mein Wort gehalten, Doosie, I've kept my word. After breakfast I *did* tell Ulrike. I was very frank. Women's equality, I said, was a lot of bullshit, Bockmist, Quatsch.

Ulrike was wild with rage, Wut, and afterwards we made love. I have never met a woman who was so good at it. You have a serious rival, Doosie, ausgesprochen *raivl*. Während ich dies niederschreibe, höre ich Ulrikes Schreibmaschinengeklapper. She's typing a letter to Antje, her lesbian girl friend, to say good-bye.

We are in love.

Habe diese Zeilen eben Ulrike gezeigt. Sie kaute noch an einem Brötchen, las und lachte. "Gut gelogen", sagte sie. She sends her love to you and wonders who is a rival-*raivl* to whom. "Diese Doosie gefällt mir", sagte sie.

1. Auf englisch bitte: "versagen" (scheitern); "Thema" – Ulrike and I discussed the ... for hours (bitte ohne das etwas abgelegene "theme"); und schließlich "Sache" – for instance: the feminist ...

2. Zwei Wörter für "verdammt". As you may remember, I am a ... hypocrite and a ... reactionary. (Da ist noch ein drittes Wort, ganz am Ende vor diesem PS, mit einem langen Gedankenstrich, with a dash, aber das brauchst Du nicht aufzuschreiben.)

3. "Im Durchschnitt". As you may remember, so and so many Doosies are being sold daily, im Durchschnitt. Weiter: wie schreiben Sie "d.h" auf englisch, und wie sprechen Sie es aus? Bei dieser Gelegenheit bitte auch "z.B.", englische Abkürzung und Aussprache.

4. Ein gutes Slang-Wort für Psychiater oder Psychologe oder Psychotherapeut oder – well, a word for the most understanding and indiscreet of men. Weiter: bitte um "Zuhälter". Schließlich "in Reichweite". As you may remember, I thought that Bed was ... ... as far as Ulrike was concerned.

5. Ulrike schielte eben auf Punkt 4 und meinte, ich hätte eine schmutzige Phantasie. Bitte also noch um "schmutzige Phantasie", auf englisch. Ulrike weiß es schon.

(For reasons of make-up, *Umbruch* – the printers asked me to add a few lines on this page – let's have our good old question marks here.)

?

?

?

?

?

Die letzte Frage, "schmutzige Phantasie", vor allem deshalb, weil die Engländer eine solche haben. Believe me, in England you can hardly say a word – not even "it" – without somebody giggling-kichern(d). Therefore, if you're 'touchy', ein bißchen zu empfindlich, never say anything in English.

Allerdings gilt dies nur mit einem wichtigen Vorbehalt. When speaking about the "dirty imagination" of the English, "dirty" is not really "schmutzig" in the German sense. Dirt is much dirtier in Germany than it is in England, probably because the Germans lack the English sense of humour.

Vielleicht ist das eine grobe Verallgemeinerung, a sweeping generalization. Aber der Deutsche ist nun einmal ernster. "Tierisch ernst" (in bed and otherwise), das läßt sich ebensowenig ins Englische übersetzen wie meine Spezies, das bereits genannte "Arbeitstier".

That's why I'm fascinated by German women. In England, sex is merely fun. In Germany, it's a *Naturkatastrophe*. I like it.

Da muß ich Ihnen von Eberhard und seinem Hahn erzählen.

Eberhard and his Cock

Everybody liked him, and so did I. His name was Eberhard Kützke, of Bielefeld. He worked as a "comp" or compositor or Handsetzer at a small printing shop or Druckerei at Uxbridge, Mx or Middlesex. He was 28. Like all Germans he worked hard.

One day he was trying to fit, einpassen, the block, Klischee, of a cock, Hahn oder ... well, it also has a "dirty" meaning – again: One day he was trying to fit the block of a cock on the top of a magazine page.

He couldn't. The block was too big for that page.

"I can't get it in", said Eberhard. He had tried and tried again. He seemed to be pretty desperate.

"Can't you get it *in*?" his colleague asked and smiled.

"I *can't*!" exclaimed Eberhard of Bielefeld. He turned round to demonstrate his problem. He really couldn't get his cock in. It was too big.

"Can't you really, Eberhard?" This was old fat Betty from Cardiff, Wales. In her singing Welsh voice she repeated, ·sympathetically· ("mit herzenswarmer Einfühlung" etwa): "Can't you get it *in,* dear?"

Eberhard demonstrated again. He pressed the cock, he squeezed-quetschte it, but nothing helped. He was sweating. Er schwitzte.

"Yes, your cock is really too big", Betty sang, "sympathetically".

By this time, the entire staff, Belegschaft, had crowded around him, about fifteen people. They started betting, schlossen Wetten ab, whether or not he might "get it in", after all. Everybody giggled, kicherte.

Eberhard got mad, wütend. He was beside himself, außer sich. Empört wandte er sich an mich, betrachtete mich wohl als Landsmann und Gesinnungsgenossen:

"Die wissen nicht, was *Arbeit* ist", schrie er, "diese ... diese ... Schweine!"

I don't remember whether I agreed with him. Perhaps I did. Ich bin ein ernster Mensch.

1. Ich bitte um "kichern", soeben vorgekommen. – giggle; fail; subject; cause (ausgesprochen wie ein gedehntes Ende von "because").

2. Ich bitte um "wetten". – bet; damned / bloody, letzteres bekanntlich *bladdi* ausgesprochen.

3. Ein sehr häufiges englisches Wort, das etwa "verständnisvoll teilnehmend" ausdrückt (remember old fat Betty), im Deutschen aber als Fremdwort eine andere Bedeutung hat. – 'sympathetic'; on average; i.e. (vom lateinischen "id est"), Ausspr. *ai-i*. Und "z.B." ist: e.g. (vom lateinischen "exempli gratia"), mündlich meistens "for instance" ausgesprochen.

4. Wie sprechen Sie "sweat" aus (schwitzen, Schweiß)? *swett;* a shrink; a pimp; within reach.

5. "Schmutzige Phantasie" habe ich Ihnen inzwischen schon übersetzt, so you should know by now. Anyway, "Phantasie" isn't really "fantasy" but *imagination,* whether dirty or not.

Inzwischen hat's geklingelt. Antje ist gekommen. Ulrike's sweetheart. Ravishing girl, simply fantastic.

They have closed the glass door. It's very quiet in there now, just some faint soft music.

Was die wohl jetzt machen? I'm afraid (your "unfortunately") – I'm afraid my dirty imagination isn't feminist.

Aber die Brötchen morgens. Geht das auch lesbisch? Ich kann's mir nun einmal nur mit Dir vorstellen.

P.P.S

Muß mir die Zeit vertreiben, während die beiden ... na ja. Außerdem höre ich Dich monieren, daß ich Dir Ulrikes *Umwelteinflüsse* nicht übersetzt habe.

Umwelt: environment. "Umwelteinflüsse"? Tja, wörtlich "environmental influences". In Ulrikes Fall vielleicht, da es sich nicht um Dunstglocken, sondern um meine Einstellung zu Frauen handelte, "social environment". Je nachdem – ·it depends·.

Please note that "environmental influences" is *two* words, not one like "Umwelteinflüsse". Im Englischen bleiben Wörter frei, man scheut Zusammensetzungen, ·compounds·.

Compounds are dangerous. Ja: gefährlich. Suppose, nimm an, there was a man called Alan Pitler who started a movement called "national socialism".

How can "socialism" be "national"? Two words that make no sense. So etwas hätte nicht viele überzeugt, such nonsense ·cuts no ice·.

"Nationalsozialismus" aber, *ein* Wort, das ist schon als Begriff geboren, das ist einfach *da*.

Compounds are dangerous. And beautiful: Mondscheinsonate. Osterglocken. Eisblumen. Zauberberg. Deutsch schöne Sprache, gefährliche Sprache.

Spreche sie gern mit Dir. Muttersprache. Again a compound. Wenn Dir das zu sentimental klingt, male ich Dir zur Strafe etwas auf – aber sei bitte nicht böse:

The Review

Dear Doosie,
Two weeks have gone, we are now in Baden-Baden. Die lange Schreibunterbrechung hat etwas mit dem Bäckerwagen zu tun, mit dem Unfall, den ich einmal erwähnte. Muß das alles mal genauer erzählen, aber nicht jetzt, I hate to ·bother· you with it – "bother" etwa: belästigen.

Bitte frei übersetzen: "Ich will Sie damit absolut nicht belästigen."

"I absolutely don't want to . . . ?" Ich hoffe, Du hast aufgepaßt, im Englischen sehr häufig:

·I hate to· bother you with it.

Aber nicht nur der Bäckerwagen ist an der Unterbrechung schuld. Auch Briefe nehmen Zeit in Anspruch, jeden Morgen kommen Dutzende, dozens, *dasns* (beide *s* bitte stimmhaft weich) – nochmal: *dasns* of letters arrive every morning. I mean my Doosie correspondence.

Vieles kann warten, aber ich habe täglich im Durchschnitt (again: on average) etwa vier akute Fälle, die mit Vorrang zu bearbeiten sind. Etwas ausführlicher: Among heaps of letters forwarded-nachgesandt or received directly – among those heaps-*hieps*-Haufen there always are four or five Doosies writing daily. These are the acute cases. Their letters usually begin with the word "Geliebter!". Ich lese dieses Wort immer wieder gern, especially when written by different persons, und antworte dementsprechend mit dem schönen deutschen Wort "Geliebte!", das offenbar gleichfalls gern gelesen wird. Durchschnittsdauer etwa drei Monate, dann stirbt's meistens von selber ab, verläuft sich im Sande, ·peters out· (es gibt ja schließlich, ·after all·, noch andere Männer) – peters/*pi*-ters out, und hat allerseits große Freude bereitet.

Nothing lasts forever. Ich bin da völlig selbstlos, nehme das Ende gelassen hin: Love is a highly personal feeling, one never knows when it ends, and it should therefore be left to the other person. This saves much unnecessary suffering. Auch kommen immer wieder neue anstelle der alten, and as I said there is an average of four to five acute cases. Zum Glück fragt keine, ob sie die einzige ist. I think each of them ·takes it for granted·, sieht das als selbstverständlich an. I wish the one who *is* the only one would ask that question. But you are right: Love is a personal feeling. Leave it where it is.

Wie gesagt: Wir sind in Baden-Baden, und zwar in einem Hotel. I moved to that hotel this morning, zog um, from Titti's lovely appartment near the Casino. (Nochmals: I ·moved·, *mu—vd.*)

Titti, full name Titti Strutz, 31, is very attractive. Photo: The wiry-drahtig type as you'll find it twice a year, usually in October and in March, in "Playboy's Playmate of the Month". (For the rest of the year, the "playmates" of that magazine are fatter.)

Her Doosie letters from Baden-Baden – instead of "Geliebter!" they simply started with "Dear Male" – had always been top priority, ich hatte sie sowohl rot wie grün markiert – red, as you may remember, for connections, Beziehungen, and green for "playmate".

Grün: "Mein augenblicklicher Geliebter", schrieb sie schon in ihrem ersten Brief, "ist eifersüchtig auf Sie." I liked the "augenblicklich". I like women having many lovers, as long as I am one of them. Let them be jealous-*dschéll(e)s*-eifersüchtig. I never am. Um es noch einmal zu sagen, diesmal auf deutsch: Liebe ist am besten beim andern aufgehoben.

Rot: Sie sei Journalistin, schrieb sie, und – most important of all – sie habe "erstklassige Beziehungen zur Presse". That meant that she might be willing to ˙pull strings˙, "Fäden zu ziehen", ihre Beziehungen spielen zu lassen. In more than one letter I had asked her to do so, but I always got the same reply: She would use those connections for me, if only I'd come to Baden-Baden to *see* her.

It wasn't quite clear to me how first-class connections could have anything to do with "seeing her", but I didn't worry: Wer *so* aussieht, kann sich seine Beziehungen aussuchen.

Nun wissen Sie vermutlich, daß Besprechungen oder Rezensionen – in English *reviews* – well, you know that reviews are most important for an author. Without them a book, however good, is ˙good-for-nothing˙, wertlos. Weshalb ich Titti schon am Anfang unserer ausgedehnten Korrespondenz vorgeschlagen hatte, eine Besprechung zu schreiben. After all, "letzten Endes", "im Grunde", *after all*, I haven't got too many Doosies who are journalists and also have the necessary connections, together with those Playmate looks. In fact, excepting her, I have *keine*.

Bitte "keine" übersetzen.

I have nobody? (Nicht sehr gut.) I haven't got anyone? (Akzeptabel.) Am besten aber: I have none – *nann*: Das klingt wirklich nach absolut niemand.

Of course, she answered, she would write a review, "a long and strong and penetrating one, like a good lover's" (whatever that meant). Would I, "therefore", come to Baden-Baden first, to "see" her.

I *have* seen her now, for three days and nights, but I don't think the review will ever be written. Titti sieht ganz einfach zu gut aus, hat offenbar auch zuviel Geld. Women of that kind have so many connections and get involved in so many ·issues· (causes, principles, campaigns) – feminist, anti-atom, anti-Springer, anti-antisemitism, et cetera, that –

Wenn Sie aufgepaßt haben, dürften Sie übersetzen können: "Ich will da nicht hineingezogen werden": I don't want to get . . . in this.

There was no issue, pronounced *ischu* or *ißju*, in which Titti didn't get ·involved·, and every day there was a new one. Folglich wollte Titti jeden Tag über etwas anderes schreiben – with the result that she wrote nothing at all. To put it metaphorically, she had so many irons in the fire – Eisen im Feuer– that there was no fire left (except at night, doch davon später). Never, never would there be a review of my book.

Schade. Frauen haben bisher immer die besten Rezensionen über meine Bücher geschrieben, even if the literary quality of those reviews could hardly have been worse.

Ob ich eine an ihrer Stelle schreiben könne, fragte ich, sie brauche ja nur ihren Namen darunterzusetzen. She was deeply hurt, zutiefst verletzt. "Don't you know that I have a style all of my own?" she asked. I didn't. As far as I know she has never written anything. Which is a style as good as any other, I suppose.

But this is not the reason why I left Titti's apartment this morning, to find myself in this hotel. The reason is that Titti is very sexy, ideally so.

Noch nie habe ich eine so . . . Frau gesehen. The word, it seems, is "nymphomaniac". Personally, I always thought that a nymphomaniac is a maniac for nymphs, i.e. a male chauvinist pig, but according to all dictionaries it's ·the other way round·, umgekehrt: a maniac nymph.

Heißt eine luxuriöse Dachterrassenwohnung jetzt auch auf deutsch ein "Penthouse"? And is there something like a "nymphomaniac style"? If so, Titti's penthouse certainly was an example. There was ·no end of· phallic symbols all over the place, from Africa, Mexico, the Isle of Man and New Guinea. (She had been everywhere, and "Guinea" is pronounced *gínni*, just like ·guinea pig·, *gínnipig*, Versuchskaninchen.) Her Bechstein grand piano, too, was full of them – those symbols I mean.

So auch beim Abendessen (sie kochte gut). Even the salt-cellar, *Salzfaß*, the burning candles-Kerzen and the loaf of French bread took on a phallic form – everything did, including the cigars she smoked after supper. ("I hate those puny cigarettes", she said – ·puny·, *pjú—ni*, small and weak, not big enough). Maybe all that was my dirty imagination. But this much is sure: Ihr Telefon klingelte andauernd, und jedesmal war ihre Antwort dieselbe: "Not tonight, darling, I've got one – bye bye."

Wie zur Erklärung zeigte sie auf eine von zwanzig oder dreißig bunt eingestickten Nummern auf ihren Jeans. "That was François", she said after the call. His telephone number.

Hier also endlich – it's almost too good to be true – endlich eine Frau, die wie ein Mann liebt: oberflächlich, intensiv, und möglichst immer einen anderen. "Sex is a sense like any other", Titti said while I examined those numbers on her jeans. "I love zabaglione, but even so that's not the only thing I intend to eat all my life – would you?"

There is, then, reason for hope. I had been dreaming of such a woman all my life, but never met her until now: the fully emancipated woman with whom you can sleep as you can eat with her, or drink, or listen to a Mozart concert – in beliebiger Reihenfolge, ohne daß Mozart nach deutscher Gewohnheit unbedingt zuerst kommen muß.

Bitte um "in beliebiger Reihenfolge". Es gibt da ein kleines Zauberwort für "beliebig".

In ·any· order.

Herrlich! My dream of the emancipated woman coming true! The dream of homosexuality between man and woman: *Gleich*geschlechtlichkeit, endlich! Wie bei Titti, so vielleicht einmal bei allen. Perhaps, maybe, who knows – vielleicht werde ich einmal als Achtzigjähriger, as an octagenarian, den Traum des Achtzehnjährigen verwirklicht finden. Noch aber sind wir nicht ganz so weit.

What I mean is this: Sexually, women are not yet fully emancipated from "Liebe", whatever that is. But Titti *was*. Now this is exactly why I had to leave her penthouse this morning.

Doosie, Sie werden sicher schon erraten haben, warum. Remember "puny", *pjú—ni*. Titti wanted someone else, a "stallion" as she put it (Hengst), and she wanted him quickly, after what she called – jetzt kommt ein wichtiges Wort, bitte übersetzen Sie "klägliche Leistung", sehr frequent im Englischen.

– she wanted that stallion quickly, after what she called my ·poor performance·.

Sie setzte sich ans Telefon. She dialled-*dai(e)ld*-wählte. Ich wollte mich diskreterweise in ein anderes Zimmer zurückziehen, but she asked me to stay. "It's only François", she said.

"You can come now." That was all she said to him. She put down the receiver, legte auf.

I hate Frenchmen. They have been at it for hundreds of years. They should be worn out by now, verbraucht, just like their language (sorry, Doosie). But no, they still make it a matter of national pride to be the world's most glorious lovers.

"That's what comes of a poor performance", sagte ich und hoffte auf Tittis Widerspruch.

"Yes", she said, "but never mind."

Ich habe ehrliche Frauen gern. It makes them more attractive sexually. Aber in diesem Falle half auch das nichts.

Nein, Doosie, lieb von Ihnen, aber das liegt nicht nur an meinem Alter oder an dem Brötchenwagen. I have never been a great lover. True, most women told me that I was, aber was sagt man nicht alles mitten in der Nacht, in a desperate attempt to reach orgasm. Titti, too, had been quite complimentary (Oh, Ah, Uii, etc.), und dann setzte sie mich vor die Tür.

Ich weiß, was Sie jetzt denken, Doosie, und ich muß es Ihnen anstandshalber übersetzen, da Sie diese Worte in meinem Bericht zu vermissen scheinen. "Zärtlichkeit": tenderness. "Geborgenheit": security. "Vertrauen": trust.

Sehr wichtige Dinge, die wichtigsten, bin ganz Deiner Meinung. We must talk about these things some time, Doosie, ·unless· (your "if not") – unless that's what we, you and I, are talking about all the time, in one way or another (mostly in another). That reminds me: I should have given you a translation of "zabaglione" which Titti said she loved and which I, too, am wild (mad, crazy) about. Now, it's the same word in German because it's Italian and it is a dessert, *disö—t*, "consisting of egg yolks, sugar, and wine beaten until thick and served hot or cold" (from an American cookbook – or, more "British": cookery book).

Wie die Männer gegenüber Frauen, so hatte nun auch Titti Strutz ob ihres maskulinen Benehmens mir gegenüber ein schlechtes Gewissen. She felt she ought to do something for me.

"I'll pass you on to my mother", she said. Vermutlich sagte sie's auf deutsch, aber es ist seltsam: für Dich höre ich das meiste auf englisch. (Some kind of tenderness, I guess.)

"I'll pass you on to my mother." Her voice had a strange ring, einen seltsamen Klang. That ring – was it compassion, Mitleid? Ich habe nichts gegen Mitleid, solange es mir gut geht.

Sie konnte unmöglich ein Weitergeben in das Bett einer älteren, anspruchsloseren Generation meinen. Nach Tittis Andeutungen zu urteilen, to judge from Titti's hints, her mother was a woman of the highest moral principles. For instance, she strongly ·objected· to Titti's promiscuity, beanstandete (?), lehnte ab (?), protestierte gegen (?) – remember "to object to"! – hatte also etwas gegen Tittis Freizügigkeit, sogar sehr viel: she ·strongly objected· to it. Vermutlich war sie prüde, prudish; sie schien überhaupt etwas gegen Männer zu haben.

"Anyway, I'll pass you on to her."

Wieder dieser seltsame Klang ihrer Stimme, that strange ring of her voice, und dazu ein merkwürdiges Lächeln. Most ·intriguing· – schwer zu übersetzen, *nicht* "intrigierend", sondern eine Kreuzung zwischen "mysteriös" und "spannend". But I did not want to be ·inquisitive·, wieder schwer zu übersetzen, eine Kreuzung zwischen "neugierig" und "bohrend". Je neugieriger – the more curious you are, the less inquisitive you should be. Frei übersetzt: Je neugieriger man ist, desto mehr soll man seinen Mund halten.

Again: ·intrí—guing·, mit langem *i*; ·inquísitive·, mit kurzem *i*.

Was konnte dahinterstecken, what could be behind

it? Würde Muttchen vielleicht – was there a chance that Mummy might write that review?

Hardly, kaum, or, as Pygmalion's Liza said, "not bloody likely". Irgend etwas war da nicht ganz geheuer, war "faul" – kennen Sie das englische Wort dafür?

Something was ˙fishy˙ there. Mutti, sagte Titti, sei zwar ein bißchen "verquetscht" (odd, queer, funny, per Fremdwortmethode ginge notfalls auch "eccentric"), aber ihr "Kreis" könne mir vielleicht nützlich sein. Kreis: circle? club? entourage? friends? Ich fragte nicht. Again, I didn't want to be inquisitive. Auch konnte ich nicht mehr fragen, denn es klingelte, François kam.

Sie gab mir einen Abschiedsklaps und sagte, das mit Mutti würde schon klappen, es sei ja auch Donnerstag heute. "I'll talk to her and pick you up at the hotel in about two hours."

Warum "Donnerstag"? No use being inquisitive. I left as quickly as I could, sie schien mit François Eile zu haben. Einen Augenblick zögerte ich zwar: Should I suggest a two-man combination? Sehr reizvoll sicher, mit einer endlich einmal voll emanzipierten Frau. But for one thing, there was my poor performance, and for another thing, while having nothing against males more potent than myself, I do have something against potent Frenchmen. That's what you call ˙prejudice˙, *prédd-(sch)udis,* Vorurteil, wichtiges Wort, oder noch englischer, noch wichtiger: ˙˙bias˙˙, *bai(e)s.*

Bias or no bias, I ˙cleared out˙, verduftete.

Inzwischen haben wir Freitag. Titti kept her word on Thursday. She picked me up at the hotel in her "beetle" (ein VW-Käfer heißt auch auf englisch so), and drove me to her mother.

Titti Strutz' Mutti wohnt gleichfalls in Baden-Baden, jedenfalls in allernächster Nähe, in schönster Weinberglandschaft, ganz oben auf einem hohen Hügel, in einem Schloß. Ihr Name ist Marie-Louise Fürstin zum Strutz. Titti Strutz, or as it now turns out, Theodora (Jung-)Fürstin zum Strutz, had never told me her full name: Titti is a so-called 'inverted snob', ein umgekehrter, ein Einfachheitsprotz.

Das Schloß selber heißt ebenfalls Strutz, genauer Kastell Strutz (11.-18. Jh.), von den Einheimischen einfach "das Schloß" genannt, doch nicht nach Kafka, obwohl sein Roman auf englisch "The Castle" heißt, wobei wir wieder bei "Kastell" angelangt sind.

I should love to tell you here and now what happend in the Castle. But we have to stop, es haben sich inzwischen zu viele Vokabeln angesammelt, die wir aufarbeiten müssen. "Schließlich lieben wir uns doch nicht zum Vergnügen", you said last night. That was in a dream. And then you asked me, in that dream, to translate "tenderness" into – English.

I did.

P.S.

Falls Sie heute morgen mein Ehrgeiz störte, von möglichst vielen und immer wieder anderen mit "Geliebter" angeschrieben zu werden, möglichst auch mit glaubwürdiger Begründung (zum Beispiel – die Formulierung kommt zuweilen vor – "Es war heute nacht sehr schön mit Dir") – falls Sie das stört, in case you mind, please remember this:

a) There is no English word for *Geliebter*. Compared with that German word (Sie können auch "in comparison with" sagen, oder ganz einfach:) – in comparison, words like darling, sweetheart, honey, sugar and the like are ·chicken feed·, "Kükenfutter", gar nichts. What else is there to choose from on the language market? "My love" is a bit too vague and general; "my beloved", *bilávvid*, ist, wie Sie es schon der Aussprache ansehen dürften, etwas minnesängerisch; und "my loved one" is too tearful: Tränenreiche, meist amerikanische Witwen würden so etwas sagen – you MUST read Evelyn Waugh's "The Loved One" ("Tod in Hollywood"), auch wenn Sie im Buchladen beim Aussprechen von "Waugh" einen roten Kopf kriegen sollten. (Just say "wash" without the "sh".) Was sonst noch? "My lover", though acceptable, is a little too technical and mostly someone else's ("her lover", e.g. Lady Chatterley's). *Geliebter!* Da erst fühle ich mich ganz zu Haus. Du hoffentlich auch, Geliebte.

b) What else do you want me to say in defence, Verteidigung, of my Doosie harem? Would it satisfy you if I said that I like to meet you in as many *Verkörperungen* or incarnations as possible?

"Zynisch!" – sagten Sie das?

Zum Donnerwetter, Doosie, ich hab Dir doch mit aller Deutlichkeit gesagt, anstandshalber schon ganz am Anfang – to be fair to you, I ·made it perfectly clear· right from the outset that I *do* mix up Work and Sex. Also, in that very first letter, I *did* give you the reasons, one by one. Damn it all, ich kann diese Gründe jetzt nicht noch einmal aufzählen, schon damals waren sie heikel genug. Oder willst Du wirklich, daß zum Beispiel ein Mann, der eine Frau wie eine Zitrone auspreßt, bis zum letzten Pfennigtropfen – daß dieser Mann jener Dame nicht nur einmal, sondern immer wieder, *over and over again,* erklären soll, er sei ein Heiratsschwindler, a fraud, a gigolo? Und daß er ihr *immer wieder* (over and over again) die herzzerbrechenden, heartbreaking, Gründe vorweint, warum er einer ist? Should he keep telling you, for instance, that he, poor wretch, was left an orphan-Vollwaise at the tender-zart age of eleven (after he had killed both his mummy and his daddy), or that he, bless his poor heart, lost two of his fingers when playing a piano concerto by Rimsky-Korsakov in the Albert Hall, or lost his job, or his three wives and eight of nine children because he was too good to them or let them starve-verhungern? Or else, o schrecklichstes aller erdenklichen Schicksale, should he tell you every day that he has been in "exile" for almost a lifetime? That he got out of it at last, *raus*, with lots of Doosies to tell you about? And that telling you means language, life, love?

Ich "verarsche" meine Doosies, sagst Du?

Ich schulde ihnen mein Leben, meine Rückkehr aus dem Exil – alles. Und da möchte ich ihnen zum Dank wenigstens was Lustiges erzählen. Darf ich?

Natürlich, das Exil – Deines und meines, jeder hat eins – ließe sich auch anders lösen, man könnte endlich zu einer wesentlichen Einsicht kommen: Wenn alle Wege versperrt sind, dann bleibt nur noch ein einziger Ausweg – nach oben. (Nearer my God, to Thee.)

Das etwa wäre die letzte Weisheit. Aber ich bin noch nicht einmal bei der vorletzten angelangt. Du?

The next Doosie, please. Wie wär's zum Beispiel mit der Fürstin zum Strutz? Aber erst einmal:

1. Auf englisch bitte: Flügel (Tittis Bechstein), Besprechung (eines Buches), schlechte Leistung (of a machine, a lover, etc.), Eigelb (Zabaglione); Hengst, Versuchskaninchen, Käfer – letzterer bitte a) als Insekt, b) als Auto; und schließlich: "Einfachheitsprotz" (sorry, ich habe kein besseres Wort für Leute, die mit Schlichtheit angeben – oder, um hier etwas nachzuhelfen, für "umgekehrte Snobs").

Was sagtest Du?

Ach so, Du meinst die Doosies?

"Ja."

Na und?

"Gibt's denn in Schweden keine Frauen?"

Nein.

2. Bitte auf englisch: "umziehen" im Sinne: die Wohnung wechseln; weiter: "(nein,) kaum." Zwei Übersetzungen bitte, eine gepflegte und eine ziemlich ordinäre (Pygmalions Liza).

"Das ist doch Unsinn, in Schweden muß es doch Frauen geben."

Nein, Doosie, sorry, gibt's dort nicht. Auch keine Männer.

3. Bitte in diesem Zusammenhang um "Vorurteil", zwei Übersetzungen – eine allgemeine (neun Buchstaben) und eine schnittiger auf Parteilichkeit zugespitzte (vier Buchstaben, das Wort hatte sogar doppelte Prominenzpünktchen). In addition, please translate: "je-

manden besuchen" – aber ohne Dein ausgefahrenes und oft etwas kopflastiges "to visit". (Three letters, Titti said so quite frequently.) Weiter: "seine Beziehungen spielen lassen" – bildlicher Ausdruck, hat etwas mit Fäden zu tun. Dazu noch bitte: "es als selbstverständlich hinnehmen" und "ich will es absolut nicht tun" (fünf Wörter, das erste Wort ist "I", if this is of any help . . .).

"Quatsch. Sie können mir doch nicht weismachen, daß es in Schweden . . ."

Doosie, es gibt kein Schweden.

4. Please translate: neugierig, zwei Versionen: erstens, wenn man's ist (das darf man schon sein, finde ich), und zweitens, wenn man's allzu hörbar zeigt (das sollte man schon lieber sein lassen).

"So lasse ich mir doch nicht über den Mund fahren. Schweden –"

Erstens: "Über den Mund fahren" heißt etwa "to browbeat", *braubiet*, Betonung auf der ersten Silbe. Zweitens: Exil hat keinen Namen. Drittens: Wenn *Du* "Schweden" sagst, dann glaube ich fast, daß es so etwas geben könnte. Give it a name, Geliebte . . . Wir könnten einmal hinfahren und nachgucken. Vielleicht wird mir dann ein Licht aufgehen – perhaps it might ·dawn on me· that the trees I saw there were actually green.

5. Hast Du Fragen 1-4 schriftlich beantwortet? Erst dann lasse ich Dich an Frage 5 heran.

Ja ja, Doosie, ich hab's gehört, "scheißsentimental" hat da eben jemand gesagt, als ich gewisse Exilgefühle erwähnte. But I don't think it was you. Zwar bist Du der nüchternste Mensch der Welt, aber auch der scheißsentimentalste, and that ·makes two of us·.

5. Bitte übersetze ins Deutsche: 1. grand piano (a small one is called "baby grand"); review; poor performance; (egg) yolk; stallion; guinea pig (*gínnipig*); beetle (the insect and the motorcar); inverted snob. –

2. to move (to another place); hardly / not bloody likely. (These three words of Liza's have become ·proverbial·, sprichwörtlich.) – 3. prejudice, *prédsch-,* and bias, *bai-;* to see someone; to pull strings; to take it for granted; I hate to do it. 4. curious / inquisitive. Und, um auf Scheißsentimentales zurückzukommen:

Was sagt man, wenn einem etwas erst richtig aufgeht, wenn es einem "dämmert"? (Solchenfalls durch Dich.)

Give it a name, Geliebte, and
it will ·dawn on· me that trees
and clouds and men and women
must be there, and life.

Hurrah!

Ganz wie im Deutschen ausgesprochen, *huráh*. An sich dürfen Sie auch *hurei* sagen, Betonung gleichfalls auf der letzten Silbe, müssen das Wort dann aber anders schreiben: hurray. Oxford scheint "hurrah" vorzuziehen, but never mind: The main thing is that you've got a reason for shouting "hurrah", "hurray", "hooray" or whatever. Wie Sie sehen werden, hatte ich einen Grund.

(Übrigens, wenn ich in rein sprachlichen Dingen "Oxford" sage, meine ich das ausgezeichnete *Oxford Advanced Learner's Dictionary*, das ich Dir warm empfehle, schon weil es einsprachig ist: Englisch auf englisch erklärt, Du bleibst in der Sprache.)

Now back to that hurrah business.

Titti setzte mich vorm Schloß ab. Das war gestern, Donnerstag. Mutti sei eingeweiht, sagte sie, and off she was in her beetle. That François again?

The castle looked impressive. Its architecture was mostly baroque with a touch of rococo, but being very old there still were some traces of Romanesque and Gothic.

Bitte den vorigen Absatz noch einmal lesen, da ich Ihr kunsthistorisches Englisch bereichern will. Dabei "rococo" bitte *r(e)koukou* aussprechen, Betonung auf dem ersten *kou*, wie cocoa-*koukou*-Kakao. Und Romanesque, romanisch: *roum(e)néssk*.

Der Blick vom Schloßberg! Wer hat das nicht alles besungen, beschrieben, gemalt! Heimat ist, was Menschen sahen, die uns etwas bedeuten. Noch nie habe ich mit Dir eine so schöne Landschaft gesehen, never have we seen such a beautiful ... (Landschaft: landscape? 'by all means', meinetwegen; aber häufiger:) such beautiful scenery, sí—n(e)ri.

Then I entered the castle. A servant, Diener, led me upstairs to a large and longish room, a sort of gallery. "Sie gehören doch zum Donnerstagskreis?" he asked.

There were some fifty people in the room, almost all of them women. Offenbar, ˙obviously˙, der Donnerstagskreis. Die Fürstin, eine stattliche Person um die sechzig (her flesh had still some of the qualities of Titti's, many a man must have enjoyed it in its prime, Blüte, at about the time when her husband, the Fürst, killed himself) – nun, die Fürstin kam mir entgegen und sagte, sie wäre "happy to meet me" (she spoke English) and asked me to sit down. Evidently, a conference or discussion was going on.

Vier oder fünf Männer nur, Aussehen lammfromm – the word is *meek*. Keine ernsten Konkurrenten also, no serious competitors. Among the females, a good half seemed to be bed-aged, though many of them looked ˙sort of˙ haggard, irgendwie verhärmt. Even so, there were quite a few "green" openings. The rest – stattliche Damen höheren Alters – all seemed to deserve red or blue markings: there was status here.

Man brauchte nicht lange zuzuhören, um zu "schalten" (so sagt man doch wohl jetzt? I mean: to catch on, to get the feel of it): the Thursday Club was militantly feminist. Auch weiß ich inzwischen noch etwas mehr:

They meet on the first Thursday of each month, always at Strutz (the Castle). They have a chain of local divisions, ˙nationwide˙, bundesweit. They publish a monthly magazine called *AP*, which in English stands for "Associated Press", but which in this case *bedeutet* ... bitte "bedeutet" auf englisch, diesmal ohne Dein ewiges "mean", es kam eben vor –

– well, as far as that magazine is concerned, AP

stands for "Anti-P", the P probably *standing for* Phallus, Penetration, Penis and suchlike. (Ich kriegte immer wieder andere Antworten.)

Außerdem haben sie noch einen Buchklub namens *Paria* (the English spelling would be Pariah). This book club publishes a "Book of the Month" selling over 100,000 copies, whatever the title or the contents. Über hunderttausend ... was heißt "Exemplare" auf englisch? Bitte aufpassen.

Das bisher letzte dieser monatlichen Hunderttausendbücher hieß *Das Loch*. It was the diary, *dai(e)ri*, Tagebuch, of a Hamburg Sankt Pauli prostitute, with the Duchess or Fürstin as her ghostwriter. Sagen Sie auch auf deutsch "Ghostwriter"? Falls nicht (ich bin noch immer nicht ganz drin): Somebody writing the rubbish somebody else couldn't possibly have written.

On the Thursday I was there, the next Book of the Month was presented. (A female writing on "Sisterhood".) Dann wurden einige Artikel in der letzten Nummer von *AP* diskutiert. Um Ihren Wortschatz zu erweitern, hier auf englisch:

– One article on the humiliating role of the woman as a "sex object". (Humiliating? Demütigend? I had myself been such an object for Titti a few hours ago, and I loved it. Schade, daß es nicht ganz klappte. Frauen haben es da leichter.)

– One against so-called "penetration". I hate to explain that ·term·, Ausdruck, Wort, Terminus, because it may be ·self-explanatory· in German – wenn ich nur wüßte! "Penetration": Mein Duden stellt sich dumm ("Durchdringung" usw.), and Oxford does the same: "Mental quickness" and stuff like that.

– One against a woman's (bed) position *under* the male, this again being "humiliating", wobei ich Dir endlich auch die Aussprache geben sollte: *hjumíll*-etc.

– One on Women's Lib (pronounced *libb,* more formal: Women's Liberation Movement) – again: One on Women's Lib, in this case among the working class ... or was it the middle or the upper class? I'm glad I don't remember because that way you get all three of them.

– One on ... I got sleepy.

– One on ...

Jemand klopfte mir auf die Schultern, ich erwachte, der Raum war leer, die Fürstin stand vor mir.

"You don't seem to be very interested in this", sagte sie freundlich. Ihr Englisch war fließend. Perhaps she had an American mother like Churchill.

"Aber nein – well, sorry, I *am* interested", sagte ich kleinlaut.

"Don't pretend, my dear", lächelte sie, und das ist wichtig, Doosie: ˙Don't pretend˙, tun Sie nur nicht so!

"My daughter Titti told me a little about you", she went on, "and I know your last book. May I be quite frank with you?"

"Yes, of course", I said.

Sie schaltete jetzt teilweise auf Deutsch um: "Sie scheinen mir, na, wie soll ich sagen – you seem to be a bit on the *male* side, in fact very much so."

"– meaning something like an MCP, madam?"

"I wish you were."

Schweigen meinerseits. Die Fürstin sah mich an:

"Sehen Sie, unsere Paria-Monatsbücher werden nur von Frauen geschrieben. Im Grunde immer wieder dasselbe. Frankly, these books are getting a bit monotonous, at least in the long run. Ich habe da an Männer gedacht, aber das ist auch nichts. Feige Bande. Cowards. There is hardly a man, and certainly no professional male writer, who honestly says what he thinks and who openly admits that he stands for male domination, arrogance and vulgarity. Überall Lippenbekenntnisse zu unserer Sache, everybody is paying lip service, and every d— macho male welcomes Women's Liberation. Where is the enemy? Bald wissen wir überhaupt nicht mehr, wogegen wir eigentlich kämpfen, if you see what I mean."

"Meinen Sie wirklich, gnädige Frau?"

"I mean it. Look here, Dr Hamburgher, sorry, Dr Lamburgher, if *you* could write such a book, a downright male chauvinist one, straightforward, *unverblümt,* provocative, outrageous, I really mean *outrageous, empörend,* das wäre eine Sache – my God, what a fantastic object lesson!"

"Anschauungsunterricht", nickte ich, nur um's für Dich zu übersetzen. (Und "outrageous" wird etwa *autreid(sch)s* ausgesprochen, Betonung auf *ei*, das ich Dich nicht *ai* wie ein Ei, sondern *äi* auszusprechen bitte. – Nochmals, diesmal mit Pünktchen: ·outrageous·, ·object lesson· und weiter oben ·lip service·.)

"Think about it", the Duchess went on, "ich garantiere Ihnen hunderttausend Paria-Leser. The Book of the Month, you know."

"Könnte man vielleicht auch wieder die Form von englischen Privatlektionen wählen, damit auch andere . . .?" (Doosie, ach, Geliebte.)

"By all means", said the Duchess, "ein bißchen Lehrgut kann nichts schaden, besonders bei einem solchen . . . how shall I put it – bei einem solchen an und für sich doch letztlich . . ."

". . . wertlosen Buch", I ·prompted·, half ihr nach.

"Das will ich nicht sagen", sagte sie und dachte es.

Mein Gott, wie recht sie hatte. But what can a writer do who (a) has hardly a language to write in and (b), because of (a), will never know if he really *is* a writer? (Yes, I heard. Sweet of you, Doosie, but . . .)

"Überlegen Sie sich's mal", sagte die Fürstin.

"I *have.*"

"Also nein?"

"Doch."

"You will write that book?"

"I certainly will."

Die Fürstin umarmte mich. (The genes, *dschi—ns,* Gene, of her American mother, I suppose.)

Hurrah! Let's have a bottle of champagne, Doosie. Da hätten wir also heute sämtliche bisher geschriebenen Seiten an hunderttausend Leser verkauft und können in Ruhe weiterschreiben. Doosie, ich liebe Dich.

Marxisten sagen, die Kunst sei eine Hure, a whore – Aussprache wie "for" mit einem h. A whore. This may be so, Art may be manipulated by the high and mighty. But what if Michelangelo – *Mai-* usw., meinetwegen auch *Mi-* usw. – what if Michelangelo just happened to feel like painting the Sistine Chapel, *sístain* or *sístihn,* Pope or no Pope? Wenn ihm, Papst hin, Papst her, nun zufällig sowieso danach war, if he just ·happened· to ·feel like it· in any case? Or take his Medici Chapel, dieses Gotteswerk für Florentiner Raffkes. There is no greater thing than being able to serve God and mammon at the same time. In etwas kleinerer Skala ausgedrückt, on a slightly smaller scale: I just ·happen· to ·feel like· doing my MCP stuff, and I'm grateful to the Duchess zum Strutz for manipulating me.

Sollte es Dir zuviel des Guten werden, so habe ich einen kleinen Trost für Dich. Wir könnten dann und wann ein paar neutrale Übersetzungsübungen einflechten. Ich habe nämlich ein Buch zu übersetzen, vom Deutschen ins Englische. Du könntest mich da "motivieren", denn Übersetzungen gehen mir eigentlich gegen den Strich, they ·go against the grain·. For one thing, translation work is grossly underpaid – grossly, grob, Ausspracheschock: *groussli* – and for another thing, there is that language problem again: A man who can hardly translate his own thoughts shouldn't try to translate the thoughts of others. Na, wir werden mal sehn.

I got that translation from the Duchess. There was tea afterwards, she brought the book along. I don't know why I accepted the translation, we didn't even discuss the fee, das Honorar. Ich schnappte einfach danach, automatisch, wie früher, immer noch diese Reflexbewegung des Exils: ARBEIT! Anyway, translations may be good for you.

Inzwischen habe ich mir allerdings die Sache etwas näher angesehen und bin ein bißchen skeptisch. Genaueres wäre wohl besser ins PS abzuschieben, da etwas peinlich, embarrassing.

So long. If you ·feel like it· (nochmals Pünktchen), go to bed while I am writing that postscript. You can read it tomorrow.

Laß aber das Licht an, ich kann sonst das Papier nicht sehen.

Good night.

P.S.

Zunächst einmal, to start with, let's repeat a few expressions which/that – Sie sagen mir zu oft "which", gebrauchen Sie bitte öfter das weniger einschneidende "that", ohne sich allzu sehr über den Unterschied den Kopf zu zerbrechen (dann wird's nämlich falsch) – well then, let's repeat a few expressions *that* might come in handy, die Dir gut zupaß kommen können, ˙come in handy˙.

1. "Von mir aus" (oder: na schön, oder: aber natürlich, gewiß, *ja* doch!). "Mach mir nichts vor!" (zwei Wörter). "Sie sahen irgendwie verhärmt aus": They looked ... haggard. Für "irgendwie" zwei Wörter, die viele Engländer fast in jedem Satz anbringen. – Ob Du's schaffst? Ziemlich schwer, obwohl das alles mit Prominenzpünktchen vorkam – allerdings oft mit einer etwas anderen Übersetzung. (Meine Übersetzungsvarianten, weil eine Sprache *lebt*. Rein pädagogische Gründe also. Ich kann nur hoffen, daß Du mich für einen genialen Lehrer hältst; Du lernst dann besser.)

2. Lippenbekenntnis (kam bei feministisch tuenden Männern vor); Anschauungsunterricht; Frauenbewegung (legerer Ausdruck, bitte auf die Plazierung des hier bei "Frauen" notwendigen Apostrophs achten). Exemplar (eines Buches). Honorar. Tagebuch. Und bitte raten: Taschenkalender.

3. Bitte "auf englisch" die Ziffer 100 000 aufschreiben. Ich möchte wissen, was Du in dem Zwischenraum zwischen den Nullen anstellst. Übungshalber auch noch 69 000 und – noch nicht gehabt – eine Dezimalziffer, sagen wir mal 0,6.

4. “Mir ist zufällig danach.”

5. Eine Mischung von “zahm”, “bescheiden” und “unterwürfig” (the males in the Thursday Club) – aber hier nicht: tame (zahm), modest (bescheiden), submissive (unterwürfig), auch nicht humble (anspruchslos), wenn Du auch jedes dieser Wörter herzlich gern dazulernen darfst. Weiter: “Mist” (a ghostwriter's it was) – bitte nicht: nonsense, bosh, trash, bunk, die ich Dir gleichfalls gerne zur Verfügung stelle. Weiter: “Landschaft” – bitte hier nicht: landscape.

Schluß. Antworten diesmal aus Tarnungsgründen im übernächsten PS. Bitte schriftlich, wie immer. Was nicht gewußt wird, läßt Du einfach aus. Ich liebe das, it makes me feel superior. Male arrogance I suppose.

Was nun die Fürstin und unsere Übersetzungsarbeit an jenem Buche betrifft, so handelt es sich um ein Manuskript, a typescript, about two hundred pages. One: By all means. Don't pretend! They looked ·sort of· haggard. Two: Lip service; object lesson; Women's Lib; copy; fee; diary (Tagebuch und Taschenkalender). Three: 100,000; 69,000; 0.6, gesprochen “o (*ou*) point six”. Four: I happen to feel like it. Five: meek; rubbish. Das letzte Wort, das mit der Landschaft, findest Du in meiner Schlußvignette. Warum diese Vignette dieselbe ist wie voriges Mal, das können nur Liebende verstehen.

Wie ich schon sagte, war es eigentlich mein alter Exilkomplex (ARBEIT!), der mir diese Übersetzung einbrockte. In Sweden, I had tried to ·make a living· on translations. They were always grossly-*groussli* underpaid. Die einzige Ausnahme war ein Verleger in Hamburg, für den ich “Schwedische Sünde” ins Deutsche übersetzte. He was the one who really paid well, although I never saw the money: he went bankrupt, er ging bankrott. Das hing mit dem damaligen Nachlassen der Pornowelle zusammen.

He was a nice man, and an idealist. He believed in pornography as a means to prevent wars, *Kriege*. Pornography, he said, gave an outlet (deutsch etwa: Ventil) – a sexual outlet for the "innate aggressivity of the male", für die angeborene ... usw. Jetzt aber ist er wie gesagt bankrott. Sollten Sie ihm helfen wollen, und damit auch mir zu meinem Übersetzungshonorar (fee), please order the largest possible number of ·copies· of a book called

Sex im Rampenlicht, Tabu-Verlag, Hamburg.

Mir machte die Sache großen Spaß, it was great fun. Mein sprachliches Handikap (meaning my far-off German) war kaum mehr zu spüren. Here, my freedom as a translator was practically unlimited. Quite often, my translation did it for the fifth time while Sven and Ingrid were still busy with the third. Also, I gave Sven an even bigger one. After all, it was a translation into German.

In the case of the Fürstin, however, the situation is different in more than one way.

Zum ersten scheint das Manuskript in schlechtem, übel hinkendem Deutsch geschrieben zu sein. Should I be faithful-treu to the original? In other words, should my translation into English be as bad and halting? This wouldn't be good for you.

Zum zweiten war die Sache mystisch. The author's name was "T.", no more, and the Duchess said that he, T., had given it to her after (?) killing himself, about a year ago, in Sweden. Sie habe das Manuskript achtundzwanzig deutschen Verlegern angeboten und achtundzwanzigmal zurückerhalten. Such things do happen. But why should I translate that stuff? Why on earth should there be greater interest in England or America for a badly written German book?

Zum dritten ist das Thema dieses Buchs tabu, in

English: taboo. Auf jeden Fall ermahnt mich mein Verleger immer wieder – my publisher ·keeps· warning me –, ein solches Thema unter allen Umständen zu vermeiden, weil so etwas "ganz einfach nicht ankommt", wie er sagt. How, then, are we to translate that book together, Doosie, if my publisher is against it?

In any case, the Duchess strongly believed in the thing. Sie wurde pathetisch (– not "pathetic", which means tragicomic; let's try "emotional" instead). She got emotional about it. Ihre Stimme zitterte:

"This is the testament of a man who lost his language, and finally himself, in a vacuum. As I see it, his loneliness and despair are a superb parallel to the present situation of the Woman."

(Hahaha, da haben wir's: "In the same boat", as Ulrike put it. Remember?)

Nun muß es schon heraus: Exil, jüdischer Hitler-Emigrant. Also gerade das, was mindestens achtundzwanzig Verlegern nicht paßt, offenbar mit Recht: Nicht einmal *Paria*, ihr eigener Buchklub, sagte die Fürstin, habe das Buch haben wollen.

While I am writing this, Doosie, T.'s typescript lies on the hotel bed behind me. Its title is *Briefe in das Schweigen,* probably a deliberate-bewußt variation on Tucholsky's *Briefe aus dem Schweigen.* In Tucholsky's case, "from Silence" was from Sweden in the 1930's. In the present case, almost fifty years later, "into Silence" must mean Germany to which that man tried to return – in vain, vergebens, from Sweden. Perhaps that's why he called himself "T.", choosing a crippled-verkrüppelt form of "Tucholsky" – meaning a Tucholsky without language, I guess, or something like it.

Um Dich zu warnen, weil die Sache vielleicht ein bißchen zu melancholisch für Dich ist, werde ich meine Übersetzungen mit "T." überschreiben. Du kannst sie dann überspringen *unless* – wenn nicht, sofern nicht – unless my publisher has cut them out already.

No fear for tomorrow, there will be no T. translation. To keep you up to date, I must first tell you about the Donnerstagskreis girl who drove me home last night, from the Castle.

Da fällt mir gerade der Schloßberg wieder ein, diese Aussicht. Schön sind die Dinge, die man nicht alleine sieht.

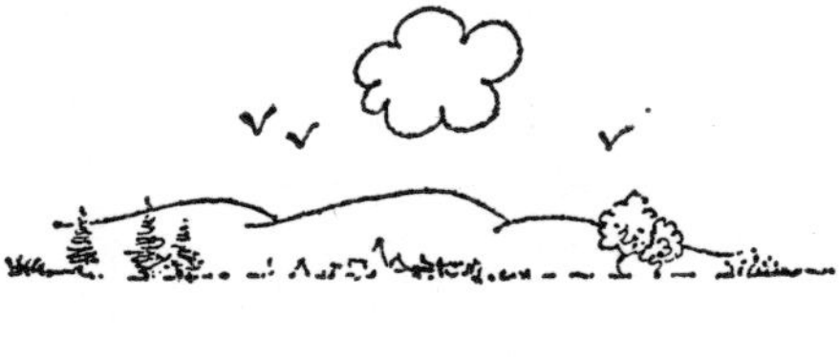

Never have we seen, you and I,
such beautiful scenery.

Fe-male

Dear Doosie,
In case you haven't noticed, falls Sie's nicht gemerkt haben: Die Überschrift ist eine eigens für Sie komponierte Mischung aus "female" und "male", *fieh/meil* – zwei Wörter, die ich Sie schon früher zu beachten bat, um Ihr überstrapaziertes "feminine / woman" bzw. "masculine / man" dann und wann zu variieren. Let's talk about the female first.

After tea with the Thursday Club, I took French leave. (Empfiehlt man sich auch im Deutschen "auf französisch"? Die Franzosen sagen nämlich, soviel ich weiß, "filer à l'*anglaise*".) Ich stand unschlüssig auf einer Treppe des Schlosses, mit T.'s Manuskript unterm Arm. As far as I recall (remember), I was looking for a telephone to call a taxi.

"Aiw—rä—jubu", erklang es schwach hinter mir. I turned round.

"I've read your book", kam es jetzt deutlicher, wenn auch immer noch leise, tonlos fast, von einer jungen Dame. She must have approached me silently from behind, like a leopard, pronounced *lépp(e)d* – or, to be fair to Women's Lib – like a leopardess, *lépp(e)des.* Sonst aber schien sie nichts von einem Raubtier an sich zu haben: Sie sah etwas schläfrig aus, sehr bleich, sehr blond, ein bißchen fade (insipid, wishy-washy) – •nondescript• is the word, nichtssagend. But on the whole, according to my ratings, she was still on the "green" side: the raw material was good, in fact excellent. Womit sich die Frage stellte: Is this a Doosie or just someone who happened to read my book?

“So you are a Doosie”, I said in my best male voice, d.h. etwas tiefer als gewöhnlich.

She nodded, nickte, or merely moved her head. It was hard to tell. It sometimes is with nondescripts.

“Ich versuche gerade, ein Taxi nach Baden-Baden zu kriegen”, sagte ich und gab mit meinem Englisch an: “We could ˙go Dutch˙” (bedeutet: “holländisch gehen”, die Kosten teilen).

To my astonishment she began to talk. She lived in Karlsruhe, she said, only a few miles away, and wondered if she could give me a lift. “It’s on my way in any case”, she added. All this was in English. Her pronunciation was very good, but the way she talked could hardly have been more phlegmatic and indifferent, gleichgültig.

Bleich, fade, gleichgültig, dazu größer als ich und ziemlich schlaksig – nicht ganz mein Typ. Da muß man schon etwas arbeiten, in fact you have to work hard. I did. Ich habe da einen Vorläufer, nämlich Stendhal, the French writer, who at great length, and with the proud-stolz logic typical of (French)men, described just that kind of hard work as *le phénomène de la cristallisation*. Man kristallisiert also solange um jemand anders herum, bis man platzt, d.h. verliebt ist.

I was. After five minutes, the insipidness of that blonde, especially her anaemic tallness, had become a potent-*poutnt* source of utter fascination: for me, this was the one woman in the world with whom I wanted to go to bed.

She was silent in the car – how fascinating! (I was still working hard.) But she *did* answer when questioned ˙point-blank˙ – schwer zu übersetzen: direkt, brutal gezielt. In this way, I got one or two things out of her. Her name was Dagmar. She had joined the Thursday Club out of a “certain disillusion”, as she put it, again in English, obwohl ich's selber immer wieder auf deutsch mit ihr versuchte.

Nichts zu machen. Manche Doosies fangen immer wieder auf englisch an, als "dankbare Leser" wohl. I hate it – nein, noch stärker: I ·loathe· it. Vermutlich quälen sie sich nur dabei, poor devils, und mir wäre weiß Gott Deutschkunde bei ihnen lieber. After all, that's why I came here. But I have myself to blame. How are *they* to know, poor bastards, that under certain circumstances English is the only language in which to write a German book?

She said she worked as a buyer, Einkäufer, at the Karlsruhe Beate Uhse shop, after having studied Medicine and having failed one or two examinations. (Medicine, pronounced *meddsn*; the rest: durchgefallen.) She said she was ·bored stiff· with that Beate Uhse job, entsetzlich angeödet. Den Rest konnte man sich selber denken: Faced day by day with no end of plastic penises, vibrators and so forth, she'd had enough of all that stuff, dead or alive, and had joined the Thursday Club – blasé, bored, weary, *wi(e)ri,* and ·weary· means: müde, lustlos, spannungslos.

Meine männlichen Attribute waren somit in diesem Fall kaum ein Plus – they were hardly an ·asset·. Auch das bei deutschen Frauen immer noch magische Wort "Schriftsteller" – thank Heaven, German women are romantic! – auch das zog bei ihr nicht, it didn't sell or, if you like that better, it didn't do the trick. Why, then, had she given me a lift and why was she now parking her car (for one hour) to come up with me to my hotel room? Was it, God forbid, pure kindness?

In my room, too, she remained impassive (Oxford: "showing no sign of feeling; unmoved"). Nicht einmal mein Händetrick hatte die geringste Wirkung. Der ist sonst praktisch unfehlbar, infallible. Er besteht darin, einer Frau, nachdem man andere, entscheidendere Körperteile möglichst unauffällig, with a ·furtive glance·, gemustert und gebilligt hat – einer solchen Frau nicht nur verliebt in die Augen zu sehen (no matter what eyes), sondern noch verliebter und noch auffälliger auf ihre *Hände* zu blicken (no matter what hands). But you have not only to *look* at those hands: with an air of utter fascination, verzückt, you have to *follow their movements*. Frauen (deutsche), ihrer plötzlich vergeistigten Schönheit selig bewußt, werden ein veritables Diaghilew-Ballett mit ihren Patschen aufführen. The rest is ·plain sailing·, freie Fahrt.

Dagmar aber merkte überhaupt nichts, und nach genau einer Stunde, der Parkzeit ihres Autos, ging sie wie sie kam. The truth is that she was ·dull·, *dall*, ganz einfach langweilig. Never have I worked so hard to build up a nondescript blonde to become the most attractive woman on earth. And all for nothing.

Dann, als ich ihr aus dem Fenster nachsah (ich wollte anstandshalber winken), ging mir ein Licht auf: On that car of hers, a blue "Saab", there was a letter beside the number plate: S

Sverige. Sweden.

No wonder that I had worked in vain. Love's Labour's Lost. Verlorene Liebesmüh.

Warum hatte ich nichts gemerkt? War ich nicht in jenem Lande fast mein ganzes Leben lang gewesen? And didn't everybody agree that Sweden was one of the best countries on earth, and absolutely the dullest? How was it possible that I didn't notice where Dagmar came from? How could I have been so deaf-*deff*-taub to her phlegmatic Swedish accent in that anaemic English of hers?

Die Antwort ist sehr einfach: Ich bin immer noch ein Deutscher. Deutsche merken nichts. Let me explain:

In Germany, women (and men) *do* misunderstand each other as passionately as I had misunderstood Dagmar. Die Deutschen sind nun einmal ein fleißiges Volk. Just think of all the energy they put into building up the image of the other one, without giving a damn whether that image is right or wrong. There is so much room for illusion and self-deception, Selbstbetrug, and so much determination behind it all. Das ist an sich etwas sehr Schönes, finde ich.

In Sweden, this is unthinkable. Excuse my 'sweeping statements', meine Pauschalbehauptungen: The Swedes are 'predictable', voraussagbar, and they are all alike. They cannot be misunderstood in any of those many ways which make us fall in love. They are Dagmars, all of them. Dull, *dall*. And like her, they are very kind. So kind indeed that they may go to bed with you or even give you a lift.

Sag nicht, das sei doch eigentlich eine viel gesündere Einstellung, a much healthier attitude. Of course it is, but neither you nor I have got it. We are – sorry, another 'sweeping statement' – we are hopelessly romantic: we are "crystallizing" auf Deubel komm raus. In other words: we are erotic.

The one romantic and erotic people in the world are the Germans, as long as "romantic" and "erotic" are understood the German way. Ich tue das nun einmal. I was brought up with it. Und merkwürdig: Seit meinen Tagen hat sich da wenig verändert. Believe it or not, I keep receiving letters containing forget-me-nots, Vergißmeinnicht, and poems by Hölderlin, Lenau, Rilke and the rest – als gäbe es noch Poesiealben, mitten in der Bundesrepublik. Und *Locken*! Again and again that lock of hair in those letters, and as a climax – in acute cases only, the "Geliebter!" letters – samples-Proben of what must be pubic hair (das übersetze ich nicht, übrigens bisher nur dreimal vorgekommen, immer etwas rötlich). Poems plus pubic hair: Das gibt's woanders nicht.

Vielleicht vermißt Du hier ein wichtiges Wort, das Du schon früher einmal zur Sprache brachtest: Zärtlichkeit. Tenderness. But that's exactly what I mean. To be precise, I mean its German version: poetic and pubic – oder, wenn ich's deutlicher sagen darf: gehoben geil. Wenn ich's noch deutlicher sagen darf, aber nur Dir, sonst keiner, denn dann bin ich des Todes: obszön. I love it.

Früher verstand ich das nicht. When I was young and still in Germany, girls admired my *Aaaugen* and my *Haaare* (on my head that is), while I would have much preferred them to admire my – na ja, Sie wissen schon. But I know better now: when they say *Aaaugen, Haaare* or, now that I wear glasses and my hair is falling out, *Seeele,* they are not only lyrical but at the same time downright ·randy· ("lascivious" may be easier for you to understand) – *ränndi.* Again: I love it.

Dagmar war fort, wohl jetzt schon in Karlsruhe, it was about nine, the day had almost gone. But something had to be done about the Swedish vacuum she had left behind. I needed something – how shall I put it? – something German. Something produced by meat, *Fleisch, flesh,* rather than by sloppy Swedish milk. Ich war süchtig, *sehn*süchtig (gibt es das Wort?).

Karlsruhe? Gute Idee. I remembered a Doosie who had written to me recently, from Karlsruhe. Strong, young, very German.

I phoned him, he was delighted and said he would be in my hotel in less than one hour.

Sein Name war Günter Lackfuß. He is a Graeco-Roman wrestler, Ringer, featherweight (58 kg), aged nineteen, admirer of Schopenhauer and of some lousy poems he had sent me (Poesiealbum). Going by his photo – the one nude any Doosie has ever sent – he is a beauty of a young man, a kind of Michelangelo's David ·in the flesh· (Oxford: "in life, in bodily form", and "Oxford" – ich sagte das wohl schon einmal – means the "Oxford Advanced Learner's Dictionary of Current English", das Sie sich vielleicht anschaffen sollten).

Yet there was one difference between them: Michelangelo's David looks relaxed, while Günter Lackfuß displayed his muscles. He showed (·displayed·) them with a winner's smile. They were strong. They fascinated me. They looked very German.

Die fade Sverige-*swärje*-Dagmar. War ich erotisch übergeschnappt? I had never done it with a male. Nicht einmal, als ich in den dreißiger Jahren, Spanischer Bürgerkrieg, in Francos Gefängnis drei Monate lang in einer Zelle mit einem von maskuliner Kraft und Schönheit strotzenden Adonis aus Andalusien eingesperrt war, alone with him, for three months, in the lecherous heat of the Spanish summer, dieser brünstigen-lecherous-*létschr(e)s* Hitze. I was young then. My balls (Oxford, marked "taboo" and "vulgar": testicles) – my balls seemed to explode, but the invitations of that beautiful Andalusian left me cold. Da ist nichts zu machen, vielleicht wäre es mit Hans gegangen, mein Sex ist nun einmal deutsch ausgerichtet.

"Deutsch ausgerichtet": Don't be shocked by this nonsense, Doosie. I told you that I am a male chauvinist pig, and "chauvinism" means the foolish glorification of one's own country – in this case a country which may be good or bad or terrible but which, for lack of any other country, I can't help calling my own.

Hans. Fünfzehn wie ich, der Stärkste meiner Klasse.

Wir trugen sehr kurze Hosen damals – sehr deutsch, sehr demonstrativ. Die Muskeln seiner Schenkel spielten. Herrliche Muskeln waren es, viel schöner als meine.

I envied him. I was jealous of him. Envy: Neid. Jealousy: Eifersucht. I dreamt of him.

We never talked to one another. Only once did we meet face to face: he beat me up, I spat at him. Schlagen. Spucken. I hated him, he hated me. And yet I dreamt of him.

When Hans was about twenty, Hitler came to power. Hans joined the SS and 'gradually', allmählich, he became one of those fearful SS-Obergruppenführer. Nobody knows how many Jews were killed by him, or Poles, or Germans. Nobody will ever know. When the war was lost, Hans shot his wife, his four children, and himself.

Aber die kurzen Hosen, die demonstrativen deutschen, die strammen muskeligen, die gab es schon *vor* Hitler, schon in der Weimarer Republik. Die sind an vielem schuld. Ich glaube, die gibt es jetzt nicht mehr. Es ist alles jetzt ganz anders. Nur eines ist gleich geblieben:

For me, Life and Death are real in one country only.

P.S.

I haven't told you the whole story yet. Rund eine Stunde nach der Iglu-Uhse-Dagmar klingelte es in meinem Zimmer; die Rezeptionistin des Hotels, auf Sammetstimme und neu-neuhochdeutsche Verbindlichkeit dressiert, gurrte entgegenkommend, obligingly, nein, obsequiously, ·fawning·, pfötchengebend: "Ach bitte, Herr Doktor, verzeihen Sie die Störung" usw., ein junger Mann wolle mich sprechen. Half a minute later Günter Lackfuß knocked at the door. Laß ihn bitte mehrmals klopfen, Doosie, we have to do our homework first.

Außerdem habe ich ein bißchen Angst vor Ihnen. I must fear that you abhor (detest, hate) male homosexual stories, und daß Sie sich bei aller Toleranz irgendwie, somehow, ein ganz klein wenig verraten fühlen. I don't want to do that to you, Doosie.

Now if I assure you, wenn ich Ihnen versichere, that the whole thing came to nothing and that it was really quite harmless, would you ·bear with me·, etwa: mich ruhig anhören, Geduld mit mir haben? Let's think about it while we're doing our five questions.

1. Ich bitte in Sachen Dagmar um a) langweilig, b) fade, c) nichtssagend. For (a), "langweilig", there are many words. Your job, for instance, may be "boring", "dreary" (*dri-*) and "humdrum" – bitte merken. But Dagmar was simply . . . (four letters).

2. Sie haben sich sicher schon recht oft über meine Verallgemeinerungen aufgeregt ("the romantic Germans", "the sexless Swedes", "the logical – damn them – (French)men", et cetera). – Verallgemeinerungen:

Bitte werfen Sie mir zur Abwechslung ein anderes Wort als Ihr vermutlich bereits zur Reflexbewegung gewordenes "generalizations" an den Kopf, ein etwas bissigeres. Danke.

3. The fact that she speaks five languages is certainly an ... (ein Plus, eine Stärke). He asked her ... (direkt, glatt ins Gesicht) whether she'd like to go to bed with him. The rest was ... ("grünes Licht", im Englischen etwas mit "Segeln"). Die Pünktchen bitte auf englisch. Dazu noch bitte, es ist leichter: Neid, Eifersucht, Selbstbetrug.

4. We had a few complicated "Latin" words, please translate them: infallible, predictable, impassive, obsequious.

5. Eintreten (in einen Verein, eine Partei) – just as Dagmar had her reasons to ... the Thursday Club. Weiter bitte: Bei einem Examen durchfallen. Weiter: "zeigen" – aber ein bißchen demonstrativ: A wrestler, for instance, may like to ... his biceps-*baiseps*. Schließlich: Die Ausgaben teilen (also jeder bezahlt für sich – hat etwas mit Holland zu tun).

As I said – thank you for your tolerance, Doosie – there was a knock at the door, and Günter Lackfuß entered. He was as handsome as his photo had shown him to be. But what about me? Zum Schönsein gehören zwei.

One of the first things I said to him was that I loved his poems – in fact I *did* at that very moment, lousy-lausig-hundsmiserabel as they were. Günter Lackfuß evidently loved to hear it, auch meine Stimme sei so wunderbar, "und überhaupt".

Das war eigentlich alles, denn dann fing die Enttäuschung an. There were several reasons for it.

One reason was this: Photos have no dimensions. Mein männliches Schönheitsideal wurde von den fünf

Mark bestimmt, für die ich mir in meinen Jünglingsjahren einen Phaidon-Bildband über Michelangelos David erstand. The reproductions were overwhelming, überwältigend, with all those full-page details of his arms, his hips, his thighs – Arme, Hüften, Schenkel. Their fullness grew with me, wuchs mit mir, as I grew older (der Bildband war längst verloren, in meinem Emigrantenkoffer war kein Platz) – until that fullness seemed to be as endless as the universe. Dann, nach vielen Jahren, war ich in Florenz. Ich sah den David, in Metern bekanntlich riesengroß, und traute meinen Augen nicht: er war so klein.

Photos have no dimensions. Günter was taller than I, and yet, when undressed, he seemed ridiculously small. Beauty is endless. Unendlichkeit ist eine Sache, die gelernt sein will. ·So far· (until now) I've learnt to find infinity in women only. That, too, took some time.

Vielleicht hätte ich mich an die neuen Dimensionen allmählich gewöhnen können, wenn nicht – well, Günter wondered which of us would be "the woman". I was ·flabbergasted· – ich war platt. Zugegeben, ich verstehe nicht viel davon, ehrlich gesagt überhaupt nichts, but I had imagined that "*homo*sexual", etymologically and otherwise, meant *gleich*geschlechtlich – the same sex, and consequently the same feelings: in males, for instance, the same everlasting passion before, and the same go-to-hell indifference after, without ·make-believe·, ohne all das elende ich-liebe-dich Getue hinterher. I had been dreaming all my life of sleeping with a woman on such equal terms – two sexes, but one Sex – ohne "Geschlechtsrollen", and now the old sex discrimination started all over again.

Was tun? Da ist mir doch ein Klaus-Dieter lieber. He is the husband of one of my hottest Doosies. "When he is doing it", she wrote, "I'm thinking of you." That's a form of homosexuality I can accept.

Dieser Ernüchterungszustand diene uns jetzt zunächst einmal zu a, b, c, Frage Nr. 1: dull, insipid, nondescript. – 2: sweeping statements. – 3: asset, pointblank, plain sailing. Envy, jealousy (*dschéll-*), self-deception. – 4: unfehlbar, voraussagbar, teilnahmslos. Mit dem letzten Wort, "obsequious", etwa *obsí—kwjs*, hatte ich selber Übersetzungsschwierigkeiten, fummelte stundenlang daran herum, schwankte hin und her zwischen "servil" (veraltet?), "dienstfertig" (zu gewählt), "arschleckerisch" (zu grob), "scheißfreundlich" (vielleicht?), bis ich mich nach Mitternacht mit Dir auf "pfötchengebend" einigen zu können glaubte und Dir noch das englische Verb "fawn" dazugab. Weißt Du, diese Fummelstunden mit Dir sind oft die allerschönsten. Langsam taucht Deutsch ganz nah und greifbar wieder auf. Du scheinst es mir zuzuflüstern, ich bin wieder zu Haus: bin wieder dort, wo einem die Dinge etwas sagen, wo Worte sind, wo Sprache. – 5: to join; to fail an examination; to display; to go Dutch.

Günter nahm meine Ernüchterung wahr, schickte sich zum Gehen an und sagte leise: "Ich fühle mich ein bißchen allein."

I went home with him, to Karlsruhe. The motorway was dark and empty, it was night.

"Gemütlich", Günter said and gave me a shy look.

Ich suchte für ihn und Dich nach einem gleichen Wort auf englisch, aber "gemütlich" ist bekanntlich schwer zu übersetzen.

"It feels good to be together", I said.

I meant it.

He parked the car. We had some bread and cheese in his little flat, and a glass of wine. Then we went to bed. There was only one bed.

"Schön, so ein bißchen Freundschaft", sagte er im Dunkeln.

"Ja", sagte ich. My knees touched his thighs. No more. He did not move. There was a feeling of endlessness.

Am Morgen weckte er mich mit frischen Brötchen.

Brötchen, Doosie, Du weißt es: wo dir die Dinge etwas sagen ...

Then he left for work – he was a junior librarian, Bibliotheksassistent, no professional wrestler. He gave me a gold medal to remember him by, "Meisterschaft Baden-Württemberg". I did not want to take it, but he insisted: "Weil wir uns wohl nicht wiedersehen", he said, "wo Du doch soviel herumreist." I gave him a little silver pillbox, noch von meinem Vater, einziges Erinnerungsstück aus jenen Tagen.

Strange. I have spent forty years in another country, but never had there been one person to whom I could have given that pillbox. Kann so etwas denn nur zu Hause passieren?

So ist es wohl. Wenn ich da an T. denke. Will mich jetzt endlich an die Übersetzung machen. You may skip the next chapter then ('skip' it, ignore it, disregard it, pass over it) if you aren't in the mood for reading exile lamentations. But you may also stay with me.

Father's pillbox. Until 1933 it contained aspirin, then poison. He took it in 1937.

T.: The Letterbox

Der Briefkasten ist leer. Seit einem Jahr. Seit jenem Wintertag. Der Briefträger kam schwerfällig daher im Schnee, im Land des Schweigens. Ich ging ihm entgegen, sagte meinen Namen, er ging an mir vorbei, sah mich nicht an, steckte den Brief in den Kasten und ging weiter. Es ersparte ihm Worte.

Kasten, Briefkasten, Schnee: das sind einmal Worte gewesen. Das war einmal wahr: mitteilbar, mit anderen teilbar, mit Worten.

Es ersparte ihm Worte. Manchmal sehe ich ihn noch heute von fern. Er existiert nicht. Auch der Briefkasten nicht, der Schnee nicht, sein schweigendes Land nicht, ich selber nicht, jahrzehntelang nicht, auch diese drei Wörter nicht, diese drei Worte: Tod im

The letterbox is empty. It has been empty for a year, since that winter day. On that day the postman came plodding through the snow, in the Land of Silence. I went to meet him, I told him my name, but he passed me without so much as a glance. He put the letter in the box and went his way. For him, it saved words.

Box, Letterbox, Snow: Once these were words. Once things were true because they could be communicated: they could be shared with others, by words.

For him, it saved words. I still see him sometimes from afar. He does not exist. Nor does the letterbox, nor the snow, nor that silent country of his, nor have I existed there myself for all those years. Nothing exists, nothing, not even these three words: death in exile.

The dead cannot write. I must be a liar then, a charlatan, a fraud. A dead man cannot speak. And yet I seem to speak. In meines Nichts durchbohrendem Gefühle.

I remember a letterbox. I am quite sure that it existed, it was an ordinary letterbox in an ordinary Berlin house. I also remember finding a picture postcard in that letterbox. I was little then. The picture showed a town in wintertime. The houses were covered with snow, and there were clouds in a blue sky.

Snow, houses, clouds, sky. Those things were words then: they were things, they existed. They meant something. Wo dir die Dinge etwas sagen, da sind Worte, da bist du zu Haus.

That picture postcard came from a far-off town. It was the town in which I am writing this.

That town had a name. It existed then.

I am a proofreader. This is someone who earns his living by reading words in a printing house. Since the language printed here is not my own, my superiors don't give me words to read. They give me numbers. I am reading thousands upon thousands of numbers, day in day out. I seem to remember that these numbers were once called *Tabellen.* I also remember the word *Libellen.* That was on a summer day. I was little then. They were beautiful.

Ich habe mich falsch ausgedrückt. Es war kein Brief. Der Mann zwängte etwas Dickes, Braunes in den Kasten an jenem Wintertag vor einem Jahr. It was a manuscript in English, a book which I had written and which now came back to me from a London publisher who didn't like it. I had tried to learn English, to write in it, to find a way out of the Land of Silence. I failed. That book was not worth the name of "book": no one can write in a vacuum. I took that big brown thing out of that box. I threw it into the snow. I trampled on it.

Ich glaube mich daran zu erinnern, daß ich vorher "Bücher" auf "deutsch" zu "schreiben" "versuchte". They were sent back to me, for the same reason.

Then I cried for help. "Help me to return", I cried, "if only as a simple proofreader." But the letterbox remained empty, there was no reply from Germany. Wer schreit, den hört man nicht, der hat seine Sprache verloren.

Nobody's fault. Das Leben ist zu ernst zum Klagen. Jeder hat sein Exil, ich habe meines. Manche fügen sich, manche wehren sich.

Ich wehre mich. Noch jetzt, im Nichtland, gegen vierzig Jahre hohe, vierzig Jahre dicke Mauern aus Nichts und wieder Nichts. Ich wehre mich. Noch jetzt, here and now, Greenwich mean time 40 years 1 second. Noch jetzt, 40 Jahre 2 Sekunden. Mit dem Kopf durch die Wand. Entweder der Kopf oder die Wand, 40 Jahre 3 Sekunden, 4, 5, 6, 7 Sekunden, einer muß weg, einer von uns beiden, jetzt, 8, 9, 10, 11, Kopf oder Wand, Kopf jetzt, Wand jetzt, Kopf jetzt, Wand jetzt, 12, 13, 14, 15, Kopf, Wand, KOPF, WAND: siehe, ich schreibe, WORTE, jetzt, jetzt, immer noch jetzt – Gott, Vater unser, KV 415, Ingrid Haebler, Geliebte, stehe mir bei.

Sorry Doosie, I don't quite know how to translate that "Kopf" business of T.'s. You can certainly "run your head against a brick wall", but only "against", not "through", und damit hätte unser T. nicht einmal eine metaphorische Chance, durchzukommen.

Auch anderes hätte ich übersetzen sollen – vielleicht auch "KV" mit "K.", denn so kürzt man das Köchelverzeichnis auf englisch ab. (I suppose you know: from about No. 500 you'll find the most heart-rending music ever written.) Überhaupt, so manches hätte ich übersetzen können, wollte Dich aber lieber damit verschonen, trage das später alleine nach. I hate to ·tax your patience·, überfordere nicht gerne Deine Geduld. Vielleicht hast Du mehr Langmut als ich, mir jedenfalls fällt der ganze Kerl ein bißchen auf den Wecker. Pechvogel, poor wretch, *rettsch*, gewiß. Nicht gerade die glücklichste Wahl, not exactly the happiest choice, Schriftsteller sein zu wollen, wenn man keine Sprache hat, keinen Standort ("Heimat" würde er vielleicht sagen). Aber warum hat er dann nicht seinen verdammten leeren Briefkasten selber gefüllt, for instance with Doosie letters, instead of crying and howling all the time? Na, vielleicht besser so, ·just as well·, denn sonst hätte er womöglich ein großes Maul gehabt, etwa wie ich jetzt.

Auch die Fürstin verstehe ich nicht ganz. Abgesehen von ihrer Naivität, dieses selbstmitleidige Gestammel ins Englische übersetzen zu lassen, wo ihr achtundzwanzig deutsche Verleger das Ding zurückschickten, und wo doch höchstens nur *deutsche* Verleger ein solches Schicksal überhaupt verstehen können – quite ·apart from that·, ganz abgesehen davon: Why does she find T.'s story to be such a striking parallel to the frustration of *women*? Fast das einzig Vernünftige, was dieser T. nun wirklich sagt – one of the few ·sensible· things he *does* say is that everybody is in exile, all of us.

Du zum Beispiel.

(Nicht nur als Frau. Frauen sind schließlich *auch* Menschen, und jeder Mensch hat sein Exil.)

Klagst *Du* denn so wie dieser Mann? Über *Deinen* Kerker – Deinen Ehekerker zum Beispiel, oder Deinen Bürokerker, Deinen Kindheitskerker, Krankheitskerker, Alterskerker, den Kerker namenlosen Heimwehs unerwiderter Liebe – die Wüste Deiner oder Deines

Nächsten Einsamkeit? "The desert is squeezed in the tube-train next to you" (T. S. Eliot).

Aber mit dem Kopf durch die Wand, das würde ich Dir schon anraten. Tu's, und ich stoße von der anderen Seite nach.

That hole in the wall. That moment of triumph. That piano concerto. Mozart, K. 415. Played by Ingrid Haebler.

Noch ein paar Kleinigkeiten:

1. T. sagt, er lese *Zahlen*. Ich übersetzte das mit "numbers", weil ich Dich mit einem anderen, mindestens so guten, aber mehrdeutigen Wort für "Zahlen" nicht irreführen wollte. Was kann dieses Wort sein?

2. T. spricht von einer "Ansichtskarte". Ich übersetzte "picture postcard", wieder der Deutlichkeit halber. Das Ding läßt sich kürzer übersetzen. Wie? Leichter als Du glaubst.

3. "Vernünftig". Bitte um ein anderes Wort als Dein ewiges "reasonable". Hab Dir sogar meine Pünktchen um das Wort gemalt, weil's echtes Insider-Englisch ist.

4. Bitte übersetzen: "Ausgerechnet er!" (T., der Mann ohne Sprache, der "ausgerechnet" ein Schriftsteller sein wollte.) Ich habe das noch nicht übersetzt. Bitte raten, es ist irgendwann schon einmal vorgekommen, und bitte jetzt nicht "just" oder "exactly". Nochmal: "Ausgerechnet er!" Vier Wörter, ziemlich schwer, aber sehr nützlich.

5. Jetzt wird es noch schwerer. Ich ließ einen Satz T.'s unübersetzt: "Wo dir die Dinge etwas sagen, da sind Worte, da bist du zu Haus." Ich konnte das nicht übersetzen, dies: Wo dir die Dinge etwas sagen, da *sind* die Dinge, gut oder schlecht, da erst ist Sprache, Leben, alles. Doch doch, ich wüßte schon eine Übersetzung, einen sehr kurzen Satz; aber der ist so groß und heilig, daß ich ihn nicht auszusprechen wage.

Wirst Du es wagen? That sentence, a mere five words in German, six in English, is in Chapter 1, Verse 1 of the Fourth Gospel, also called the Gospel according to Saint John. Ich drücke mich absichtlich ein wenig undurchsichtig aus, weil sicher irgendein prominenter deutscher Rezensent diesen Satz in meinem Munde als Größenwahn und Kitsch bezeichnen würde – mit Recht vermutlich. Deshalb wäre ich sehr glücklich, wenn Du selber darauf kämest. In your mouth, these words would simply state the reason why I love you, and Dr. Reich-Ranicki can go to hell.

Deshalb, weil dieser Satz so wichtig ist, kriegst Du alle anderen Antworten geschenkt – you'll get them ·for love·, "für Liebe", gratis –, sofern Du sie nicht schon selber ausgeknobelt hast: Figures. Postcard. Sensible, *sénns(e)bl.* Das deutsche *"sensí—bel"* ist auf englisch "sensitive"; wenn ein bißchen *zu* sensibel: ·touchy·; und wenn Du gemerkt hast, daß ich mich hier wiederhole – es kam schon einmal vor –, dann hast Du wirklich was gelernt.)

He, of all people!

His "Land of Silence" reminds me of that day some weeks ago when I left that country ·for good·, meaning for ever.

There was a set of double doors, eine Flügeltür, at the Stockholm central station. I couldn't get through, carrying a heavy suitcase in each hand. I noticed a man standing right behind me. Since he made no move to help, I put my suitcases down, opened one of the doors and stepped back to let him pass through ahead of me. The man hesitated a moment, er zögerte einen Augenblick. Then he opened the other door, walked through and went his way.

For him, it saved words.

Doosie, ich brauche es Dir nicht zu sagen: Schweden

ist ein gutes Land, mindestens so gut wie jedes andere Land – von der Bundesrepublik (auf Deinen speziellen Wunsch) ganz zu schweigen. Nur eben ein sehr stilles Land. Sehr sehr still für Fremde, es rührt sich keine Tür. The Land of Silence.

Saint John: In the beginning was the Word.

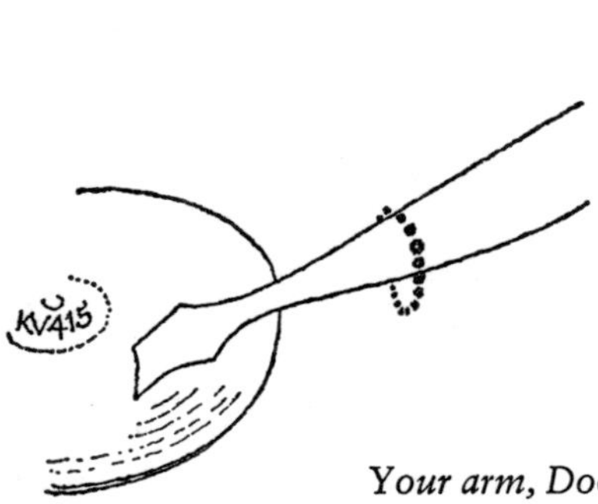

Your arm, Doosie.

Doosie: bitte Seite überspringen. Du bist nicht gemeint.

In Stockholm, ganz in der Nähe von T., tagte vor einigen Jahren ein internationaler Kongreß über "Deutschsprachige Exilliteratur". Da dies zu einer Zeit geschah, als T. noch am Leben war, habe ich ein bißchen recherchiert und herausgefunden, daß T. zu diesem Kongreß weder eingeladen noch über denselben in irgendeiner Weise unterrichtet wurde.

Der Grund war offenbar, daß an diesem Kongreß vornehmlich Exilforscher teilnahmen, will sagen Literaturwissenschaftler an Universitäten der Bundesrepublik, der DDR usw., die für die Erforschung von Schicksalen wie T.s in Planstellen besoldet werden.

Der Gastgeber dieses Kongresses war das Deutsche Institut der Universität Stockholm, das in der Folge als internationales Zentrum für die Erforschung der Deutschsprachigen Exilliteratur wirkte und in dieser Eigenschaft neue Planstellen einrichtete.

T. selber war zu dieser Zeit arbeits- und mittellos. Er wurde vom Sozialamt als "beruflich Behinderter" in das Deutsche Institut der Universität Uppsala eingewiesen und hatte dort Botendienste zu verrichten.

Bevor er sich das Leben nahm, versuchte T. noch einmal, nach Deutschland zurückzukehren. Sein Manuskript enthält Durchschläge zahlreicher hilfesuchender Briefe an Exilforscher, Literaturkritiker und Kulturinstitute in der Bundesrepublik. In seinem Nachlaß fand sich keine Antwort.

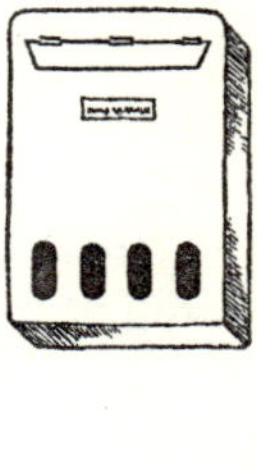

The letterbox was empty.

One and You

Dear Doosie,
"serene", that sums it up, I think. Pronounced *siri—n*, "heiter", mit einem Schuß von – Goethe liebte das Wort – "gelassen", ˙with a dash of˙, mit einem Schuß von.

Darf ich meine gute Laune an Dir auslassen? Es ist so schön mit Dir.

Wir sind in Mainz. Spätsommer. Die Leute (davon später) buchten für mich ein Hotelzimmer gegenüber dem Hauptbahnhof, ein riesiges, altmodisch möbliertes Vorderzimmer, Vorkriegszeit, drei hohe Fenster direkt auf den Bahnhofsplatz, ziemlich laut also, trotz drittem Stock. Dazu ein Doppelbett, in dem ich bei dem ewigen Verkehrsgesumm kaum einschlafen konnte.

Damit Du auch etwas davon hast: a huge-*hjuudsch*-riesig front room; ˙prewar˙, Vorkriegs- (das "pre" bitte *pri* aussprechen: prewar; der Gegensatz ist ˙postwar˙, *poust*-); windows overlooking the station square; third floor, double bed, and the hum of the traffic.

Sleepless in bed, I cursed those bloody-*bladdi* motorcars, and toward daybreak (dawn) I cursed the whole – ich verfluchte die ganze benzinverpestete, konsummanipulierte Leistungsgesellschaft namens Bundesrepublik, frei übersetzt: that petrol-polluted, force-fed, rat-race fuck-up called the German Federal Republic or – besser, gebräuchlicher – West Germany, until I fell asleep. (Nur damit Du weißt, daß ich *so* heimatduselig nun auch wieder nicht bin.) When I awoke –

"serene" is the word. It is early in the morning. I am standing by one of those three windows, and I am fascinated. Wass – damit Du mir nicht das englische "was" liest – wass mich entzückt, ist das bunte Gewimmel der Menschen da unten auf dem Bahnhofsplatz. Nothing of the anonymous masses of our technological age but lovely, ever-changing groupings of people moving to and fro – buntes Gewimmel eben. Fast wie in jener Deutschstunde vor vierzigtausend Jahren, Osterspaziergang, "Freed from the ice are brooks and rivers ..." (vorsichtshalber auf englisch: Goethezitate sollen heute tabu sein; jedenfalls ist dort irgendwo von einem "bunten Gewimmel" die Rede – a colourful crowd ˙pouring˙ out of town).

˙pour˙, sich ergießen. Aussprache wie "four", nur mit *p* statt *f*.

Schuljugend ist auch dabei da unten, strömt zu den Bussen. Beschauliche Ruhe, trotz aller Menschen – "far from the madding crowd".

˙Far from the madding crowd˙: a famous quotation, *Zitat*, please remember it. It's from a madly sentimental poem – mein Gott, ich gerate ins Schwatzen, sorry, Doosie (and thank you, danke Dir, Geliebte) – ˙far from the madding crowd˙, yes, madly sentimental stuff, by a romantic poet, Thomas Gray, 1716-71, about whom the *Everyman's Encyclopaedia* (etwas veraltet, meine Auflage) says this, among other things:

> He had always a tendency to melancholy, the best cure for which would have been plenty of exercise ...

Jogging zum Beispiel. Na, er wollte eben nicht. Probably he was one of those to whom a cornfield under a blue sky meant less than the *Brötchen* that come out of it. Friedrich Torberg, glaube ich, formulierte das einmal viel besser, ungefähr so: "Was Natur betrifft, so genügt mir die Petersilie auf meiner Brühe."

Mir auch. Perhaps I shouldn't say so, Doosie, because you may expect me to love Nature-*neitsch(e)*. Das ist übrigens die Gretchenfrage fast aller meiner Doosies, das mit der *Neitsch(e)*. I'm afraid I don't share their enthusiasm about all that Wald, Wiese and Himmel stuff. If they really mean Nature, dann sollen sie sich doch zum Donnerwetter ausziehen. Und sich hinterher vor allem wieder anziehen, für das Schönste auf der Welt: breakfast, Brötchen.

Sollte Dir meine Brötchen-Brunst allmählich auf die Nerven gehen, get on your nerves or – noch stärker – ·rub you the wrong way·, dann denke bitte an einen Größeren als mich, an Marcel Proust. Never, never would he have written those seven parts of his "A la recherche du temps perdu" had it not been for – ohne – had it not been for – ohne seine verzehrende Sehnsucht nach einem Gebäck, das in seinem Falle "Madeleine" hieß.

You need not fear seven parts from me, Geliebte. Mais croyez moi, chérie – I'm afraid I'm repeating myself –, es ist die Seligkeit, mit Dir drauf los zu schwatzen und heute, just for once, nichts, aber auch gar nichts von diesem Redeschwall im nachhinein zu streichen. Sorry, Doosie. Thank you, Doosie. (Poor T.)

Warum ich eigentlich nach Mainz fuhr? For one thing, I'm to do some autographing or *Signieren* in a fairly big bookshop here today, "to celebrate the 1000th copy of 'Dear Doosie' sold by us", as they said in their ad or advertisement in the local newspaper. (They also booked this hotel room for me, ·bless their hearts!·, vergelt's Gott!) And for another thing, there is a Doosie here, one marked both green and red. Her name is Paula.

Sie ist, wie sie mir nach Schweden schrieb, die Tochter (green for daughters) eines führenden Literaturkritikers (red), hat irgendein akademisches Examen – she is a ·graduate· – und schreibt im Augenblick ihre Doktorarbeit, her thesis, *thí—sis*, at Mainz University, her professor being the head of the English Institute (slightly red, say pink; vielleicht kann er ein begeistertes Gutachten über meine Doosie-Pädagogik schreiben). Vermutlich ist sie nicht nur jung, sondern auch, nach ihrer angenehm selbstsicheren Telefonstimme zu urteilen, judging by her self-confident voice, recht ansehnlich.

Sie kam gestern, es stimmte. Weshalb ich sie auch auf mein Zimmer nahm. She was small, solid, stubby ... well, I mean *stämmig* and *gedrungen* in a very sexy way – sagt man *knubbelig*? Meine Muttersprachenmutter, der Große Duden, schweigt, hat nur "Knubbe", aber das rechte Wort dafür liegt mir am Herzen, weil die Sache aufregend war. Auch auf englisch finde ich das treffende Wort nicht recht, I can't quite find the ·mot juste· (Französisch, dort aber praktisch unbekannt). "Stocky"? That may be fine for men, but hardly for women – o diese verfluchten Geschlechtsrollen der Wörter! "Stout" perhaps? That might do for females, but rather reminds one of a healthy farmer's wife, and Oxford actually insults her: "She's growing too stout to walk far". Oxford, as you may ·recall· (remember), is my abbreviation for the "Oxford Advanced Learner's Dictionary". Perhaps you've bought it meanwhile.

"Squat" perhaps? (Wir sind noch immer bei *knubbelig*.) Phonetically "squat" is perfect – *skwott* – but semantically it's probably too thick, too fat. So ein kräftiges Mädchen, die Paula, so stämmig und so handlich klein. "Sturdy"? I'm not quite sure about its sexual ·impact·. That impact-Aufprall-Knalleindruck of hers was big enough to deserve the mot juste. Let's try to find it in my *Thesaurus*, which is a book of synonyms,

i.e. a book in which you look up the wrong word in order to find the right one.

> stout, stocky, squat (hatten wir alles schon), fleshy (o no!), fat (no!), plump (vielleicht; the English "plump", *plamp*, isn't the German "plump", *plump,* and means well-rounded – but rather of babies' cheeks, I think) ... tubby (too fat), pudgy, podgy, chubby (wieder zuviel Fett überall), chumpy, chunky (too thick?), solid (gar nicht schlecht, aber wo bleibt der Sex?), husky (männl.), brawny (männl.), stubby (mot juste??), sturdy (tja, da sind wir wieder, siehe oben, see above – or rather don't, mir ist auch schon ganz übel).

What I mean is this: When Paula stood before me in the lift (Amer.: elevator) and then seated herself on the edge of my double bed – she couldn't possibly sit elsewhere, the chairs were full of books, for tactical reasons – I wondered how on earth a thin and insipidly tall creature, dünn, fade, lang (the Dagmar-of-Sweden type) could become irresistibly attractive merely by being *compressed.* Das war hier der Fall, und der erotische Effekt ('impact') wurde dadurch nur noch gesteigert, daß sie intellektuell immer noch die Fadheit der Länge in sich zu tragen schien. The mixture was – bitte auf englisch, wir hatten's eben, wenn auch nur als Adverb – unwiderstehlich.

Das Unwiderstehliche wurde überwältigend, overwhelming, als eine Feindseligkeit-hostility hinzukam, die sie aus kleinsten Anfängen immer stärker gegen mich entwickelte, bis zu einem Höhepunkt, climax, *klai-*, um etwa drei Uhr nachts, als sie hier wegging. Der andere Teil des Doppelbetts ist immer noch an der Kante, nur vom Sitzen her, trotz aller meiner Glättungsversuche arg zerknautscht, crumpled (in particular the

pillows), and I'm afraid the hotel may charge me for a double room instead of a single one. Verfluchtes Geschöpf.

Ich muß hier etwas länger ausholen:

Paula – or, as hostility grew, "Fräulein Mattjes" (her father, the famous literary critic by the name of ..... was her stepfather) – well, Paula or Fräulein Mattjes was writing a thesis or Doktorarbeit entitled *One and You: A Study in the Use of Generic Pronouns in Modern English* (or something like that). Es handelte sich also um die interessante Frage, wann – when and why you (one) would say "you" or "one", e.g. "you/one never can tell". Auf deutsch: *man.*

Ich weiß, Doosie, Sie würden sicher auf Anhieb ungefähr dasselbe sagen wie ich: *One*, wenn "unpersönlich allgemein", and *you*, wenn ein ganz klein bißchen "persönlicher allgemein", je nachdem, 'as the case may be'. Vielleicht ließe sich noch dies hinzufügen: Sei lieber ein ganz klein bißchen persönlicher allgemein in dieser entmenschten Welt, sag also im Zweifel immer *you*. In fact that's what the English do.

So einfach ist das aber alles nicht, wenn es wissenschaftlicher Analyse standzuhalten hat – if all this is to stand up to scientific analysis, for instance in a doctor's thesis. Das Schlimmste aber: Language, being the most human, *hju-*, menschlich of all *hju*-human inventions, and therefore the most imperfect, doesn't stand scientific analysis at all, überhaupt nicht. This is why Linguistics must give some trouble to scientific minds like Fräulein Mattjes's.

Das fängt schon auf den ersten Blick an, at first sight, mit sogenannten Abgrenzungsschwierigkeiten. For the choice not only stands between "one" and "you", since you, or one, can also say "we", "they", "people", "men", "women", "babies" et cetera, or – perhaps most often – simply "I". Das wußte Frl. M. nur allzu gut. Wisely enough, klugerweise hatte sie deshalb alles andere (I, –, he, she, it; we, –, they, etc.) bereits in ihrem Vorwort, preface, *préffis,* "ausgeklammert" (neo-German), fast alles also. As a result, she had a "well-defined" subject on which she could work like a surgeon operating on an amputated finger.

Bitte merken: to operate *on* some part of your (one's) body. Und "surgeon" hatten wir schon einmal: Chirurg.

As I said, she had confined herself, hatte sich beschränkt, bis kaum noch etwas übrig blieb. Inspired by that stubby-sturdy-chumpy-chunky quality of hers, I *loved* that limitation. Auch hatte sie trotz oder gerade wegen dieser Beschränkung ein imponierendes Quellenmaterial zusammentragen können – auf englisch: She had been able to assemble an ·impressive· amount of source material consisting of roughly 200,000 extracts from 627 novels-Romane and 43 newspapers of all political shades and social levels: The Times, Tolkien, Playboy, Shakespeare, Henry Miller, the Christian Science Monitor, Saul Bellow, Eisenhower, Somerset Maugham, Eric Stokes (don't worry, Doosie, I never heard of him either), Graham Greene, etc. In addition, she had tested 76 informants, deutsch wohl ebenso, "Informanten", d.h. unbezahlt ausgefragte Eingeborene, natives, *neitivs*, die eine jeweils zu untersuchende Sprache zwar nicht wissenschaftlich, aber wirklich können, und deshalb keinen Anspruch auf Forschungsgelder haben – kind of guinea pigs, *gínnipigs,* Versuchskaninchen, hatten wir auch bereits, aber ein Kaninchen noch nicht: a rabbit. "... when suddenly a White Rabbit with pink eyes ran close by her" (*Alice in Wonderland,* page 1: that famous rabbit hole – wie geschwätzig Du mich machst, Geliebte, hab Dalber-Dank!)

Did she want to use me as a *ginnipig*, that bitch? I don't think so. Sie war sehr lieb am Anfang, voller Vertrauen, da konnte sich durchaus etwas ergeben. (Vertrauen ist bei einer Frau bekanntlich der Schlüssel – the key-*ki* to her heart, and consequently to the rest of her body.) No, I don't think she ˙used˙ me, ˙ausnutzte˙ mich (as a guinea pig), wenn es mir auch ein wenig auf die Nerven ging, daß diese One-You-Expertin mich immer wieder bei dem einen oder andern ihrer Sprachbeispiele fragte: "How does one say?" (She meant "How would you say?" Her English was poor. Das ist so bei Anglisten.)

Nun, all diese Quellen hatte sie auf "one" and "you" exzerpiert und durchgearbeitet. Bei dieser Arbeit – this was after about three years, her scholarship-*Stipendium* was a long-term or *langfristig* one – verflüchtigten sich jedoch zu ihrem Schrecken jedwede Anhaltspunkte, sprich Klassifizierungsmöglichkeiten, kurz Kriterien.

"Does one say '*one* shouldn't worry' or '*you* shouldn't worry'?" she asked me and looked worried. Her material – Eisenhower, Playboy, Eric Stokes, et cetera – was all one great big ˙mess˙, Kuddelmuddel, so that she had decided in the end (it was actually her professor's idea) to feed the stuff into a computer. And here the story – it was by now about 11 p.m. – begins and ends.

I happen to have an ˙inkling˙ of computers, "inkling" meaning a vague idea. At any rate, I know this much: if you (one) have (has) no criteria, the computer will have none either, *auch* keine, and if you *have* criteria, you need no computer as far as the English language is concerned.

Nun hatte sie sich redlich mit der Sache abgequält, der Computer hatte ihr endlose Listen ausgedruckt (so-called print-outs), aber immer noch war sie nicht ganz glücklich, she wasn't too happy – in fact she was downright desperate: Sie hatte jetzt alles schwarz auf weiß, und durcheinander wie zuvor, as ·messy· as ever. The one system the computer *did* help her to establish was the alphabetic one, aber das reichte kaum. Zudem war inzwischen eine andere Doktorarbeit (thesis, *thí—sis*) in Kiel erschienen: *'One' as an Impersonal and False First-personal Pronoun* (whatever that means).

Kein Wunder also, no wonder: Sie leistete einen äußerst zähen Widerstand, she put up the toughest resistance, als ich auf meinen "Kriterien" beharrte, computer or no computer, und sie in meinem Eifer nachdrücklich, um nicht zu sagen gewaltsam, von der Bettkante ins Bettinnere zu zwängen schien. (Ich weiß, Doosie, *man* tut das nicht, ·*it* is not done·.) My arguments, I admit, were just a bit too passionate – stubby-chumpy inflated ·as it were·, gleichsam – and her reaction, as I have said before, was eventually-schließlich ice-cold hostility. Als dann im Guten sowieso nichts mehr zu holen war, ereiferte ich mich über die grenzenlose "und zugleich erregende" Dummheit des Computers, that arousing stupidity of the binary 0 and 1 (chunky-0, chumpy-1, mehr gibt's nicht, so berauschend es auch ist), und überschlug mich dann in meiner digitalen Brunst so sehr, daß sie sich wie gesagt gegen 3 Uhr nachts sehr kurz verabschiedete.

In einem Wort: Der Abend war ausgesprochen "unereignisvoll" – bitte merken: ·uneventful·, komisches Wort.

As for the rest of the night, there was no other choice than to dream of her, the chunky-chumpy hum of the traffic helping me to dream of her awake. Und jetzt: angenehm ernüchtert (sobered down), die Morgensonne durchs Fenster, das bunte Gewimmel da unten auf dem Bahnhofsplatz. "Serene" is the word.

I think I'll order breakfast to be brought up to our room. It's my third breakfast today.

Frühstück, Doosie.

Danach würde ich als Tagesplatte in diesem Bahnhofshotel folgendes für uns beide vorschlagen – gib mir mal Deinen Arm:

Deutsche Grammophon, 2531049, Seite 1, 1. Satz.

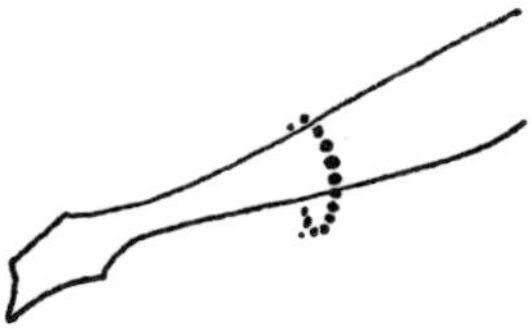

Oder hast Du etwas gegen meine Berliner Philharmoniker? Det iss die kleene Anne-Sophie Mutter, die da so resolut herumfiedelt, wie sich das der Wolfgang Amadeus ungefähr gedacht haben muß. KV 216. Violinkonzert Nr. 3 G-dur.

Schaff Dir doch die Platte bitte an, wir spielen sie dann zusammen, ich allerdings im Geiste, ich hab nur mein bleistiftgekritzeltes Plattenverzeichnis mitgenommen. The one thing I regret, bedauere, about my having left Sweden is my collection of records still there. And then Fröken Julie of course (Ausspr. *schüli*, kein Witz! Fräulein Julie!) – meine geliebte alte fette Katze, die ich blutenden Herzens meinen Nachbarn überlassen mußte. (I invented her especially for you because I think you might like me to like cats.)

Redeschwall, Redeschwall, glückseliger. (Poor T.) Aber jetzt mußt Du mir ein hochheiliges Versprechen abnehmen: Let me promise solemnly, Geliebte, kein einziges dieser Schwatz- und Schwabbelworte im nachhinein zu streichen, auch wenn sie noch so albern klingen sollten – als kleine Erinnerung an unser "serene".

Yes, Doosie, I promise.

Leg die Platte auf.

P.S.

1. Bitte auf englisch raten, es ist noch nicht vorgekommen: "Violinkonzert Nr. 3 G-dur".

2. Was Paula Mattjes betrifft, bitte um: "wissenschaftlich", inkl. Aussprache, und "Kriterien", ebenfalls mit Aussprache.

3. Wo wir bei "wissenschaftlich" sind: Doktorarbeit, Stipendium. Weiter: Wie ließe sich wohl am besten "ein Akademiker" (bzw. eine Akademikerin) übersetzen, also Leute wie Paula? Das Wort kam sogar mit Prominenzpünktchen vor, wurde aber von mir bewußt etwas anders übersetzt. Na? "An academic" wäre nicht sehr gut, bezeichnet auch meist einen würdevollen-dignified Gelehrten, a scholar-*skóll(e)*, was für Paula Mattjes und Kollegen etwas zu ehrenvoll wäre. Das Wort fängt mit g an. Na?

4. Paula, fürchtete ich, könnte mich als Versuchskaninchen benutzen. Bitte *benutzen* auf englisch. Ich fürchtete also, sie könne mich *ausnutzen*. Bitte auch dieses Wort auf englisch, es hatte übrigens Prominenzpünktchen. Beide Wörter sind leichter, als Du vielleicht glaubst. Aber bitte verschone mich bei "ausnutzen" mit "exploit", ausbeuten, das konnte schon Karl Marx.

5. Jetzt wird's schwer. "Selbstsicher" als gute Eigenschaft hieß "self-confident" (es handelte sich um Paulas Telefonstimme). Nun bitte ich Dich, Paulas anfänglich recht nettes "selbstsicher" mit ein paar Synonymen zu variieren und dann zu einem mehr oder weniger aufgeblasenen "selbstgefällig" zu steigern, meinetwegen bis zu völliger Unausstehlichkeit. Ob Dir ein paar Wörter einfallen? Nichts von alledem kam bisher vor. Alles

hübsch aufschreiben bitte. Du darfst die ganze Frage auch überspringen, sie ist wirklich nicht leicht.

6. Ja, 6, gegen alle Gewohnheit mehr als die üblichen fünf Fragen, nicht aufmucken jetzt, es geht heute weiter bis 10. Ich klage ja auch nicht. I want you to get as much English out of me as possible, to pump me out to the very last drop. Take that in the sense you like, gern im zweideutigen Sinne. Be cynical, Doosie, be an FCP, a female chauvinist pig, using me as your sexual – sorry, I mean lexical – object. I won't mind. I like it. I'll never understand why women don't. – Frage Nr. 6: Bitte um ein paar Synonyme für stämmig-gedrungen-knubbelig usw. (Paula). Wenn Du keines unserer etwa zwanzig ausprobierten Wörter behalten hast, folge meinem alten Rat: Suche nach einem ungefähr passenden deutschen Fremdwort und mach was Englisches draus. Irgend etwas wird's da schon geben. Abraten würde ich Dir allerdings von allzu weithergeholten Fremdwörtern – 'far-fetched' words like "corpulent", "massive", "voluminous", "muscular" and suchlike.

7. In English, please: zerknautscht – part of the double bed it was; (Bett-)Kissen – bitte auch gleich noch ein gewöhnliches (Sofa-)Kissen. Weiter: in Rechnung stellen – I feared the hotel might ... me for a double room. Further: Anzeige – in a newspaper it was, by that bookshop where I am to autograph that Doosie book. Und schließlich: jemandem (Dir) "auf die Nerven gehen" bzw. "die falschen Zähne ziehen", wie meine Mutter sagte. (I was, and still am, afraid that my *Brötchen* euphoria might ... or even ...)

8. Englisch hat ein ganz besonders schönes Wort für "Wirkung", "Effekt", besonders wenn so stark, daß man dabei an einen massiven Aufprall denkt, z.B. "the ... of Franz Josef Strauß's speeches on the Bavarian farmer." (Bavarian: bayrisch.)

9. "Ihr (Paulas) Englisch war schlecht", sagte ich. Bitte diesen Satz auf englisch, aber diesmal ohne Dein "bad" für "schlecht". Und schließlich: Vorkriegs- und Nachkriegszustände. (Wenn Dir "Zustände" zu schwer ist, sag "Vorkriegs- und Nachkriegsliteratur" oder was Du willst.)

10. Mir geht immer noch Paulas Doktorarbeit durch den Kopf. Falls Du nicht studiert hast und deshalb an Minderwertigkeitskomplexen leiden solltest – in English: inferiority complexes –, dann darf ich Dich bitten, folgendes ins Englische zu übersetzen:

> Universitätsstudien sind ungeheuer wichtig. Denn ohne sie wird man (one? you?) nie lernen, wie unwichtig sie sind.

"Universitätsstudien": sehr leicht natürlich. Aber wie geschrieben? Ein Wort, zwei Wörter, Bindestrich?

"ungeheuer": Zerbrich Dir nicht allzulange den Kopf, notfalls kannst Du ja immer "very" sagen, oder "very very".

"Denn ohne ...": *For* without ...? *Because* without ...? *Therefore*, without ...? Doosie, wenn Du Dir bei der Übersetzung eines bestimmten Wortes stundenlang den Kopf zerbrechen mußt, bedenke bitte auch die Möglichkeit, es überhaupt nicht zu übersetzen. Es ist sehr merkwürdig, it's most remarkable, wie schwer es uns Menschen fällt, es uns einfach zu machen. Die klassische Nationalökonomie hat unrecht: The "economical man" is a myth. We ·tend· to complicate life as soon as we're given half a chance. Personally I like that tendency. It's creative: it's human, it's artistic. – Und da es Dir vermutlich auch sehr schwerfällt, es Dir bequem zu machen, gehe jetzt bitte einmal diesen schweren Weg ... (Die Rede war von "*Denn ...*")

Mit meinen Antworten warte ich, bis Du mit *Deinen* fertig bist. Sei also nicht enttäuscht, wenn Du sie überhaupt nicht kriegst. "It's up to you" (it's your business; it all depends on you).

Muß weg jetzt, eiligst, zu der Buchhandlung – that autographing business, you know.

So long then. Take care.

Noch eine letzte Frage, question No. 11: Kennst Du die liebevollsten Worte, die man einem andern Menschen, Dir zum Beispiel, auf englisch sagen kann? Nein, ich meine nicht "I love you", obwohl ich's tue. Etwas kürzer.

Good God, the clock! I must be off, to that bookshop. So long then. Take care.

P.P.S

O diese Signiererei! Und dennoch: God save our gracious reader! Schlange haben sie gestanden, die Guten, und Schlange heißt ·queue·, *kju—*. Die hauptsächlichen Lesertypen in der Schlange interessieren Dich vielleicht:

Type one: Violin concerto No. (*nicht* "Nr."!) – No. 3 in G major. Dur: major, *mei-*. Moll: minor, *mai-*.

Two: scientific, *ssai(e)ntíffik*; criteria, *kraití-* usw.

Three: thesis, *thi—*; scholarship, *skóll-*. Ein Akademiker: a graduate, und wenn sehr gelehrt – ich sagte das im Vorbeigehen – a ·scholar·, wieder *skóll-*. Übrigens: ein Dr. phil. ist ein Ph.D., *pi-eitsch-di*, und ein deutscher M.A. (Magister Artium, etwa seit 1950) ist genau sein englisches Vorbild: M.A., *emm* ei (Master of Arts, since about 1200). Und ein richtiger Doktor, ein Arzt? Well, yes, it's "doctor" or, a bit American and certainly colloquial (informal, almost humorous): ·doc·, *dock*. But really distinguished doctors, particularly those in Harley Street, London – the so-called ·Harley-Street doctors· – are simply adressed "Mr". Inverted snobbishness?

Four: benutzen: use; ausnutzen (ausbeuten): use. Ja, glaub mir bitte, "ausnutzen" ist ganz einfach *use*, obwohl's in keinem deutsch-englischen Wörterbuch zu stehen scheint. For instance, "he is using her" or "she is using him" has nothing to do with sex.

Five: "Selbstsicher" als positive Eigenschaft: self-confident, auch: ·he (she) knows what he's (she's) doing·. Etwas selbstbewußter, aber meist noch angenehm: sure of oneself. Störend: self-opinionated,

'full of oneself', bei Dickschädeln: 'cocksure'. Jetzt wird's rein unausstehlich: self-important, pompous – 'a pompous ass' – sowie bei einer mit nichts als mit sich selber aufgeblasenen Null: 'smug', *smagg*. Schluß. (Übrigens: In einer gewissen Botschaft in Stockholm pflegt man zu sagen: "the smug Swedes".)

Diese für Dich zu Gänseblümchen verwandelten Fußnotensternchen sollen Dir, wo Du's nun bis zu dieser Seite mit mir ausgehalten hast, dann und wann einen kleinen Extragruß übermitteln: Randbemerkungen auf ziemlich *schwerem* und von mir unerklärtem Englisch. Wenn Du da durchkommst, mit Wörterbuch oder sonstwie, kannst Du mit Sicherheit englische Bücher im Original lesen. Und wenn Du nicht durchkommst, überspringe das Eingerückte! (Im PS wird nichts davon verhört.) Here we go:

As I said, the staff of a certain Stockholm Embassy keeps speaking of "the smug Swedes". I just happened to look up "smug" in the *Concise Oxford Dictionary*, and here is what it says:

"*smug*. Of commonplace respectable narrow-minded self-satisfied comfortable unambitious unimaginative character or appearance."

Good heavens! Never have I seen Oxford in such a rage and fury. The Fowler brothers, the famous editors of this famous dictionary, must have been in Sweden for quite a long time ...

Six: Jetzt kommen wir zu diesem stubby-sturdy-chumpy-chunky business (Paula), Fremdwortmethode. What about "robust", *robásst*, "compact" or "solid"? Natürlich trifft das alles nicht ganz den Kern, gibt aber Deinem Zuhörer um so mehr Gedankenfreiheit.

Seven: The bed was *crumpled*, particularly the *pillow* (not the *cushion* on the sofa, pronounced *kuschn*). Newspapers usually *charge* a lot for an *advertisement* or – leichtere Aussprache – for an *ad*. I feared I might *get on your nerves* or even '*rub you the wrong way*'.

Eight: Please translate “impact” – if you can. It’s an almost untranslatable but very expressive word.

Nine: Her English was ... (“schlecht”): *poor*. Prewar and postwar conditions (or literature): *pri-* and *poust-*.

Ten: University studies are terribly important – or frightfully, dreadfully, awfully etc. important, or enormously, immensely, extremely, ·vitally· (*vai-*) important: without them you’ll never learn how unimportant they are.

Doosie, was ist das Liebevollste, das ich Dir auf englisch sagen kann, und Du mir? Es war Frage 11. Es hat sehr wenig mit Sex zu tun, eher schon mit Zärtlichkeit (tenderness), auch mit einem Brötchenwagen, der einen überfahren kann. Laß Dich nicht überfahren, Doosie. Sei vorsichtig, Geliebte.

*Take care.

Ladybirds

Brötchen mein,
o diese Signiererei! That autographing business went on for about five hours yesterday. But it's all over now, it's breakfast time again, Frühstück, Früh-Stück, Blumenstück (you can say "flower piece", but rather say "still life"). Hab den Kaffee zu uns aufs Zimmer bestellt, buntes Gewimmel da unten wieder, serene, *sirí—n,* na ja, Du weißt schon, Brötchen.

I must have autographed some two hundred books. There were plenty of Renates, Giselas, and Christinas, all in the right age. Those names must have been popular at the right time, some twenty or thirty years ago. Auch zwei süße blutjunge Anjas dabei.

Ich frage beim Signieren immer nach dem Namen, I ·make a point of· "personalizing" the thing, as the Americans say, and also to – nun, ich schau mir die Betreffende bei der Gelegenheit kurz an, to ·size her up·, green/red/blue. I do so with the ·casual·, *kä(szj)u(e)l* (poor you!) – mit dem flüchtigen, halb zerstreut und beiläufig tuenden – with the ··casual·· glance of the Celebrated Author radiating the Simplicity of the Great. ("... und so *einfach*!" flüstern sie dann mit verstohlen bewundernden Blicken. Na ja, ich bin noch viel einfacher.)

There was no Petra, although – or: though – that name, too, was fashionable at the right time, about twenty-five years ago. Why no Petra? Erziehungsbedingt? Waren alle Petra-Eltern unterste Unterschicht, reine Analphabeten, were they ·illiterate·? (Doosie: say "illiterate", *ilítt-,* rather than "analphabetic".)

On the other hand, there were plenty of Ingrids, Karins, Gudruns, Sigrids and other "Aryan"-"arisch" names popular in the Nazi days, alle naturgemäß ziemlich alt, no longer born at exactly the right time, ·if you ask me·. Die waren ganz besonders kontaktfreudig gestern, was vielleicht gleichfalls erziehungsbedingt war: they probably hated their Nazi parents. Sie *liebten* Israel, verglichen mich mit dem "umwerfenden" Ephraim Kishon, stellten bei mir eine "phantastische" Ähnlichkeit mit Chagall bzw. Leonard Bernstein, Albert Einstein und Adorno fest (auch Yehudi Menuhin und Elisabeth Bergner kamen vor), und fragten sich und mich, they ·wondered·, warum ich denn nicht nach Israel gegangen sei statt in diese "gerade für *Sie* doch ... ich meine ... (eine schwieg, eine andere sagte: neofaschistische) Bundesrepublik ..."

I answered that German was easier for me, ich hätte es erst vor vierzig Jahren verlernt, Hebräisch aber schon seit zweitausend.

"Ach, Sie *können* kein Hebräisch?"

Mir war fast, als müsse ich mich vor all den Sigrid-Karin-Ingrids der Hitler-Ära entschuldigen, ·apologize· (Du sagst mir zu oft "excuse"), but I simply answered: "Hebreesch – nee, det kann ick nich."

Wass aber alle Herzen für mich einnahm, auch die der rassereinst gezeugten Kishoniten, war etwas anderes. Ich sagte es wohl schon einmal (bei Günter Lackfuß war es wohl): "Schriftsteller!" The mystique, *mistí—k,* of that magic word with my romantic Germans can hardly be exaggerated-übertrieben (werden), particularly ·when it comes to· – your "concerning" – ·when it comes to· women. Es ist rührend. In this respect one (you?) can safely speak of "das Volk der Dichter und Denker". There is, rightly, no translation for this phrase because in every other respect, if such a people *did* exist (it doesn't), that people would certainly be the English. Zu meiner Zeit lernte man in der Schule, die Engländer seien ein Krämervolk, bis auf Schlegels Shakespeare. Vielleicht ist das heute ganz anders, vielleicht renne ich in *Deinem* Deutschland nur offene Türen ein – auf englisch: Maybe I'm "forcing open doors" – much better: ˙flogging a dead horse˙. Hoffentlich.

Sie (meaning the Dichter-und-Denker women in that bookshop) wichen nicht von meiner Seite, auch nach dem Signieren nicht. They were ˙hanging about˙ – "herumhängen"? "herumlungern" ist zu stark – they were ˙hanging about˙ and seemed to be waiting for some Soul-cum-Sex happening.

(Important: -cum-, *kamm*, "mit", lateinisch, hochgebildetes Kopplungswort, for instance my Chagall-cum-Adorno books. ˙cum˙! Hebt automatisch Deinen Status.)

When I left the bookshop, two or three dozen of them were still hanging about. Which one should I take to the hotel? Ich gab auf. Da ist ja kein Durchkommen.

Auch sonst nicht. My letter and telephone Doosies have meanwhile increased from 904 to well over one thousand. Schokoladenmaikäfer mit Pappbeinen kommen jetzt korbweise, die fünfte Auflage scheint zu gehen wie frische Brötchen, ach *Brötchen*! – oder heißt es *Semmeln*, warme Semmeln? Das wäre schade. Anyway: ˙like hot cakes˙.

Nein, *Marien*käfer, Ladybirds, schicken sie, obwohl ich *Mai*käfer sagte in meinem Buch, kindheitsheilige. Können sie denn nicht lesen? Und wenn ich an anderen Stellen nicht minder heimatduselig (Israel, o Israel!) Dr. Oetkers Götterspeise nannte, dann meinte ich *nicht* selbstgemachtes Pflaumenmus aus Dachau, ˙of all places·, ausgerechnet aus Dachau, einem Orte, wo . . ., na ja, und wo meine Pflaumen ·noch obendrein· Zwetschgen heißen, ·at that·.

Wie? Was sagtest Du? Ich bin undankbar?

Doosie, alle glücklichen Menschen sind undankbar, auf jeden Fall nicht dankbar genug. Never, never shall I be able to thank you enough. (Mit dem Kopf durch die Wand, remember?) And as to the other Doosies, I *do* write no end of grateful letters thanking them for those bloody-*bladdi* ladybirds. Aber ich habe nun einmal *Mai*käfer gesagt. Man soll seiner Kindheit treu bleiben. "This above all: to thine own self be true" (Hamlet, or rather Polonius).

The proofreader of this book has written the following comment in the galley margin: "Dr. Lansburgh – Schokoladenmaikäfer, auch echte Maikäfer, gibt es bei uns, wie ihr Name sagt, nur im Frühjahr, um Pfingsten herum. Es muß sich um eine andere Jahreszeit gehandelt haben. I am quite sure your Doosies did their best. – Mit den besten Grüßen F. W. W."

Dear Mr F. W. W.,

Thanks awfully for your very sweet note. Yes, that must have been the reason, and I wish to apologize to you and to all Doosies concerned. But what about those *Ladybirds*? Are they really available all year round? I see nothing of the sort in the shops at present, nor in the flowerpots of my Doosies; but that may be sheer coincidence of course. At any rate, it is a great pity that this is the last printer's proof, so you won't be able to answer this question and clarify the matter before this book goes to print.

With my very kindest regards,
(Signature)

Wie *was* heißt?

Sorry, weiß nicht, wie Maikäfer auf englisch heißen, vermutlich gibt's die da überhaupt nicht. Schlag doch in Deinem deutsch-englischen Wörterbuch nach, da gibt's *alles* auf englisch, besonders alles Deutsche.

"Cockchafer" finde ich da gerade – klingt wie eine Hunderasse – und "may-bug": Schrecklich, bug, Wanze, stell Dir das aus Schokolade vor. Und dann noch, wie üblich, mit diesem tuntigen deutschen Oberlehrer-Bindestrich, a hyphen, *haifn*: May-bug. ("Pappbeine" dagegen wirst Du vergeblich in Deinem Wörterbuch suchen. Ich schlage "paper legs" vor, ohne Bindestrich. Nein, Doosie, sorry, Deine "cardboard legs" sehen mir etwas zu pingelig aus.)

Marienkäfer, ladybirds. Uneßbar sind die Dinger auch noch, sowohl auf germanisch (uneatable) als auch auf lateinisch (inedible): Billigste Schokolade, die größten sind die hohlsten – the biggest ones are the emptiest, just like politicians. Aber das ist wohl bei Maikäfern ebenso.

Korbweise. Buckets of them. I think I'll send a basketful to my publisher when Christmas comes along. He'll probably enjoy them as much as I'm enjoying the books he sends me at Christmas time: he never sends the ones I really need, namely my own. I have to *buy* them for my friends, which is probably what he wants me to do.

Wo waren wir – where were we? Bitte die letzten drei Wörter viermal zwecks Einübung eines vollen *doppel*lippigen w, "*double* u", wiederholen.

Where were we? Ja, bei den Leidibööds, den korbweisen. Vor allem aber wachsen mir die *Briefe* immer mehr über den Kopf, they ·get out of control·, more and more with every day. ·On balance· (in general, on average), I get eight to ten Doosie letters a day, forwarded from Sweden, from Baden-Baden (c/o Titti) or from Munich, *mjú—nik* (my publisher).

Bitte um "nachsenden" auf englisch. Danke.

Schon rein formal erdrückend, diese Briefe, vom Inhalt ganz abgesehen, ·let alone· – not to mention, quite apart from – their contents. Kuverts zumeist gefüttert, lined, which is a ·bloody nuisance·, *njú—sns*, weil man in der Eile oft danebenöffnet, irritiert das Futterzeug zerfetzt und dann – ich bin ein ordentlicher Mensch, I'm a Prussian-*Praschn*-Preuße – die hastig überflogenen Seiten vergeblich in ihren seidenpapierig ausstaffierten Sarg zurückzuzwängen sucht. (Sarg: coffin.)

Besonders liebevolle Briefe, intime meine ich – wir sind immer noch beim rein Formalen – sind schon vorm Öffnen zu erkennen: Fast immer, nearly always – your "almost always" – they are hermetically sealed with ·tape· (ich glaube Sie nennen das Tesafilm), which is another ·bloody nuisance·: Nicht einmal meine Nagelfeile, nail file, geschweige denn meinen Brieföffner, my paper knife (Langenscheidt, Brieföffner: "letter-opener", ein deutsches Geschenk an die englische Sprache) – nichts kann ich da reinkriegen. "I can't get it in" – remember Eberhard's cock? (*Nein,* man braucht nicht immer mit "do you" zu fragen, my "remember ...?" is perfectly good English, your husband is wrong.)

Inzwischen habe ich den heutigen Tesa-tape-verklebten Brief immer noch nicht aufgekriegt, so etwas sollte postalisch verboten werden. Something for the European Parliament?

Und dann die *Dicke* dieser Briefe, the mere *bulk* of them, the number of pages – dozens! Mein ständiger Schreck beim Öffnen – it's actually developing into a phobia – is this: Sind auch die Rückseiten beschrieben? ("Rückseite", Doosie: simply say "back", not "backside"; a page has no buttocks or behind or bum-Popo.) They mostly *are,* beschrieben meine ich, die Rückseiten. Zum Glück entdecke ich das nicht immer, da viele dieser Briefe inhaltlich recht ausgewogen sind – ich sage "ausgewogen", um das hübsche, für mich unübersetzbare englische ·repetitive·, *ripéttitiv,* nicht mit einem plumpen “sich wiederholend” auszudrücken. Weißt Du ein besseres deutsches Wort? If not, *do* try to learn “repetitive”.

The business of answering those letters presents no major problem. In der Regel antworte ich etwa einmal pro Vierteljahr, once a quarter, auch auf sehr häufige Briefe – some Doosies write a kind of diary, *dai-*, Tagebuch, in daily ·instalments·, Raten. Meistens begnüge ich mich mit ein paar hektisch hingekritzelten Worten, etwa “Mitten aus der Arbeit, Love” (the “Arbeit” being you, Geliebte). Vielleicht auch kritzele ich dann noch in aller Eile ein Blümchen hin (no hearts, I hate them), denn schließlich, ·after all·, I have my green and red and blue pencils anyway.

Doch! Ärgere Dich nicht! Du mußt mir schon erlauben, meine Pünktchen um “after all” zu setzen, wenn auch nun wohl schon zum fünften Mal. It’s important, ·after all·. (Bin übrigens stolz auf meine Pünktchen, I am proud on – *nein!* OF! – I am proud of them, they are ·unique·, einzigartig, etwas noch nie Dagewesenes, *juni—k*. Patents pending.)

Was sagtest Du? Ach so, warum ich *überhaupt* auf alle diese Briefe immer wieder antworte?

That’s quite simple: (a) I’m good-hearted; (b) I like correctness, if only through answering daily letters once a quarter; (c) there is no greater vanity-Eitelkeit than that of the human male, particularly after his “midlife crisis” (you know that term – the English don’t); and, most important of all, (d) it’s good business to ·keep them happy·, *all* of them: I have a little trick with them to make sure of a sixth and, hopefully, a seventh edition-Auflage of that book. The details are delicate because they reflect on my character. Tell you later, perhaps, or never.

Der *Inhalt?* Was für ein *Inhalt*? Wie bitte, *konn-*? Oh, I see, "Contents" – you mean what they *write* in their letters?

Kannst Dir's ja selber denken, you can ·work it out· for yourself – dann brauche ich nicht indiskret zu sein, das würde Dich sicherlich stören. *Meine* Antworten kennst Du ja schon in großen Zügen, in broad outline (or: roughly, *ráffli*). As I said, my answers are very ·brief·, Aussprache wie *Brief*, Bedeutung: *kurz.*

Du kannst *was* nicht?

Aber natürlich kannst Du das, Doosie, natürlich kannst Du Dir den Inhalt dieser Doosie-Briefe denken. Aber vielleicht schulde ich Dir in puncto Inhalt ein bißchen Englisch. "Liabe" usw. kannst Du ja bereits, auch "Natur", "Seele" u.dgl., aber gewisse, immer wiederkehrende (·repetitive·) Ausdrücke mögen Dir – wie übrigens auch mir – im Englischen Schwierigkeiten bereiten. Zum Beispiel:

"Streicheleinheiten" – Petting units?
"Intimsphäre" – Abdominal tract? (medical term)
"Zweisamkeit" – both being lonely?
"schmusen" – wrong Yiddish? Details later.
"kuscheln" – more than / less than "schmusen"?
"Fernweh" – Mallorca?
"Heia" (gehen, zusammen) – Greek island?
"Kreislaufstörungen" – neo-German disease?
"von Dir geträumt" – successfully?

Damit meine ich natürlich nicht, o Doosie, daß diese Briefe typisch für alle meine Leser sind, typical *of* the "silent majority". Aktivisten sind nie repräsentativ. In fact, my "active" Doosies are as little representative as are a few "gesinnungstüchtige" workers present at a ·union· meeting, Gewerkschafts-, or a few hundred members of a Parliament. Wass ich sagen wollte, war im Grunde nur, that you (one, I) really need not answer all those letters until you've got five or ten written by the same person, und daß ich dabei eigentlich kein schlechtes Gewissen habe.

·Oddly enough·, komisch: The less I write, the hotter they get. Und dann *rufen sie an.* In Schweden wurde das zuletzt eine Plage, a plague, *pleig*; ein einziges Gespräch – contents: ·repetitive· – dauerte oft stundenlang (DM 100,- bis 300,- oder bis der husband nach Hause kam, to my relief, *rilí--f,* Erleichterung). Zehn Prozent Provision – not "provision" but "commission" (sorry, there goes my "Fremdwortmethode") – a ten percent ·commission· from the Bundespost for increased long-distance turnover, für gesteigerten Fernsprechumsatz also, das hätte mir Tausende pro Jahr eingebracht, vielleicht sogar pro Monat, denn einen "Mondscheintarif" von Deutschland nach Schweden gibt es nicht, und wenn es einen gäbe, dann hätten ihn die meisten nicht ausgenutzt, da um diese Zeit ihre husbands von der Arbeit zurückzukehren pflegen. ("Mondscheintarif": untranslatable. In England, there is the ·off-peak rate· outside "peak hours".)

Jetzt habe ich einen Anrufbeantworter in Uppsala, an "ansafone", giving them a Munich number – my publisher's – who'll tell them where they can reach me. This is the least I could do to ·save my face· – so sagt man doch wohl jetzt auch auf deutsch, "das Gesicht wahren"? Niemand sagte das zu meiner Zeit. Weißt Du eigentlich, wie sehr die deutsche Sprache in den letzten dreißig Jahren durch englische Wortbilder bereichert worden ist? Ja, die *deutsche* Sprache, ich denke nicht an Fremdwörter wie "Marketing", "Show", "Midlife Crisis" und dergleichen, sondern an reinstes Deutsch, apropos "Show" zum Beispiel an den Ausdruck "jemandem die Schau stehlen" (so steal the show). Wenn

Du wüßtest, wieviel schönes englisches Deutsch ich jetzt dazulerne ...

Sorry. Where were we? (Dreimal *w*-Wiederholung bitte.)

Yes, "saving my face" it was, by an ansafone (from "answer phone") giving them my publisher's telephone number. I felt I had to ··refer··, *rifö--(r),* hinweisen – I had to refer them to someone. This was no more than fair. After all, I had ·dropped a hint·, einen Wink, in that book of mine, how they could reach me by telephone. Ich hatte schon meine Gründe dafür, I had my reasons, als ich das in Schweden schrieb. For one thing, in that far-off igloo, the voices of those Doosies from Büttenheim, Sackfeld, Hamburg und Überlingen an der Fulda meant some sort of "Deutschland" to me. (If this sounds too sentimental, one half of that word will do: "land".) And for another thing –

– this is ·getting out of hand· (out of control), Du siehst müde aus, I've been talking too much. Schluß jetzt.

Basta. Wir machen einfach eine neue Überschrift, a new heading, das sieht dann wie ein neues Kapitel aus, und Du hast Ruhe. Nicht einmal ein PS heute, das machen wir nächstes Mal, nehmen dann auch das Heutige mit. Ganz schnell nur noch gleich jetzt ein paar ·Pünktchenwörter·, "in order of appearance" (Theater: in der Reihenfolge ihres Auftretens), Du brauchst sie nur durchzufliegen:

·casual·	·instalment·
·apologize·	·after all· (*again!*)
·flog a dead horse·	·unique·
·hang about·	·brief·
·a bloody nuisance·	·off-peak rate·
·repetitive·	·refer·

Enough. Du gehst zu Bett jetzt, und ich schreibe einfach weiter. Das Bett ist gleich hinter diesem Schreibtisch, verzeih, daß ich Dir den Rücken kehre (zukehre? zudrehe? – turn my back on you), aber so läßt sich's am besten mit Dir weiterplaudern.

Gemütlich.

Pity, "gemütlich" is untranslatable. But you might find some people in England and America who'll understand that word: "Having a feeling of warmth . . .", see below.

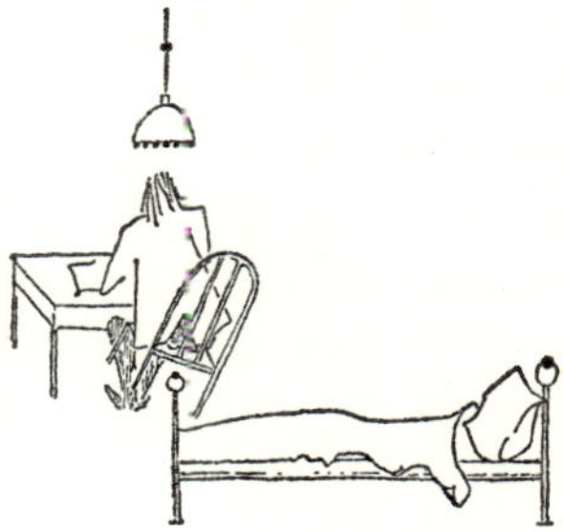

"*gemütlich* (gə–müt'lĭkh) *adj. German.* Having a feeling of warmth or congeniality; cheerful; friendly; cozy."

(*The American Heritage Dictionary of the English Language* – an excellent dictionary.)

For one thing, zum einen, as I said, those Doosie voices reaching me in that igloo meant some kind of ...land to me. And for another thing, zum anderen, as you know already, I had, and still have, ˙ulterior motives˙, Hintergedanken, of a purely commercial kind when letting them phone and write. So I can't complain, beklagen (mich). Auch jetzt nicht, obwohl das Telefongeklingel schon heute morgen wieder losging, kurz nach sieben:

"Hallo" (ich spreche das immer deutsch aus).

"Ich bin's", at the other end.

"Ach *Du*!" (Keine Ahnung, wer – not the faintest idea. Aber das "Du" wird wohl stimmen, die klingt mir nicht nach "Sie".)

However, once I've found out who it is, the real difficulties begin. Wie weit sind wir in Sachen *Liabe* eigentlich gekommen? What stage, what phase? Vor allem, was ist ihr, gerade *ihr* Problem, das ich "wie kein anderer auf der ganzen Welt" verstehe? War es "Unverständnis meines Mannes"? This is certainly the rule-*ruul*-Regel, but there are special cases. One, for instance, is in a psycho-*saikou*-therapeutic-*pjuutik* group called "Orgasmus-Gruppe" (untranslatable), DM 40,- each time, because she has problems with her lover (not with her husband). And another one – well, ich sollte mir eine Kartei anlegen, a card index, aber das wäre doch lieblos.

"Hast Du was gemerkt in meinem letzten Brief?"

"Aber na*tüür*lich", sage ich natürlich, mit meiner schönen, männlich warmen Stimme.

What the hell shall I have noticed-gemerkt? A ladybird, this time lovingly drawn on pinkish-bonbonrosa paper and cut out? A lock-of-hair-Locke, brown, blond, black, *under* the ladybird? Or that bloody **X** I taught them in that bloody-*bladdi* book? ("Englisch für *Küßchen*", hatte ich süßflüsternd gesabbert, ich ...) Or was it a pet name, Kosename? Is *she* the one who in her last letter started to call me "mein Affenschwanz"? Damn it all, I am an old man: Memory deteriorates, *dití-*, with old age, wird schlechter.

And how *sick* am I? Oft wimmele ich sie mit Krankheit ab – mein Gott, der Brötchenwagen gibt mir schließlich auch das Recht dazu, I'm ·entitled· to it, *intaitld* – oder auch mit tiefen Depressionen (exile-*écksail* usw., ich erinnere mich noch ganz gut), aber *wie* krank und/oder deprimiert war ich das letzte Mal (deprimiert, deutsch: "down", gutes Englisch ·low·) – und wieviel besser oder schlechter geht's mir jetzt? Again: The never-failing sign of old age is failing memory. ("fail", versagen, hatten wir schon einmal. Ja bestimmt, bei Dagmar of Sweden war's, bedeutete dort allerdings "durchfallen".)

Well then, how *am* I right now, and am I at last well enough to write them? Doosie, we now come to the greatest difficulty of all: Für Egozentriker, mich zum Beispiel, gibt es kein größeres Opfer, als über sich selbst zu lügen. Es ist die purste Form der Selbstverleugnung. Liars are, ·by definition·, selfless. ("By definition" auf deutsch wohl: eo ipso.) The more I lie to my Doosies, the more grateful I should be to them: I'm becoming more selfless every day.

Aber merkwürdig, most remarkable: Wie widersprüchlich auch immer meine Aussagen, wie groß auch immer meine Patzer, however great my ·blunders·: Sie *verstehen*. There is no limit to women's *Einfühlungsgabe*.

Um Oscar Wilde in Sachen "deceive", *dissí—v* (betrügen) zu zitieren – er muß doch so etwas schon irgendwann einmal gesagt haben, auch wenn es nirgends überliefert ist:

"You need not deceive women: they deceive themselves."

As long as they are the one and only one, ·that is·, versteht sich. Let me give you an example. There is a "blind date" in that book, a pretty intimate one, "seeing" her (the reader, the one and only one, *you*) on "Friday, every Friday, 10 p.m. sharp". Now, the problem is this: Die meisten wollen ein Sonderdatum haben, das es somit zu erinnern gilt. They seem to ·object to· (hatten wir schon, ich ließ die Fürstin das mehrere Male machen, for you) – they seem to ·object to· having a date together with the other Doosies. ·To put it bluntly·, grob gesagt, they are against group sex. (Nur eine nicht, Angelika heißt sie, die mag ich.) The others insist on Thursdays, Saturdays or ·what have you·, again starting at 10 p.m. sharp (except Friederike who likes mornings). Some even asked me to have it on Friday 10.30, *after* the others, and *alone*. I told them I'm an old man.

Ach so, falls Du's nicht weißt: ·sharp·, "scharf", bedeutet hier *pünktlich*. Bitte um "Punkt 22 Uhr" auf englisch. Falls unsicher, siehe oben.

(You may or may not be interested to know that my friend Johnny – the Girl from Honolulu fellow, BBC Television – has a special name for that "blind date" of mine on Fridays: He calls it "Telef—". I informed him that the German name for it was "ferne Seelennähe".)

For adults only, i.e. for you. (For background see the first Daisy Note.) Don't worry, Doosie: Juveniles won't understand the precious and "academic" English I'll use today.

A "telef—" in John F. Harrison's (Johnny's) sense, while normally sort of telepathic, can also be telephonic. This has not occurred during the period under review, save one incident, a matutinal trunk call from a Berlin (West) hotel to Uppsala. My interlocutor chose to remain anonymous and declared that she was a student working part-time in that hotel. She added that she was currently engaged in the vacuuming of a cosy hotel room and, more important, that she was no longer prepared to control her "urgent doo-zee itching". She proceeded to breathe heavily, panting and eventually moaning at a dramatically accelerating rate, while I remained silent like a man accustomed to work hard and efficiently. Position: Normal (no cunnilingus). Duration: 11.3 minutes. Termination: Woman, satisfied, hangs up. Subsequent contacts: None.

When I told this story to my friend Johnny, he laughed. He knew my "vulgar taste", he said; that's why he got his latest girl friend to phone me, while *they* . . .

Was he lying out of sheer envy? Or was he telling the truth? A few weeks later, when I met that girl friend of his in Hamburg, on her way to Copenhagen, she breathed, panted and moaned in a way which, frankly, didn't appeal to me at all.

Übrigens, was meine mnemotechnischen Schwierigkeiten bei der Telefoniererei betrifft, so haben unversehens heimkehrende Ehemänner – meine Doosies klingen dann auf einen Schlag am Apparat recht unpersönlich, *siezen* mich zum Beispiel – well, those unexpectedly returning husbands gave me a very useful idea-*aidí(e)* some weeks ago. It's the "Henry Trick". Wenn ich nämlich am Telefon plötzlich "Henry" sage – man kann das tarnungshalber mit "Heinrich" variieren, auch mit "Böll" (und "Tarnung" heißt: camouflage, Betonung cámou-), dann bedeutet dieses Codewort, this code, *koud,* verabredungsgemäß ganz einfach "Fürsorgliche Belagerung", zum Beispiel durch meine Frau, die ich mir zu diesem Zweck in aller Eile zulege. Ich brauche dann in Gegenwart gedachter Belagerin auf nichts mehr einzugehen, auf *überhaupt* nichts, nothing whatsoever, kann mich so dumm stellen wie ich bin, ja kann mit meiner Doosie wie mit einem wildfremden, mir eiskalt gegenüberstehenden Menschen sprechen, etwa wie mit meinem Verleger, und dazu noch endlich einmal, at long last, mit vernichtender Überlegenheit. These business or *Arbeit* talks, as I call them, are actually the ones I enjoy the most. Oft muß ich mich direkt zusammennehmen, um dabei nicht herzlicher und vor allem engagierter zu klingen als sonst der Fall. Anyway, I like to say "Henry".

Das Schwierigste aber ist der Piep, the peep. Die eine nach der anderen kam darauf, bei den teuren Ferngesprächen nach Schweden. You (one, they) simply dial-*dai(e)l*-wählen my number, then you make the Bundespost peep once, and at that very moment you put down – or ˙replace˙ – the receiver, Hörer. After that you expect me to peep back, with just one signal, as a tender little greeting to the one and only Doosie, say ten to fifteen times a day.

Now, would you kindly tell me WHO was peeping? I tried to co-ordinate the thing – to ˙get organized˙ as the English say. I made one Doosie peep once, another one twice, a third one thrice – *no*, rather: three times – and so forth. But in the end, I couldn't answer ordinary telephone calls anymore since one Doosie had to be allocated-zugeteilt no less than ten peeps. I got telegrams from Doosies and other people wondering what had happened, and eventually-schließlich I had to do so much explaining that I found myself doing a ˙full-time job˙ (Ganztagsarbeit?) without doing anything at all.

Nein, nicht *ät oll*. Please read again: ... without doing anything *ätó-ll*. Erst dann klingt's nach gar nichts.

Of course, I *did* peep back as best I could and I also tried to answer all those special "Gutenmorgen" and

"Gutenacht" peeps coming in at criminally early or late hours. ·Peak· days, Gipfel- oder Hochfrequenztage, were of course Saturdays and Sundays. On workdays life was a little more tolerable, most of my Doosies working in offices from which they couldn't peep. (Ich bin immer für die Berufstätigkeit der Frau gewesen.)

Auch haben Piepe ihre Risiken. Once when I peeped back at about midnight, the receiver was lifted immediately. There was a sleepy "Hallo" of a Doosie husband. I chose to answer in Turkish – the one language which I speak fluently because I don't know it *ätó-ll* – until he ·hung up on me·, bis er rüde einhängte. He probably ·took me· – hielt mich – for a wog. (Bitte "wog" nicht lernen, Schimpfwort für dunkelhäutige Gastarbeiter.)

Den Piep wenigstens bin ich jetzt los, I've got rid of it. Telefonzentralen in Hotels sind für derlei Dinge ungeeignet. Telefonzentrale: switchboard.

Sieben Dicke heute mit der Morgenpost, ein paar Dünne und ein schweres DIN A4 Kuvert. (Tagebuchbrief auf Schreibblock mit oben noch zusammenklebenden Seiten, sie schreibt sehr schnell, Rückseiten leer, thank God.) Dann noch ein Buch: George Mikes, "How to be an Alien". (·Alien·! Wie geschaffen für Deinen überstrapazierten "foreigner"! Musspr. *eilj(e)n*, bitte merken.) It's a tremendously witty, geistreich, and wildly humorous book on how to be a foreigner – an ··alien·· – in England. Ich besitze das Buch zwar schon, sogar viermal (von vier Doosies), kann's aber gar nicht oft genug verschenken (an Doosies) und empfehle es Dir aufs wärmste, auf *englisch*. It's a so-called ·minor classic·, *main(e)*, ein "Miniklassiker".

Doosie, *read* that book, don't be afraid: It's no more than about 80 pages, and George Mikes, pronounced *maiks* – earlier *míkesch* (he is a Budapest Jew) – certainly knew much less English than you do when he went to England to escape Hitler.

But who the hell is "Karola"? Kann sie denn nicht ihren Nachnamen in den Mikes-*maiks-míkesch* schreiben, her surname or family name? Auch auf dem Kuvert steht nichts, und im Buch nur: "In alter Liebe, Deine Karola." Does she expect me to ·check·-kontrollieren all the second names of all my Doosies? Es ist nicht das erste Mal, fast täglich kommt das vor. Da sieht man wieder, wie verhängnisvoll, how fatally, sich anfängliche-initial-*iníschl* Organisationsfehler auf die Dauer in einem Betrieb auswirken können, ·in the long run·. My alphabet is wrong. I should have ·filed·, geordnet, archiviert, my Doosies by their *Christian* names, not by Kökeritz und Quatschek. Es macht mich verrückt, ·it drives me to distraction· (in the long run).

Karola dear, accept my thanks in this way, in print, in alter Liebe.

Dann noch zweimal Dr. Oetkers Götterspeise heute, Himbeeren-raspberries und Erdbeeren-strawberries, wo ich doch das *grüne* Zeug so liebe. Waldmeister? No, I won't translate "Waldmeister" – sorry, Doosie. Solltest Du an einer Übersetzung dieses nur in deutschen Frühlingsbowlen erblühenden Waldwunderwortes interessiert sein, so schlag mal wieder in Deinem deutsch-englischen Wörterbuch nach, da steht's ganz bestimmt. Nein, es ist *nicht* "woodruff", obwohl es garantiert und haargenau dieselbe Pflanze ist. Auch Wörter haben eine Seele.

Was aber das unsäglich zarte, waldschattig scheu und gleichwohl schillernd zitternde Grün von Dr. Oetkers Waldmeistergötterspeise betrifft, kann ich Dir vielleicht eine adäquate Übersetzung geben: Artifical colouring. I love it.

Not *once* did any of my Doosies send nor even mention

> "... that zarty, woldshattily shoy,
> yet o'shill'ringly thittering Green."

It's always been that ·pinkish· – jetzt aber endlich leichenblasses Bonbonrosa merken: – it's always been that pinkish stuff. Und *Herzen* draufgeklebt, equally pinkish hearts, damit ich ja nur deutlich sehen kann what they have written on them with their blood-red ballpoints, Kulis – mostly "Ich liebe Dich", followed next day by a 12-page ·explanatory· letter, *iksplännn-,* näher erklärend, the envelope being taped all-over and, when eventually-schließlich open, lined with that coffin-silk-Sargseidenpapier.

Ach Doosie, es ist fürchterlich, I am suffering terribly. Let me finish then, although the Fürstin, I guess, might welcome some additional data on the sufferings of *an* MCP or *a* male chauvinist pig. Aber Schluß jetzt.

Mein Gott, was kriecht denn da in der Morgendämmerung (dawn) auf dem Fensterbrett herum? Hast *Du* den von draußen ... ?

Fensterbrett: windowsill.

Look, he's walking right across this page. I think we ·had better· move him to the end of the P.S., as soon as we've got it over with. He'll be safer there. OK?

P.S.

Habe mir eben noch einmal durchgelesen, was ich Dir da über "save one's face" und die Bereicherung der deutschen Sprache erzählte, Du schienst mir nämlich zu murren. Aber ich laß es stehen, mach sogar eine kleine Sprachübung für Dich daraus.

1. Doosie, es stimmt schon: Deutsch ist seit Kriegsende durchs Englische sehr wesentlich bereichert worden und überhaupt "angelsächsischer", freundlicher, menschlicher, mitmenschlicher – *zivilisierter* geworden, more civilized. Wirklich, Doosie, trotz aller Mechanisierung, Entfremdung und Leistungsdiktatur, Du darfst mir glauben, ich kann damals und heute vergleichen, bin einer der wenigen noch nicht vollends verkalkten Augenzeugen aus der Zeit der Weimarer Republik. Es war damals nicht besser, sondern schlechter, viel schlechter sogar – not only economically but in general. Believe me, Doosie, this country has become more ·civilized·, richtig übersetzt – und wenn Du mich totschlägst –: kultivierter.

As a ridiculously small example of this – es ist wirklich ein lächerlich kleines Beispiel, ridiculously small – please translate a few German expressions into English – which, after all, is where they came from. Eigentlich also eine Rückübersetzung, bei der Du nicht nur Englisch, sondern vielleicht auch ein bißchen Deutsch dazulernst; denn vielleicht sind Dir – wie mir – manche dieser Ausdrücke neu. Please translate:

– *das Gesicht wahren* – hatten wir heute schon, aber alles folgende ist neu:

– *das Gesicht verlieren* – zu meiner Zeit sagte man etwa "sich blamieren".
– *in die roten Zahlen geraten* – ein Defizit haben. Ich kannte bisher nur "tief in der Kreide sitzen".
– *grünes Licht bekommen* – ich glaube, zu meiner gehorsam-untertänigen Zeit bekam man nur eine "Erlaubnis".
– *das Eis brechen* – was sagte man zu meiner Zeit? "Leben in die Bude bringen" war doch wohl nicht ganz dasselbe.
– *unter den Teppich kehren* – ich glaube, wir ließen damals etwas "in der Versenkung verschwinden".
– *feuern* – zu meiner Zeit wurden wir gekündigt, entlassen oder an die Luft gesetzt.
– *schwarzer Humor.* Weiter: *Gehirnwäsche.* Weiter: *alter Hut* – zu meiner Zeit wohl "olle Kamellen". *Ein Papier* – wissenschaftlicher Aufsatz, Memorandum u.dgl. *Ein Eierkopf* – kennst Du vielleicht noch nicht, hab's heute in der "Zeit" gelesen: Bedeutet etwa "Sch—intellektueller". *Eine lahme Ente,* früher wohl ein "lahmer Gaul" oder eine "schwache Nummer". Weiter: *Ein weißer Elefant,* ebenfalls heute gelesen, im "Spiegel" – lerne Deutsch mit mir, Doosie! Bedeutet unnützer Kram, mit dem man sich herumschleppen muß. Bei uns zu Hause in Berlin hieß das "Stechpalme" (Tante Agathes drei Meter hohes Geburtstagsgeschenk). Weiter: *Ein guter (schlechter) Verlierer.* Und weißt Du, was eine *weiße Lüge* ist? Bitte ins Englische übersetzen, dann bedeutet es bestimmt Anstands- oder Notlüge. – Zum Schluß: Laß uns freundlich sein – zivilisiert, *civilized* – und etwas sagen, was einem in meiner bösen Zeit nie und nimmer eingefallen wäre:
– "*Was kann ich für Sie tun?*" In English, please. It's English.

2. Außer Englisch gibt es auch seit Kriegsende besonders viel eingedeutschtes *Jiddisch*. Das ist eine etwas komischere Angelegenheit. In der Buchhandlung gestern waren die armen Ingrid-Karin-Sigrids mit ihren Nazinamen (reiferes Alter) besonders scharf darauf, ·keen on it·, sie überboten sich mir gegenüber mit "nebbich", "mies", "Mischpoche", "Chuzpe" und dergleichen – Ausdrücke, die bei ihnen in eine mir kaum noch verständliche Sprachsphäre abgeglitten waren. The most enigmatic-rätselhaft Yiddish-jiddisch word they used was *schmusen*. I didn't understand it. This was the favourite expression of a fat brunette by the name of Kriemhild. When saying that word to me, her eyes glowed and she flushed-errötete. Why? Could *you* please tell me what she can possibly have meant? That's my question No. 2. I do know the Yiddish word, and that's why the whole thing is a mystery to me. Information please, if possible in writing.

3. Prosaischer, ·down to earth·, mit beiden Beinen auf der Erde: Wir müssen jetzt Vokabeln pauken. Ein gutes Dutzend diesmal, sorry. Um Dir die Sache etwas leichter zu machen und Dir eine Vorkontrolle zu ermöglichen, müssen die englischen Übersetzungen, die ich von Dir haben will, in alphabetischer Reihenfolge zu stehen kommen. Die erste Vokabel wird also auf englisch mit *a* oder *b* anfangen, die zweite vermutlich mit *b* oder *c* oder *d*, die dritte mit ... na, und so weiter. In English please:

Telefonischer Anrufbeantworter – meiner in Uppsala zum Beispiel. *Rückseite* – kam bei Doosie-Briefen vor. *Tintenkuli* – their lettering on those pinkish hearts. *Schnitzer* (Patzer, Bock), wie ich ihn oft mangels einer Erinnerungskartei mit meinen Doosies mache – aber bitte nicht "mistake", das kann jeder. *Sarg* – seidenpapiergefütterte Kuverts wirken nun einmal makaber auf mich. *Provision* – hier hilft keine "Fremdwortmethode", das Wort fängt nicht mit *p* an. *Ganztagsarbeit* – drei Wörter, davon zwei mit einem Bindestrich verkoppelt. Weiter: *Raten* – you can PAY in ..., my Doosies WRITE in ... na? *Marienkäfer*. (Die Maikäfer lassen wir auf englisch lieber sein.) – Einen "Mondscheintarif" gibt's nicht in England, bitte darum nochmals um *verbilligten Tarif* (gegen Abend, nach geschäftlicher Höchstbelastung) – ach ja, bei dieser Gelegenheit bitte auch *Gipfel* (Höhepunkt) geschäftlicher und anderer Betriebsamkeit, auch Berggipfel (alphabetisch befinden wir uns übrigens zur Zeit bei *p*). Weiter: immer noch *p*: *Kosename* ("mein Affenschwanz" bin ich zur Zeit bei einer, "my darling monkey tail"). *Telefonzentrale* – in meinem Hotel zum Beispiel. *Tesafilm* oder wie das nun auf deutsch heißt. – So, fertig. Ach bitte noch "So, fertig", ganz ungezwungen, ohne "finished" oder "ready", vielleicht wäre eine freie Übersetzung das Beste – wie immer.

4. You must be tired by now, deshalb keine unbeantworteten Fragen mehr. Wollte Dich eben – es hätte alphabetisch gut am Ende gepaßt – noch um *Hintergedanken* bitten, sag's Dir aber gleich: ˙ulterior motive˙. Auch nach Gewerkschaft wollte ich Dich fragen – ja, es kam vor, im Zusammenhang mit "Aktivisten" aller Art. Vielleicht hast Du's gemerkt: ich gebrauchte nicht Dein schulgelerntes "trade union", sondern ganz einfach ˙union˙ – ist gebräuchlicher. Und schließlich noch ein anderes ˙Pünktchenwort˙, nach dem ich Dich unbedingt fragen wollte – das Insider-Wort für "Ausländer". Hier kommt's: alien, *eiljn, eiljn, eilj(e)n*. Denke an Karl Marx' "Alienation".

5. Even more tired now, Doosie? I sympathize. Somit, wie in den Gerichtsverhandlungen amerikanischer TV-Krimis: "No further questions". Ich vermute, um

weiter mit TV-Krimis zu sprechen, you have "no objection".

Da mir eine meiner Ladybirds (gefüttertes Kuvert, lined envelope, alle Rückseiten – sehr viele – beschrieben) vorgestern freudestrahlend mitteilte, ich sei ein Krebs, a Crab, sie selber eine Ziege, a Goat ("Steinbock" schrieb sie), das sei eine "ideale Kombination" – und da sie mir mein Krebszeichen gleich noch dazulieferte, nämlich

♋

möchte ich in diesem Zeichen, *in hoc signo*, vorschlagen, Du drehst Dich rum.

1. Save one's face / lose one's face. Get into the red (und natürlich auch: get out of the red). Get the green light. Break the ice. Sweep under the carpet. To fire. Black humour – brainwashing – old hat – a paper – an egghead – a lame duck – a white elephant – a good (bad) loser – a white lie. "What can I do for you?"
3. Ansafone. Back, *not* "backside". Ballpoint (pen), also "biro" (*bai*-, originally a trademark, Warenzeichen, like "ansafone"). Blunder. Coffin. Commission. Full-time job. Instalments (Betonung auf "al", das wie "all" ausgesprochen wird). Ladybirds. Off-peak rate. Peak. Pet name. Switchboard. Tape, *teip*. That's all.

Now, how did you answer Question No. 2, schmusen? This Yiddish word – in English or rather New Yorkish *shmooze* – simply means "chat", schwatzen oder besser: *klönen*, but in the Jewish way of course, i.e. with your *hands* (sog. Mauscheln). However, those hands should NOT be used in the way Kriemhild must have had in mind when suggesting that *schmusen* thing to me and getting red all over her face.

Da fällt mir gerade ein: ·smooch·, *smu—tsch!* In American slang this means "kiss" (the & to). In English slang it's to dance very closely and intimately.

Which sense do you prefer, Doosie, the British or the American or the Kriemhild one, for instance as far as I am concerned?

Wir könnten das zum Beispiel im Zug machen. Please wish me "bon voyage" (Aussprache so französisch wie im Englischen möglich), gute Reise also, und ich wünsch Dir's auch, for we'll be leaving for Heidelberg tonight. Get your things packed, darling.

Nein, ich hab ihn nicht vergessen, es ist für ihn gesorgt, he's being well looked after. Mache gerade ein paar Luftlöcher für ihn.

The Law of Nature

"I am Ruth's daughter." Dieser erste Satz schlug wie ein Blitz ein. Dazu die Handschrift: straff, gerade. Engl. *erect*, zwischendurch schwellend gekurvt, genau wie Ruths vor – vor – o God, almost fifty years ago. The letter was forwarded to our provisional address, poste restante, Heidelberg. (Das "our" brauche ich Dir wohl nicht erst zu erklären.)

Wiebitte?

Doch, doch, Doosie, "poste restante" is quite all right in English, obwohl sich deutsch-englische Wörterbücher nur schwer, wenn überhaupt, zu diesem ihrer Ansicht nach wohl nicht ganz rassereinen (vor 1945) bzw. nicht ganz koscheren (nach 1945) Englisch durchringen können und es erst einmal mit einer selbstgefertigten, home-made, Sprachbereinigung versuchen, z. B. "to be (left till) called for". Nichts zu machen, seien wir tolerant: ·Suffer fools gladly·.

Adresse Heidelberg, weil hier ein großer Macher lebt – Macher: boss, tycoon, VIP (*vi-ai-pi*, nicht *vipp*), big shot et cetera –, politischer Großkotz in Frankfurt, Heidelberger Universitätsprofessor noch dazu (a title which goes very well with German politics). Klassenkamerad von mir, a classmate, einer der ganz wenigen, die 1939-45 nicht draufgegangen sind. Der hat sich allerdings inzwischen – last night it was, in his double-terraced, triple-bathroomed Heidelberg house watched by five bodyguards stationed in his park (Bundesgrenzschutz) – als hoffnungslos verkalkt erwiesen, hopelessly senile, *sí—nail*. Er schien sogar vergessen zu haben, warum sein 1945 geborener Sohn meinen Vornamen hatte. (Weekly food parcels from Sweden, 1945-47, the baby would otherwise have starved, *sta—vd,* verhungert sein.)

Natürlich soll man helfen, ohne auf Gegendienste zu rechnen. Being rather selfish I did, rechnete also. Aber nicht einmal einen kleinsten Preis, etwa den alljährlichen Preis eines deutsch-englischen Kulturklubs, dessen Vorsitzender-chairman er unter zahlreichen anderen Körperschaften war, konnte er für mein Klappentext-Image organisieren – "nein, wirklich nicht, Werner", und zwar "aus Gründen der Integrität" (for ethical reasons), wie er sagte. Sein Sohn Werner, wirklich nett, frischgebackener Bundestagsabgeordneter (MP, *emmpi,* Member of Parliament), pflichtete ihm ebenso integer bei. Ich kam mir wie ein Schuft vor, bin es wohl auch.

Das war also nichts, nothing came of it. Dann lebt hier noch eine meiner zur Zeit aktuellen "Geliebter!"-Doosies, 35, geschieden, jetzt Musikstudentin, an und für sich charmant, aber die war nicht der Grund für Heidelberg. I like to cultivate this category by letter rather than through personal confrontation: it lasts longer. For her, I'm still in Baden-Baden. Her name, Eva-Maria, may interest you in English: It's *ihv*-Eve-*m(e)rai(e)*-Maria or rather *mäh(e)ri*-Mary.

Ruth's daughter. As I said, that letter struck me like a flash of lightning. It illuminated, in a fraction of a second, the landscape of a lifetime. Sie konnte nicht viel über dreißig sein, vielleicht sogar viel jünger, denn zu meiner Zeit konnte von einer Tochter Ruths nicht die Rede sein, sie war selber Tochter, und was für eine.

Ruth war meine erste Liebe und somit, as often happens, ˙somehow˙-irgendwie auch meine jeweils letzte. ˙By and large˙ (to vary your "on the whole" and my "as a rule") – by and large, I think, I have been modelling all my other loves on her, by analogy, by contrast, or otherwise.

Das Modell sei deshalb kurz beschrieben, wobei ich leider auf ziemlich unausgegorene, immature/uncouth, ehemals wohl typisch deutsche Jungmännergefühle brutalromantischer Art zurückgreifen muß, für die ich mich im voraus – in advance – entschuldige. Such feelings must have changed meanwhile, since the 1920's that is, even in the most primitive (immature, crude, ·uncouth·) German youth of today. Let's hope so, anyway.

In describing the Ruth prototype – ja, sprich "Ruth" im Englischen ruhig mit "th" aus, wie "truth" – nochmal: in describing that prototype, please note that points (a), (b), (c) below are perfectly good English not only in writing but also in speech. Just say *ei, bi, ssi* when reading on.

(a) Ruth was naked both when dressed and when undressed. I say this because, to men, women usually look more naked with their clothes on. Without them, they often look a bit old-fashioned. Not so Ruth.

(b) Diese Nacktheit wirkte sehr stark, denn Ruth war erbarmungslos (merciless, relentless). Dies führte mit sich, daß der von ihr erwählte Mann – es gab sehr viele Kandidaten, mit *dem* Aussehen hatte sie völlig freie Wahl – that the male chosen by her felt he was selected by a relentless (merciless, erbarmungslos) Law of Nature: He was the strongest. He liked that. (Remember: we are in the twenties.)

(c) Gleichsam als Unterstreichung – as if to emphasize that Law-of-Nature business, Ruth's thighs or Schenkel were hairy.

Als Hitler kam, bekannte sie sich zu ihm, es war besser für ihre Laufbahn: sie studierte Gymnastik in Berlin, Turnlehrer-Ausbildung. In fact, she must have had ·the time of her life· in the thirties, especially during the Berlin Olympic Games. After all, she was in her prime then. (Heißt das "topfit" jetzt auf deutsch? Ich meine "in voller Blüte", klingt aber wohl verstaubt. She was ·in her prime· then.)

Kein Wunder, daß sie nicht an den Bahnhof kam, als ich Berlin verlassen mußte und daß sie auch nicht schrieb. Und ebenfalls kein Wunder – jetzt kommt ein langer Satz, aber ich glaube, den kriegst Du hin: – No wonder that I, from a bug-ridden, verwanzt, hole in Valencia, situated behind a garage where I was washing cars for forty-five pesetas a week, wrote her a letter every day, a so-called love letter. Diesen steckte ich in einen Briefkasten am Valencianer Hauptbahnhof, jede Nacht. I could hardly believe that it *was* a letterbox; it seemed inconceivable (unbelievable) that it still connected me with her. To me, the ·very· stamp, schon die Briefmarke – the very stamp was a miracle: could it really carry me to her? That stamp was like the Flying Carpet in *Tausendundeine Nacht* (in English: ·Arabian Nights·).

Und dennoch: I went on writing those letters day by day for seven months, without getting a reply. Dann, in der glühenden Hitze des spanischen Hochsommers, mordend fast in jener ölig-stickig glutheißen Garage ("garage": in England, stress gárage; in the States, stress garáge) bekam ich einen kühlen, aus drei Zeilen bestehenden Brief. The letter, written in that erect handwriting of hers, said that she was going to marry the Berlin Jugendführer of the NS-Reichsbund für Leibesübungen.

In view of that Law-of-Nature stuff – point (b) above, "merciless", "relentless", man kann auch "ruthless" sagen – I went on wanting (loving) that strongest of all women, although, for purely practical reasons, I stopped writing letters.

Das erste Mal, daß ich wieder von ihr hörte – sie muß jetzt an die siebzig sein und lebt mit ihrem Nazi-Mann in Spanien, in einer großen Villa bei Valencia – nun, das erste Mal war gestern. "I am Ruth's daughter. My name is Andrea, 28. I have read your book. I like it."

it, underlined.

Der Absender auf der Rückseite des Kuverts – in English: *nothing*, nobody in England would ever put his or her address on the envelope of a private letter, let alone his or her name – nun, dieser Absender war Name, Straße und 6800 Mannheim (6800 being the ·postcode·, Amer. ·zip code·). In other words, half an hour from here by car or by what she called her *Ente* – in English *tussivi*, 2CV. (Many of my Doosies have one. This is why – you may have noticed – I am a little hoarse, heiser. These things make such a noise that you have to shout when talking.)

I had just made up my mind, beschlossen, to go on with that T. translation, *endlich* or at last. But I couldn't resist the temptation or Versuchung. I phoned her, and she came.

"Hallo", said a voice in the hotel lobby. That voice was deep, naked and relentless.

Bevor wir weitergehen, Doosie, lassen Sie mich sagen, daß ich Ruth vor nunmehr etwa fünfzig Jahren ganz falsch gesehen haben mag, that "naked" and "relentless" side of her I mean. Ruth may not have differed from any other girl: like practically all of them, she was exceptionally well built, und das war vermutlich alles, the rest was probably my doing. Allerdings, she *had* hairs on her thighs, das haben nicht alle, and when in bed she *did* remain "relentless" oder – versuchen wir, dies ewige "relentless" einmal anders auszudrücken: Sie zerfloß nicht – es ist sonst die Regel, auch heute noch, auch bei den Hartgesottensten – sie zerfloß im Bett nicht seelenweich wie Butter an der Sonne. At least this is how I remember her. But again, it may all have been my imagination.

Ein Gleiches mag auch für Andrea gelten – it may ·apply to· her as well, the whole thing may just have been some kind of intellectual inflation on my part. "Es ist der Geist, der sich in den Körper baut". Wenn Schiller das auch anders meinte, so hinderte mich Andrea in keiner Weise an dieser Bauarbeit, im Gegenteil:

As to point (a) above, Andrea was naked both ways, dressed and undressed.

As to point (b), the Law-of-Nature business (relentless, merciless, ruthless, hier bitte noch dazulernen: callous), one of the first things Andrea said in the hotel lobby was that she'd like to phone her man. (She did say "man", meaning *Mann,* male, not "Ehemann", husband. Her English was excellent.) She wanted to see him soon, she said. When she returned from the hotel telephone box – Du kannst auch "telephone booth" sagen – she ·volunteered· ("gab mir freiwillig"?) some information:

"Twenty-four", she said. "American. Black that is. Strong. Just the right thing for the daughter of a *teutonische Turnlehrerin*!" She laughed (callously, ruthlessly). I liked that.

Betreffs Punkt c – bitte übersetzen, ja "betreffs", und zwar wieder einmal ohne Dein "concerning", "regarding" etc. – zwei Wörtlein, kamen bereits zweimal vor.

As to point (c), hairs on thighs, this was the most exciting thing of all.

Ich muß hier ein Geständnis machen. Hairs on women's thighs – Doosie, macht nichts, wenn Du keine hast – small hairs I mean, tiny-*taini* ones, ·in· every second woman preferably on the dark side ("*in . . .* women", *bei*) – those hairs are a ·foible· or weakness of mine ever since Ruth. Maybe the hairless baby beauties of Sweden are to be blamed for this, vielleicht haben sie meine pubertäre Haarerei verewigt, ich meine fixiert, I mean ·perpetuated·. (Nochmals, Doosie: Never mind if you have no hairs there; but if you have, don't shave them off.) Anyway, on the stairs leading up to my room, I said ·casually· – again: scheinbar beiläufig – ich ging hinter ihr:

"I suppose, you have hairs on your legs."

"Yes."

"Let's go to bed then."

"That's what I've come here for."

When I awoke early next morning – this morning it was – Andrea was fully dressed again. There was no time for breakfast (which I didn't regret-bedauern, for it meant Brötchen mit *Dir*). She was in a hurry, she said, she wanted to "see her man", as she put it, before going to work. "But I'll be back tonight."

"*Tonight*?" I couldn't believe my ears.

"Yes, tonight."

"After – well, after that ·poor performance· of mine?" Achtung, Doosie, endlich "poor performance" lernen! Hab es Dir schon bei Titti, Jungfürstin zum Strutz, vorgeführt. In Andrea's case, I had been sleeping practically all night after a passionate oral fit or *Verbalanfall* concerning that relentless (merciless, ruthless, callous) Law-of-Nature stuff, including those tiny hairs of hers which – I *did* say, and she liked hearing it – which would make me do it ten times over, yeah (yes). But they didn't. There was nothing but a poor one-time performance which, ·due to· (*dju tu*: thanks to, owing to, because of, on account of) – again: just one single performance which, due to those bloody hairs of hers, was far too quick.

"I must be off now", she said.

"But why on earth ...?" Es war schwer einzusehen, warum sie heute abend wieder –

Sie gab mir einen Klaps auf die Backe, dazu noch einen schmatzenden Kinderkuß:

"You're so sweet", she said. "It's nice talking to you. You're so hopelessly *romantic.*"

And off she went. Während ich Dir dies erzähle, ist der Tag wie im Nu vergangen. She'll be back any minute.

P.S.

Andrea has just phoned. She can't come. Couldn't we go to a concert tomorrow "instead", she asked, in the Mannheim so-and-so *Halle,* her "man" was hopeless in that respect, she said, and she would pick me up in her *Ente-Tussivi.* Beethoven's Ninth. "Romantic!"

Ich sagte, ich sei morgen leider besetzt, I was ·busy· tomorrow, which was a lie.

Mit Frauen, insbesondere deutschen, liebe ich klassische Musik, insbesondere romantische, eigentlich nur als Vorspiel, nicht "instead".

Ich glaube, ich bin da nicht allein. Warum waschen sich eigentlich die Leute – manche *baden* sogar – bevor sie ins Konzert gehen?

Ausnahme, d.h. weder Bad noch Vorspiel-Intentionen meinerseits: die Frau mit dem Arm.

Your arm, please, *now*:

Bach's Fifth Brandenburg Concerto, the first movement (allegro).

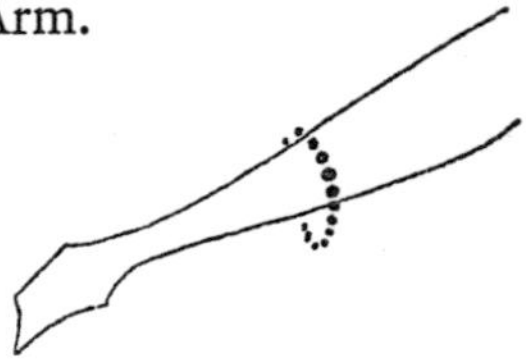

This first movement, Satz, is the longest movement of Bach's six Brandenburg concertos. Once the cembalo comes in it never ends, falling from one orgasm to the next, unendingly, until you and I are completely *fertiggemacht.*

1. "Besetzt sein", sowohl man selbst wie auch das Telefon. Auf englisch bitte. Eben gehabt.

2. "Abholen" (mit der "Ente" etwa). Und wie heißt Dein soeben gezeichneter Grammophon-Arm, technisch gesprochen?

3. "Satz", ein musikalischer; bei dieser Gelegenheit auch bitte ein sprachlicher.

Here is the lot: 1, to be busy (*bízzi, "zz"* ein summendes *s*); 2, to pick up / the pickup; 3, movement / sentence. – But now the *real* 1's and 2's:

1. Olympiade (the Berlin ... it was), auf englisch bitte. Weiter ein paar Ausdrücke für "erbarmungslos" (Ruth). Schließlich: Schenkel. Ach was, die Schenkel sag ich Dir gleich, muß Dich aber leider über ihre Aussprache enttäuschen. Kein mollig weiches "th" in diesen thighs wie etwa "thou" (altenglisch: Du) oder "this" oder "that", but hard and edgy-kantig as in "thin". Andererseits aber, ·the more I come to think of it·, sind harte Schenkel eigentlich auch was ganz Schönes; die alten Sprachväter wußten schon. ·What's yours?· Wie denkst *Du* darüber?

2. What is a foible? And how would you translate "due to"? (Example: Due to bad weather, my friend Johnny and his girl friend went to bed.)

3. Ich sagte schon, daß man sich im Englischen nicht als Absender aufs Kuvert setzt. But naturally, you can print that "Absender" on your stationery, Briefpapier. Viele meiner Doosies machen das, meist verheiratete, probably as a sign of independence and a means of self-realization, Selbstverwirklichung. Now my question is this: *What* would you print on your stationery?

4. "Postleitzahl" bitte. Dazu noch "postlagernd". Und da von der Magie der Briefmarke die Rede war (Valencia: aus einem verwanzten Kellerloch zu Dir, Geliebte), bitte um "Fliegenden Teppich" und vor allem um "Tausendundeine Nacht".

5. Bitte nennen Sie mir einen Ihnen wenigstens dem Namen nach bekannten englischen Schriftsteller, der in puncto haarig deutschen Law-of-Nature-Brunstschwulstes, zwanziger Jahre, unvergleichlich besser ist als ich,

incomparably better – das hast Du falsch betont, noch einmal: *inkómm*-incomparably better.

Nein, nicht Henry Miller. Der ist erstens nicht zwanziger Jahre, zweitens kein Engländer und drittens nicht deutsch-brunstschwulstig. ·Oddly enough· – wieder mal Pünktchen – the man I have in mind ran away with a German girl having a hairy *Kampfflieger* name, von Richthofen. Auch sonst hatte er wohl jenen Vulgärgeschmack (Sex mit Schopenhauer und rohem Schinken), den ich Deutschen, insbesondere mir, gerne verzeihe, Engländern aber nie. Well, who is it?

Achtung, jetzt kommen die Antworten. Be a good girl and try to do it on your own before reading this. 1: Olympic Games or Olympics. Relentless, merciless; ruthless (mehr "grausam" als "erbarmungslos"); callous (mehr "kalt und herzlos"). And again: thighs, mit scharfem "th", ganz wie in "ruthless". – 2: A foible (that hair syndrome of mine) is – Oxford – a "slight peculiarity or defect of character, often one of which a person is wrongly proud". Weiter "due to": wegen, aufgrund u.dgl. – 3: Should you wish to have printed stationery for your private correspondence, put your address on top, *without* your name. Your friends are supposed to know who you are; in addition, it's status: an address without your name looks as if the whole place is yours. – 4: Postcode, Am. zip code; as to "postlagernd" you've answered, quite correctly, "poste restante". But of course you can also do it in another way: Wenn Du in England bist, in London zum Beispiel, und eine Post in der Nähe hast, be practical and have your mail addressed to you c/o that post office. The man or woman there will be very nice.

That stamp: the Flying Carpet, Geliebte, Arabian Nights.

Finally, No. 5 – that hairy, *Kampfflieger*-infected

English writer: Who wrote – in 1928 it was – "Lady Chatterley's Lover"?

D.H. (*di eitsch*) Lawrence

Als Du über diese letzte Frage nachdachtest, fiel Dir da vielleicht zunächst Nabokov mit seiner "Lolita" ein? Wrong. For one thing, Nabokov, pronounced *Nabó-*, is not really an "English" writer but a Russian émigré who at the age of fifty or so started to write in English. And for another thing, "Lolita" – a man's ·unrequited love·, unglückliche Liebe, *anrikwai-tid* – that desperate, unrequited love for a twelve-year-old girl is no hairy *Kampfflieger* stuff, although it was earlier censored as pornography. It is one of the greatest love stories ever written.

Als ihn einmal ein amerikanischer Journalist interviewte und ihn fragte, warum er eine so desperate und anstößige Liebesgeschichte mit einem kleinen Mädchen geschrieben habe, soll Nabokov geantwortet haben: "It's a bit complicated. Perhaps it's my unrequited love for – well, hm, well – – for the English language."

The journalist didn't understand. You do.

Lolita, light of my life, fire of my loins. My sin, my soul. Lo-lee-ta:

The beginning of a great story.

P.P.S

Doosie, ich habe ein schlechtes Gewissen. Vielleicht störte es Sie, daß ich meine immer noch etwas pubertären, vulgärteutonischen Brunstgefühle mit Ruths Nazideutschland verquickte und in dieser Vergangenheit herumstocherte, als gäbe es nichts anderes auf der Welt.

May I, therefore, offer you another version of the story? And may I leave it to you to decide which of the two versions is the true one?

In reality – soweit man in Versionen überhaupt von Wirklichkeit reden kann – in reality, Ruth, that first love of mine, was the daughter of a prominent Berlin lawyer, Rechtsanwalt, by the name of Isidor Silberstein. He was a ˙professed˙ ("erklärter") Jew, and, like him, Ruth was a militant Zionist, *sai-* (stimmhaftes *s*), while I was, and still am, a Christian (Lutheran), d. h. ein sogenannter "assimilierter Jude" wie zum Beispiel, wenn ich mich recht erinnere, Walther Rathenau, Albert Ballin, Heinrich Heine und Alfred Lansburgh.

Logically, when Hitler came, Ruth went to Palestine, *pällistain,* while I emigrated to Spain. Those unanswered love letters I wrote her for seven months from a Valencia garage were in reality directed to a kibbutz near Nazareth where she was digging water channels for orange plantations and every now and then threw bombs into British occupation camps. (She must have looked beautiful, that Law-of-Nature amazon, when throwing those bombs, Ausspr. *boms.*)

Nach sieben Monaten erhielt ich dann, wie schon berichtet, ihre dreizeilige Antwort. She informed me laconically that she was going to marry a Jew, "einen

wirklichen Juden, nicht so einer wie Du, sondern Bataillonsführer der Haganah-Partisanen", mit dem sie dann u. a. Andrea zeugte, eine sogenannte *Sabra,* wörtl. jungsaftige Kaktusfrucht, bildl. Hoffnung des Volkes, die – und das ist in beiden Versionen die absolute Wahrheit – ganz wie die Mutter winzige, erregend dicht gesäte Haare auf den Oberschenkeln hatte.

Ruth selber, jetzt wie gesagt wohl an die siebzig, ist übrigens schon lange von ihrem Haganah-Kämpfer geschieden und lebt heute als erfolgreiche Psychotherapeutin (the Janov Primal Scream School), nebenberuflich auch als Sexualberaterin, zusammen mit dem bekannten Richard ("Dicky") Marcuse, Besitzer einer riesigen Bingo-Kette, in New York, Central Park.

Bist Du böse, Doosie, 'cross', oder endlich zufrieden?

Versions 1 and 2.

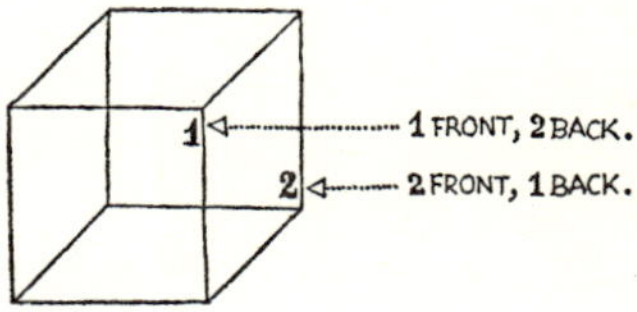

The Dildo

Dear Doosie,
"Dildo" übersetze ich Dir vorerst nicht, es ist ausgesprochenes Inside-English und – hurra! – ohne mich kannst Du's nicht herauskriegen. Nein, etwaige Emanzipationsversuche mir gegenüber nutzen Dir da gar nichts, Du brauchst das Wort überhaupt nicht erst zu suchen: In allen Wörterbüchern herrscht beredtes Schweigen, an eloquent silence, between the two entries or Stichwörter "dilatory", hinhaltend, und "dilemma". Lerne also statt "dildo" zuerst einmal das aufschiebend hinhaltende "dilatory" – halt! Betonung *díll-*. "Dilemma" betontest Du dagegen richtig.

Wir sind in München, Engl. Munich, *mjú—nik*. Dagegen ist Köln *k(e)loun* or Cologne, Wien ist *viénn(e)* or Vienna, Genf, *dschiní—v(e)* or Geneva, Mailand *milänn* or Milan, Berlin *bölínn* or Berlin. Bitte diesen Absatz nochmals lesen, wird nämlich nicht im PS verhört.

We're in Munich/*mjú—nik* for two reasons, both "red", i.e. business, no love stuff. Those two reasons are, or rather were, two publishers, (a) my own, and (b) another one. Since other publishers, like other women, are always more interesting than one's own, let's concentrate on that other one.

There seemed to be a fair chance of having a translation of my Doosie book published for the English-speaking market, i.e. for over three hundred million people. Not bad. An American had suggested it, and I had to see her.

Wie eine solche englische Version meines Buches aus-

zusehen hätte, war mir allerdings schleierhaft. Ich hatte bisher überall damit geprahlt, wenn auch nur wie jener Fuchs mit seinen sauren Trauben – in English simply ·sour grapes· – nun, ich hatte geprahlt, ich sei im Gegensatz zu Günter Grass, Heinrich Böll, Siegfried Lenz und allen anderen der einzige wirklich *deutsche* Schriftsteller, d.h. einer, der in keine andere Sprache übersetzt werden kann. Dies war zwar literarisch verdienstvoll, it certainly was a literary ·asset·, andererseits aber ein empfindlicher wirtschaftlicher Nachteil – "Nachteil" auf englisch meinetwegen Dein "disadvantage", viel besser aber mein ·drawback· – und dieser Drawback schien nun endlich aus der Welt geschafft zu sein. *Schien.*

The story is this:

I have an American Doosie. She lives in Munich, and on her birthday (sweet of her) she phoned to Uppsala saying that she loved my book, that she might have an American publisher for it and that her name was Aggie. Frankly, ehrlich gesagt, I was much more interested in the publisher's name, but she didn't tell me. Anyway, "Aggie" is short for Agatha or Agnes, in case you're interested. I was not.

Even so I got a Christmas card from her, and I'm sure I'll get one every year, for the rest of my life: Americans are loyal friends. This is how I got to know Aggie's address and her surname, Nachname, which was Kiebitzer. She was evidently, offenbar, married to a German. That American publisher, however, still remained nameless.

Weshalb ich sie gestern aufsuchte. Etwas "grün" war auch dabei. Ich wußte ihr Alter, 31, und wußte auch, daß ihr Mann Fotograf war. (When it comes to women, photographers have taste.) Außerdem war ich neugierig: I was curious to ·learn· – "lernen", *erfahren* – how American girls had developed since the 1940's. Ich hatte damals eine Menge kennengelernt, as a tourist guide in Uppsala. Nun ist diese Stadt kaum sehenswert und steigert infolgedessen das Erlebnisbedürfnis ihrer Besucher, selbst amerikanischer. But after all that sightseeing without sights, there was, in the nights, always that ugly petting business, niemals wurde etwas Richtiges daraus.

Sagt man auch im Deutschen "Petting", Doosie? My dictionaries merely say "*Am.* Knutscherei", which isn't quite the word. In the Victorian era, in jenen bürgerlich verstockten Tagen heiliger weiblicher Unberührtheit – in those bygone days of the Holy Hymen-*haimen* – Petting was the one way of making love before marriage. Thank God, those days are over now, bis auf – well, excepting some ultra-modern feminist women who object to "penetration", just as those stuffy-*staffi*-muffig WASP girls did in Uppsala.

·WASP·: White Anglo-Saxon Protestant, ausgesprochen *wossp,* wie wasp-Wespe, Bezeichnung für erzreaktionäre Oberschicht-Amerikaner. Aggie seemed to be ·moneyed· – was she one of them?

Aggie was charming. She really was. No petting with her, but the real thing. "Why not?" she said toward midnight. "Really, why not? But Werner, can't we skip it? My husband is so good at it, and it wouldn't be fair to expect so much more from others."

I loved her at first sight, and I love her still. Here at last is a woman with whom you don't need to go to bed in order to make sure that she doesn't hate you.

Ein glücklicher Mensch, und so positiv. Fast jedes ihrer Worte begleitete sie mit einem ermunternden, ·encouraging·, Nicken. I think most American women do that – ganz leicht, fast unsichtbar. I like that nod. It's friendly. Versuch's mal selbst, Doosie, ganz leicht nur, gütig, während Du sprichst oder dem anderen zuhörst, auch im Deutschen bitte, zwecks Hebung der Sprachwärme und Senkung der Lautstärke. Es spart Energie.

Auch Herrn Kiebitzer mochte ich sehr gern, Aggies Mann, den Fotografen. Sometime after midnight he took my picture. I hope you'll see it on the jacket-Jacke-Schutzumschlag of this book. I'll talk to my publisher about it, he is round the corner.

Was nun den anderen Verleger betrifft, den amerikanischen, i.e. the three-hundred-million market open to me, the story was this:

When Aggie opened the door, she ·hugged· me (Dein eventuelles "embraced me" geht auch zur Not, "umarmte mich", but when you hug me, dann drückst Du mich mit drei statt sieben Buchstaben an Dich, etwas ruckartiger sozusagen, und das ist auch ganz schön) – she hugged-*haggd* me with that American warmth of hers, and said: "I *love* you, Werner. I *love* your book, it will have *millions* of American readers. I am *so* grateful. Ick gelernt so much Deutsch von Deine Book."

To cut a long story short, Aggie felt that *any* American publisher, "*jedör*" as she repeated for emphasis – *any* American publisher should be interested in publishing that book of mine in the States.

Daraus ergeben sich zwei wichtige Dinge: Zunächst einmal ist "jeder" sehr selten Dein "every", bei dem Du Dir noch obendrein den Kopf zerbrichst, ob es nicht eher "each" oder "all" heißen sollte –, sondern eben *any*. Und zweitens haben wir da jenes von Dir nun bereits unzählige Male übersehene Wort für *finden*, meinen, der Ansicht sein, dafürhalten, glauben, sagen, erklären, kurzum, irgendwas irgendwie irgendwo von sich geben. Bitte übersetze: "Aggie fand, daß ..."

Da haben wir's. Spieler zurück auf vorletzten Absatz, erste Zeile.

"*Any* publisher?" I asked.

"Ja, *jedör*", Aggie repeated.

"Do you think of a *specific* publisher, a *concrete* one?" bohrte ich etwas übereifrig, a bit too eagerly.

"Well, *any* publisher will be interested, Werner." (*Wöö—rn(e)r*. Wie Du wohl schon weißt, sprechen Amerikaner fast stets das *r* aus. If this is not too elegant, it sounds at least sincere, *sinsí*—R, treuherzig.)

"Aber die Übersetzung – wie soll denn so etwas *übersetzt* werden?" I spoke German without ·realizing· it, ohne es selber zu merken. Nervousness perhaps.

"Ick so much Deutsch gelernt von Deine Book", Aggie repeated. "There are *millions* of others who – "

"Also *keine* Übersetzung, ganz einfach so wie's ist?"

"Well", Aggie wirkte nachdenklich. "You can leave the English as it is, of course", she said. "But the German part – you know, there aren't too many Americans learning German. French would be better, I guess – or Spanish perhaps."

I cleared my throat, räusperte mich, which again was pure nervosity – NEIN! *nervousness*, bitte merken.

Aggie dachte nach. "You know what, Werner?"

I didn't.

"WerneR! Just have your German part translated into *several* languages! Have one sentence in French, the next one in Italian, then one in Spanish and one as now, in German I mean, and then again back to French and to ... you see what I mean? It's *the* book for Americans touring Europe! You know there are *millions* of them every year. They could start studying your book right over the Atlantic, in the very airplane, you see?"

I saw. Die Sache sah in der Tat sehr reizvoll aus. (Schriftsteller sind unzurechnungsfähig, wenn es um ihre eigenen Bücher geht.)

Ich bohrte weiter: ob sie denn nicht *doch* vielleicht einen konkreten Verleger wüßte, a specific one.

"Well", she said, "I wasn't actually thinking of any specific publisher. But let me talk to Alan."

Alan war, wie sich herausstellte, ein Bekannter von ihr – "Bekannter": Quäle Dich nicht mit "acquaintance" ab, und noch viel weniger mit "a good acquaintance", es lohnt sich absolut nicht – Alan was a "friend" of hers, Verlagslektor bei Macmillan, New York.

Macmillan! Für Schriftsteller ein ebenso magischer Name wie einstmals Samuel Fischer für Thomas Mann, Ibsen und Gerhart Hauptmann. Here are the facts: The famous Macmillan Publishing Co., Inc., New York, is an offshoot of the equally famous London Macmillan & Co., Ltd. – a house that even produced a British Prime Minister of that name. (Doosie, please note the difference between Inc., American, and Ltd., British – "Incorporated" and "Limited" – both meaning more or less the same thing, nämlich ganz genau "AG", sofern Du nicht ganz genau weißt, was eine AG ist.)

"Macmillan?" I cried (hier endlich einmal "ausrufen", nicht "weinen"). "You have friends at *Macmillan's*?" Ich konnte es nicht glauben. Wer glaubt denn heutzutage schon an Gott.

"Yes. Macmillan published the Hite Report, you know, and Alan was editing it."

"The *Hite Report*?"

"Yes. That's how I got to know Alan. He phoned me once or twice and asked me for a copy of the 'questionnaire' I had filled in. They couldn't find it, and Dr Hite, he said, needed it for her statistics."

Questionnaire: Fragebogen. Und was heißt "ausfüllen"? Danke.

"That's how we made friends", Aggie went on. "By the way, after I had sent the copy, Alan told me that

Dr Hite didn't find it too interesting. I guess I'm not typical."

"So you were...?"

"Yes", said Aggie. "I'm Hite No. 2794."

Doosie, vielleicht haben Sie von diesem Hite Report noch nie gehört. Aggie sagte mir allerdings, das Buch sei auch in Deutschland sehr bekannt. It certainly is in America. The author is Miss or Mrs Shere Hite, and the subtitle of her report is "A Nationwide Study of Female Sexuality". Based on thousands of answers to questions printed in that ... was heißt "Fragebogen" auf englisch, Doosie?

Ich sah das Buch bei Aggie zum erstenmal und war bald bis über den Kopf in intime Sexualberichte emanzipierter amerikanischer Frauen versunken – I was totally ·absorbed·. Auch war mir inzwischen die französisch-spanisch-italienische Version meines Buches gleichgültig geworden. (Laß mich der eine wirklich deutsche Dichter bleiben, Doosie.) Shere Hite's report fascinated me. Deinetwegen.

Am Tischchen war noch ein Plätzchen,
Mein Liebchen, da hast du gefehlt.
Du hättest so hübsch, mein Schätzchen,
Von deiner Liebe erzählt.

Shere Hite (not Heinrich Heine) had sent out about one hundred thousand copies of a sex questionnaire which was answered by 3019 American women, Aggie being the 2794th.

Please write "2794" in words, you may need some practice for filling in cheques (English), checks (American) or Schecks (German). Just use this line:

. . . .

Aggie, or Number two thousand seven hundred and ninety-four, had to answer fifty-eight questions. These questions are now printed in the book, together with a systematic analysis of the answers received – ich glaube, man nennt das heute "auswerten", im Englischen gibt's wohl auch ein solches Stinkwort, aber "analyse" genügt.

(Das Stinkwort ist "evaluate".)

The whole thing is nicely organized under headings, Überschriften, such as Orgasm, Masturbation, Intercourse (Beischlaf), et cetera, with subheadings such as "What do the stages of orgasm feel like?", "Do you enjoy masturbating?" and so forth. Das klingt alles recht progressiv und gradheraus, progressive-*éssiv* and ·straightforward·, und so endet denn das Buch auch mit dem hoffnungsfrohen Kapitel "Toward a New Female Sexuality". Ich weiß das alles so genau, weil das Buch im Augenblick vor mir liegt, habe es von Aggie geliehen – lent? ... borrowed?

I ·*borrowed*· it from Aggie: she ·*lent*· it to me.

Auch die Dedikation ist in diesem optimistischen Ton gehalten: "To us", womit die Autorin sich persönlich und alle anderen selbst- und sexbewußten Frauen meint. Der volle Text:

To us,
in self-affirmation and celebration,
I dedicate this book!

Hier stört mich etwas bis zum Erbrechen. Nein, Doosie, falsch geraten, but you can have one more guess.

Nein, auch nicht.

Es ist das Ausrufungszeichen, the exclamation mark. Doosie, please keep away from exclamation marks in English! Try to avoid them if you can!! English is the language of understatement!!! In England, orgasms in public are not popular, and Shere Hite's exclamation mark is not to be recommended as a dildo.

This thing, the dildo, is often mentioned by her as a helpful emancipation instrument. In my day it was ··available··, erhältlich, in fruit shops (bananas). Now it is ··available··, in a similiar form, in sex shops. (No, Doosie, vibrators are a little more ·sophisticated·, raffinierter.)

Aggie was wonderful. She, Klaus (Kiebitzer) and I went through all Shere Hite's questions until three o'clock in the morning. We also looked at Aggie's answers on her questionnaire. They were altogether different from those in Mrs Hite's report.

"I guess it's because I am abnormal", Aggie said. "The thing is, I *love* Klaus." (Bitte das sehr häufige ·the thing is· merken, sehr praktisch als Einleitung, Satzdehner, Waschmittel u. dgl.)

I think Aggie is right, she is abnormal: she is happy.

If this sounds reactionary to you, darling, don't forget that I'm paid for it. Remember the Fürstin and her *Paria* book club. Being the only *wirklich deutscher* author in this country, i.e. being unable to make money abroad, I have to cultivate the home market.

Tu us . . .!
Shere Hite's dildo – or: Never use exclamation marks in English unless you can't control your sexual excitement.

P.S.

Die heutigen fünf Sprachfragen sind sehr kurz, because I'm going to ask you another five questions from the Hite questionnaire. I hope you won't mind. You need not answer them. "Questions are never indiscreet; answers sometimes are" (Oskar Wilde).

Zunächst die fünf kurzen Fragen. Here are a few expressions which had ·dots· today. Do you understand them?

1. sour grapes. (In German you'd begin with a fox, Fuchs.)
2. drawback. (Often better than "disadvantage".)
3. WASP, *wossp*. (White Anglo- . . . . . .?)
4. to hug. (Think of Aggie hugging or "embracing" me.)
5. available (e.g. in fruit or sex shops). Außerdem bitte noch: "leihen" – *lend* or *borrow*? Two prepositions may help: You lend money TO me, and you borrow money FROM me. Die übrigen Fragen mußt Du schon selber beantworten, ich hab Dir in den Klammern genug geholfen. Und überhaupt: Solltest Du darunter leiden, suffer, nicht immer mein Englisch zu verstehen, dann lies bitte Beckett, meinetwegen auch auf deutsch: Nobody understands, and nobody suffers.

Nun zu den fünf weiteren Punkten. Sie bestehen aus Shere Hites Fragen und Aggies Antworten, dazu aber noch – stets unter a und b – aus noch intimeren Fragen meinerseits. Again, Oscar Wilde: "Questions are never indiscreet . . ." You need not answer.

1. "Is having orgasms important to you?" (Hite, part of her Question 2.) Aggie: "I wish they'd stop that orgasm talk. Sex should be *fun*."

Meine Frage: Wenn Sie einen Bonbon haben, was macht Ihnen mehr Spaß – a) nur lutschen, b) erst lutschen, dann beißen?

2. "Please give a graphic description of how your body could best be stimulated to orgasm." (Hite, Question 8.) Aggie: "I can't."

Es stellte sich heraus, daß sie die Frage mißverstanden hatte. Als ich ihr erklärte, daß "graphic" hier nicht *graphisch* bedeute, sondern *anschaulich* (Doosie! Bitte merken!) – daß sie also die ihr angenehmste Orgasmus-Stimulation nicht aufzumalen, sondern nur anschaulich zu beschreiben brauche, antwortete Aggie noch bestimmter: "I can't."

Meine Frage: Was reizt Sie mehr – a) Negerküsse oder b) Mohrenköpfe? There are two ˙schools of thought˙, Lehrmeinungen. Moreover, ˙polls˙ (deutsch: "Meinungsforschungsumfragen"??) – polls, *pouls,* have shown that 97 percent of children under ten years of age choose a), 86 percent of adults over twenty-four choose b), and 100 percent of the ˙pollsters˙, *poulst(e)s* – the "poll-makers" – choose nothing.

3. "What forms of non-genital sex are important to you – for example, hugging and kissing?" (Hite, part of Question 25; "hugging" kannst Du schon; "non-genital": "geschlechtsteilslos"??) Aggie: "Now that I come to think of it, real sex is always non-genital." (Mein Gott, *Seele*! I begin to believe in it.)

Meine Frage: Was sagt Ihnen mehr – a) Französisch (die Sprache), Blätterteig, bittere Schokolade, Vanilleeis, Hermann Hesse oder b) Englisch, Hefeteig, Milch(nuß)schokolade, Zitroneneis, Thomas Mann? – I am sorry, Doosie, you must either take a) or b), you can't "pick and choose" from both. The reason for this is that I am following the so-called "individual", i.e. indivisible (unteilbare) testing method first applied by Schnüffelhahn.

4. "How do you masturbate?" (Hite, part of Question 14. For Shere Hite this is an important question, because she considers do-it-yourself sex to be a way to women's freedom and therefore "a cause for celebration".) Aggie: "Four legs good, two legs bad." (Orwell, *Animal Farm.*)

Meine Frage: Berliner Pfannkuchen – wie? a) Mit Zuckergußglasur, with icing, oder b) mit Streuzucker drauf?

"Four legs good, two legs bad": Aggie was quoting the famous slogan of the (four-legged) animals revolting against the (two-legged) farmers in George Orwell's "Animal Farm". This is a classic fable on how a righteous revolution (always?) ends up with the worst kind of dictatorship. It is a very small book, so you should really try to read it in the English original. I actually prefer it to Orwell's celebrated "Nineteen Eighty-Four", a much longer book written later and describing a totalitarian future in 1984 – which is more or less now. ("Big Brother is watching you.")

Perhaps you've heard of another famous slogan in Orwell's "Animal Farm", illustrating the gradual perversion of the animals' struggle for Equality: "All animals are equal, but some animals are more equal than others."

Speaking of the animals' revolution: What do you think of the "sexual revolution"? This is not me asking, but Shere Hite, Question 55.

5. "– – – – – –" (Hite Question 0, in words: zero, nought, o (*ou*), nothing – you can also say "nix".) Aggie: "I don't understand that Hite woman. Among all her do-it-yourself questions – techniques, fingers, dildos, vibrators and the rest – there is not one single question asking you whom you are *thinking* of when

doing it. Damn it, that's the most important thing of all."

Meine Frage: Are you thinking of exactly the same thing when hearing the word "Berliner Pfannkuchen" and the word "Krapfen"? a) Yes, b) No.

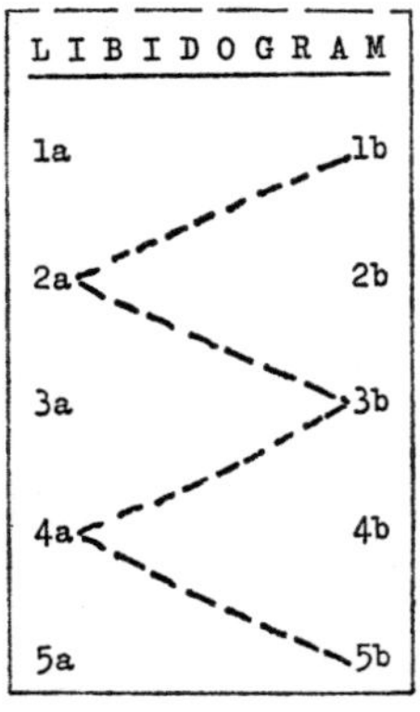

My answers. – Please give me yours, drawing your lines on or against mine. The result will be a so-called CPL (Copulation Probality Libidogram) according to Schnüffelhahn & Saug, 1981.

A Sign of Life

Still in Munich. A few minutes ago the telephone rang in my hotel room.

"Ich bin's", at the other end.

"Ach *Du*!" (Who?)

Die Sache kennst Du nun schon, Doosie. In diesem Fall ging es folgendermaßen weiter, at the other end:

"Darf ich also doch *Du* zu Dir sagen? In Deinem letzten Lebenszeichen hast Du wieder *Sie* zu mir gesagt –"

Frau Greier-Hoeffner.

There was silence on my part.

"Ich bin hier", she said.

"Wo?"

"*Hier*. In Deinem Hotel. Hab schon ein Zimmer. Direkt unter Dir, glaube ich."

Again I was silent. After a pause I said this:

"Du bist im *Hotel*, Monika?"

"Ich bin NICHT Monika."

"Ach Verzeihung", I said, "ich dachte, Sie wären meine Freundin Monika. Wollten Sie vielleicht mit meinem Vater sprechen?"

"– sind Sie der *Sohn*? Ich wußte gar nicht . . ."

"Sag mal, Du verkohlst mich doch nicht? Du bist *wirklich* nicht Monika?"

"Wo *ist* denn Ihr Vater jetzt?"

"Weiß nicht. Er ist abgereist, hat nichts gesagt."

The telephone clicked. I heard no more.

For background, Doosie, zu Deiner Orientierung, 'for background', let me refresh your memory. Frau Greier-Hoeffner is that Hamburg lady, well over sixty, who had welcomed me when I arrived in Germany.

Perhaps you will remember that reindeer steak and my escape (flight, getaway) to jung und knusprig Erika. Wir hatten da auch eine ganze Reihe wichtiger Ausdrücke, darf ich ein paar davon noch einmal abhören? I hope you remember:

If I were in your shoes . . .
a splitting headache.
eventually-schließlich (damals zum erstenmal).
a challenge.
a spoil-sport or kill-joy or wet blanket.

Wenn Dich meine Flucht vor Frau G.-H. damals nicht aufregte, so brauche ich mich wohl bei Dir auch für meine heutige nicht zu entschuldigen. Trotzdem sollten wir die Gelegenheit nutzen, ein wichtiges Wort zu lernen, nämlich ··possessive··, wobei die ersten zwei *s* zu summen, die folgenden zwei aber zu zischen sind: *p(o)zzéssiv*. Deutsch, viel farbloser, "besitzergreifend".

What I want to say is this: Mrs G.-H. is *possessive*, and I am not. Nor are you. Don't ·argue·, Doosie, *á—gju* (be)streiten, you are not. If you were possessive, you wouldn't have tolerated all my Doosies and you would have stopped reading long ago. But you haven't: you are reading this. Don't ·argue·, you *are* reading this.

Nun war ich allerdings an Frau G.-H.'s ·possessiveness· selber ein wenig schuld. She had written me no end of letters, all unanswered, and after a few months she had appealed to me (begged, beseeched, implored me) to send her at least "a sign of life", a "Lebenszeichen". She put it in both languages, to be quite sure.

"Lebenszeichen": my German-English dictionaries are all of Frau G.-H.s opinion and say "sign of life". Now, if a dead man suddenly starts smoking a Havana cigar, that certainly would be a "sign of life". But in

Frau G.-H.s case you had better say "just drop me a line once in a while".

In einem schwachen Augenblick, vor einer Woche etwa, while waiting for Andrea, I *did* send her that "Lebenszeichen" in the form of a postcard with the Heidelberg castle on it. That must have started the whole thing all over again.

Nun gehören ja Lebenszeichen dieser Art – meaning a brief answer to my Doosies once a quarter – zu meinen Geschäftsprinzipien. As I told you, I like to keep my Doosies happy because (a) they *do* help to build up my identity, and (b) they are useful in a purely commercial way, keeping that identity from starving-verhungern.

Jetzt aber hat das dazu geführt, daß ich in meinem Hotelzimmer praktisch eingeschlossen bin. Ich darf ihr auf keinen Fall hier im Hotel begegnen und werde meine Mahlzeiten bis auf weiteres im Zimmer einnehmen müssen. Not that I would mind her finding out the truth. Wenn sie selber die Schwindelei mit meinem Sohn durchschauen sollte, umso besser: So kann ja nur ein Schuft handeln, und eine solche Erkenntnis lindert Liebesschmerzen. But under no circumstances should I give her absolute certainty. Let people suspect, ahnen, that you're a ˙blackguard˙, *bläggad*, Schuft, but never force them to know it for certain. If you ˙stick it right under their noses˙, unter die Nase reibst, it might be too much for them. One has to be considerate, rücksichtsvoll.

Weshalb ich mit Dir in meinem Zimmer bleiben muß. Vielleicht morgen auch. At any rate I've asked the receptionist to call me the moment she ˙checks out˙, abreist.

Which is a good opportunity – Gelegenheit, your "occasion" – to answer those Doosie letters which are

·overdue·, überfällig (wird verhört). That means hundreds of ""signs of life"" (two quotation marks, as a warning).

Bei dieser Gelegenheit – jetzt richtig: on this *occasion* – könnte ich Dir zum Zeitvertreib auch von meinen bereits mehrmals angedeuteten geschäftlichen Hintergedanken berichten, those ulterior motives, which make it imperative for me, *impérr-*, unerläßlich, mit meinen Doosies in Kontakt zu bleiben – to ·keep in touch·, at least once a quarter.

Erzähle Dir das erst jetzt, weil ich abwarten wollte, bis wir sozusagen alte Kumpels sind, ·old pals· as it were, und das dürften wir ja bei der von uns gemeinsam zurückgelegten Seitenzahl wohl nunmehr sein. Wer weiß, vielleicht kannst auch *Du* mir in diesem Sinne, rein geschäftlich meine ich, einmal von Nutzen sein. Lies Dir also bitte das Folgende recht aufmerksam durch. Who knows, there may be an *occasion* which might give you an *opportunity* to be of some assistance.

The point is to increase the turnover, den Umsatz zu steigern, und zwar wesentlich, considerably or substantially (not "essentially").

Through cultivating my Doosies – ·cultivate· hier: warmhalten – the turnover of my book can be increased in two ways. One way is this:

Letter by letter – I must have written thousands of them by now, all very brief, *bri—f,* kurz (hatten wir schon) – Brief auf Brief hetze ich alle meine Doosies in die Buchläden, um dort nach einem ganz bestimmten Buch zu fragen. In view of – angesichts – in view of the geographical distribution of my Doosies, this campaign is ·nationwide·, bundesweit, including Austria and the German-speaking parts of Switzerland.

Sollte das Buch nicht vorrätig sein, verlassen meine Doosies wortlos den Laden, brauchen das Buch also vor lauter Entrüstung nicht zu bestellen. Should, however, the book be ·available· (hatten wir auch schon: erhältlich, in stock, auf Lager), they need not buy it either if they don't want to: they simply ask for the sixth edition (bisher gibt es nur fünf).

Since I also ask my Doosies to mobilize their friends, this leads to thousands of inquiries-*inkwai(e)ris*-Anfragen each month. It is my hope that, as a result, the bookshops will *overstock*, ein zu großes Lager anlegen – möglichst so groß, daß sie die Dinger nicht mehr loswerden. This, of course, is the ideal situation. Wenn nämlich Buchhändler ein bestimmtes Buch nicht loswerden, if they can't ·get rid· of it –, dann werden sie jedem Rechercheur vom "Spiegel" oder vom "Buchreport" erzählen, das Buch würde ihnen aus den Händen gerissen. As a consequence, the book will appear in the best-seller lists of the "Spiegel" and the "Buchreport", and from then on it will sell like hot cakes: it *will* be a best seller.

You can imagine, therefore, how grateful I am to my Doosies. At present I am a best seller in the *Buchreport*, and the *Spiegel* is ·bound to· (absolutely certain to) follow suit.

·follow suit·, *ssju—t*, Oxford: "do what somebody else has done."

Dann habe ich noch einen anderen Trick mit meinen Doosies. It is the dedication racket. Bitte ·racket· merken. The excellent "American Heritage Dictionary of the English Language" gives the following definition:

> *racket* ... An illegal or dishonest practice. ... Any business or job.

Na, habe ich nicht gesagt, daß Du *any* mit Vorteil für *jeder* gebrauchen kannst?

Now, the dedication racket is this:

Meinen "Lebenszeichen" lege ich in der Regel etwa

ein Dutzend handsignierte Zettel bei. Beilegen: enclose. Zweck: Diese Zettel sind von meinen Doosies in ebensoviele, von ihnen käuflich zu erwerbende Geschenkexemplare einzukleben. There is not only Christmas; there are birthdays, Mother's Days, Father's Days, and maybe even "Der Tag des Buches". There are grandmothers, sisters, first and second cousins (ersten, zweiten Grades), first cousins twice removed (noch weiter weg), friends, friends of friends, colleagues, one or two ex-husbands, lovers and ex-lovers. That makes dozens of books per Doosie.

This racket is infallible, unfehlbar, or foolproof, narrensicher, or dead sure, todsicher: it always works – – in Germany. Meine geliebten Deutschen *können* ganz einfach nicht authentische, mit echter Tinte geschriebene Autogramme, ja Dedikationen eines – man spreche das Wort andächtig aus – eines *Schriftstellers* wegwerfen. (Oddly enough, they can't even throw away *books*.) So bedeuten zehn, fünfzehn oder zwanzig beigelegte Dedikationszettel unausweichlich – inevitably, of necessity, logically – ten or fifteen or twenty books bought and sold. Moreover, my Doosies are free to combine these purchases, Einkäufe, with their bookshop inquiries, *inkwai-*, which I have mentioned earlier (the overstocking racket).

I have a standard form for my dedications, but if Doosies have special wishes I am of course ·prepared· (willing) to write whatever they want me to. The standard form is this:

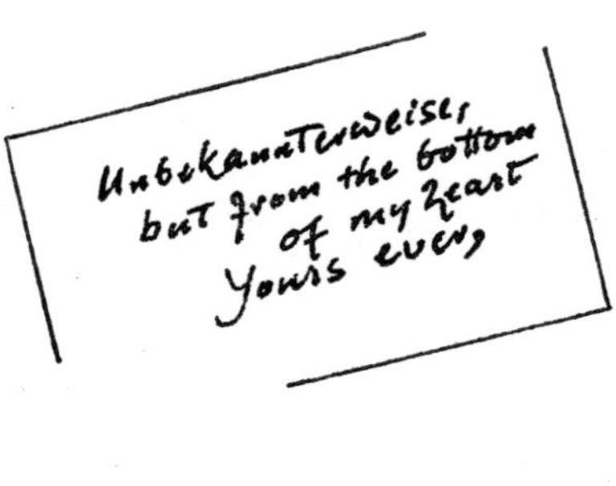

– plus signature, of course. (Unfortunately, there is no English word for "unbekannterweise", perhaps because the English, by nature, are not occultists.) Der Text ist auch in Blümchenausführung erhältlich, ·available·. On the other hand, as I pointed out before, *I don't do hearts,* however much a Doosie may ask for it. I never shall, for this helps me to convince myself, überzeugen mich, of my ethical standard.

Two thousand Doosies times fifteen dedications: it *does* add up.

Please translate: 2000 x 15 = 30,000.

If this is too difficult for you, please translate: 1 x 1 = 1.

Geht's immer noch nicht? What about "3 x 3 = 9"?

Auch nicht? Was ist denn los? Every child knows that three ·times· three ·equals· nine.

In this case, 30,000 x DM 26 = DM 780,000 gross, *grouss,* brutto. ("Netto" ist: net, *nett.*) DM 26 is the highest price. I am encouraging my Doosies – nochmals: encourage, *inkárridsch,* ist im Englischen tausendmal häufiger als das steife "ermutigen" der Wörterbücher – I am ·encouraging· my Doosies, rede ihnen also gut zu, to buy the expensive hardback or "gebundene" edition rather than the pocketbook. Man muß eben ein bißchen hinterhersein, you have got to be on your toes, keep the ball rolling, be on the go, keep the pot boiling, ·know on which side your bread is buttered·, know your –

The receptionist called. Frau G.-H. has left.

I can now ·indulge·, *indáldsch,* mich hingeben – I can now indulge in the luxury of remorse, Gewissensbisse –

It's like mourning a dead relative. There is no one among us who is not afflicted with deep remorse and constant pangs of conscience for not having been a little kinder to them,

> particularly in their old age. But this is all sentimental rubbish.
>
> It is. Suppose the dead came to life again. Suppose they came in through the door right now, smoking that Havana cigar (a sign of life) or protesting against your smoking one. Is there any conceivable reason why they shouldn't get on your nerves as they did before?
>
> If you're sure they wouldn't, start loving them now. Better late than never.

I felt miserable. I shouldn't have lied. I should have gone to see her. I was about to call a taxi to take me to the station, to catch her up, um sie einzuholen. I lifted the receiver. The porter answered. I asked him where the television room was.

P.S.

Aber ich werde ihr ein "Lebenszeichen" senden, I'll ·drop her a line·, and I'll enclose one or two dozen dedications (or three dozen, keineswegs aber "three dozens"). Wenn Dir das nicht paßt, moralisiere meinetwegen und nenne mich Schuft. Ich nenne es Arbeit, und Du wirst mir jetzt gleichfalls arbeiten:

1. Schuft auf englisch bitte. Da gibt es viele Synonyme, zum Beispiel: crook, scoundrel, rat, louse, stinker. Du darfst das alles lernen und mir diese Wörter übungshalber an den Kopf werfen, auch bitte das ausdrucksvolle ·son of a bitch· ("bitch" hier: Hündin), aber ich gebrauchte ein anderes Wort, ein ganz besonders schuftiges. Wie oft dieses Wort gebraucht wird, siehst Du schon an seiner ausgewaschenen, abgegriffenen Aussprache: *bläggad*.

2. "Gelegenheit" auf englisch bitte, zwei Wörter, erstens im Sinne von "bei dieser Gelegenheit", und zweitens im Sinne von "Gelegenheit macht Diebe". Weiter bitte "abreisen", I mean: pay one's bill and leave the hotel. Weiter: überfällig; (alter) Kumpel; bundesweit; jemanden einholen (z. B. auf der Straße).

3. "Er wird todsicher ankommen." Bitte "todsicher" mit einem Verb ausdrücken – einem im Englischen sehr häufigen und für Dich sehr nützlichen. Es hatte Prominenzpünktchen in der Nähe vom *Spiegel*.

4. Wie nennst Du einen Menschen, der einen anderen "auffrißt", monopolisiert, allein besitzen will? Ein Eigenschaftswort bitte, drei Silben, viermal *s*. Dazu noch bitte "jemandem ein bißchen Auftrieb geben", bereits mehrmals vorgekommen, aber von mir immer wieder

etwas anders übersetzt. (Grund: Schlamperei bzw. pädagogische Genialität.) Dann bitte noch Geschäftemacherei, einschließlich übelsten Schwindels.

5. Bitte um 2 x 2,5 = 5, *laut.*

Schluß für heute.

Ach so, Du fühlst Dich in punkto "Schuft" mißverstanden. Du moralisierst *nicht*, sagst Du. Von Dir aus kann ich machen, was ich will, sagst Du. Nur *gefällt* Dir dieser Doosie-Betrieb nicht besonders, sagst Du, und ziemlich "eitel" findest Du das Ganze auch. (eitel: vain; Eitelkeit: vanity.)

> Vanity of vanities, saith the Preacher, vanity of vanities; all is vanity. Es ist alles ganz eitel, sprach der Prediger, es ist alles ganz eitel.

Aber es kann Arbeit sein. Blackguard.

Es kann ehrliche Arbeit sein. Occasion / opportunity; check out; overdue; (old) pal, *päll*; nationwide; catch someone up.

Ich werde Dir noch etwas mehr von dem Prediger zitieren. He is bound to arrive.

Denn die Sache ist wichtig. Possessive. To encourage-*inkárridsch* someone. Racket.

Sehr wichtig sogar. Denn es gibt Menschen ohne Arbeit: Funktionslose, Verstoßene, Mutlose, Sprachlose. Two times two ·point· five equals five.

> Vanity of vanities, saith the Preacher, vanity of vanities; all is vanity. . . . Wherefore I perceive that – no, Luther is better: So sah ich denn, daß nichts Besseres ist, als daß ein Mensch fröhlich sei in seiner Arbeit.

Dafür, Geliebte, danke ich Dir – unbekannterweise,

but from the bottom of my heart.

T.: The Waste Basket

Schönes Ding, so eine unsichtbare Kamera. Man schaltet sie ein, in Gedanken, und siehe: die Außenwelt sieht dich, du mußt dich benehmen, bist wieder da, auch Einsamkeit wird Mitteilung, auch Tränen.

Weine, o Glücklicher, solange Tränen noch Worte. Schalte die Kamera ein, bleib nicht allein. Auf dem Wege zum Briefkasten zum Beispiel. Er ist leer, live-Sendung: Er *existiert*. Auch der Schnee existiert, das Schweigen, wir sehen es ja, hören es ja. Umnachtung vorbei.

Gute Erfindung, Fernsehen. Wie machte man das früher? War's der liebe Gott, der alles sah, mit dem man reden konnte? Oder das Warenhaus für Kleines Glück, bei dem Palmström ein Quartal Gemischte Post bestellte?

“Palmström sieht sich in die Welt / plötzlich / überall hineingestellt.” Das kann ich noch auswendig. Inge damals, laut deklamierend auf der Straße, Damaschkestraße, alle Leute drehten sich um. Wie sie lachte.

Die Kamera brauchte heute übrigens nicht eingeschaltet zu werden, so einsam war's diesmal nicht: Im Briefkasten lag ein Brief. Bonn sogar.

Darf man auch *schreiben*, Antwort schreiben? An einen bestimmten Adressaten? Gibt's so etwas noch? Gibt es “Bonn”?

Versuch's doch mal, mach mal Kladde, es gibt ja, o Wunder, o Wunder der Wunder, Papier.

Tu's. Kannst's dann ja zerreißen, schmeißen in den Papierkorb, wenn's nichts wird, und dich schmeißen hinterher.

Tu's. Offener Brief an die Vizepräsidentin des Deutschen Bundestages.

Sehr geehrte ...

Dear Madam,
Someone must have informed you of my fruitless attempts, since 1945, to return to Germany and to my Language.

It was very kind of you to write to me, informing me that both you and the Bundestag spokesman of the German Authors' Federation, have tried to find some help but that, regrettably, both of you came to the conclusion

> "daß die Folgen des Ihnen durch die Nazibewegung aufgezwungenen Exils jetzt im Alter letztlich von Ihnen allein zu tragen sind."

Madam, thank you for this information. Ich *werde* die Folgen des Exils tragen: By the time this letter reaches you, I will be dead.

Yours sincerely,

Nonsense.

Quatsch. Papierkorb.

Ich sage Papierkorb, du Querulant, du kleiner dreckiger, du Schmierenkomödiant, du dreckiger du, mit deiner Kamera. In den Papierkorb damit, sage ich. Into the waste basket. Throw it into the waste basket, sage ich. Verstehst du denn nicht, was ich sage. Don't you understand German any more. Ich spreche Deutsch mit dir, verstehst du mich, verstehst du mich, VERSTEHST DU –

Sorry, Doosie, I got the languages mixed up again, it's difficult to translate that fellow. Let's be a little more systematic now:

1. T.s "Kladde", nützliches Wort, is ·draft·, pronounced *dra—ft,* Amer. *drä—ft.* "Papierkorb" ist eigentlich: waste paper basket; but I found the American "waste basket" to be more expressive in this case. As a matter of fact, I should have liked to say "dustbin", Müllkasten, aber T. sagt nun einmal "Papierkorb".

2. "Dear Madam" is quite often used as a form of address, Anrede, especially when you don't know the name, in circular letters for instance. Nun schrieb T. den vollen Namen der Betreffenden, und ich bin froh, daß mir das englische "Dear Madam" eine Namensnennung erspart.

3. Zu T.s "schmierenkomödiantischer", auf jeden Fall reichlich exhibitionistischer Fernsehfiktion: Er nennt das Ding "unsichtbare Kamera". Sagt man so auf deutsch? Nun, Du weißt ja, was gemeint ist. Auf englisch jedenfalls: candid camera.

4. Sehe eben, daß ich T.s "Fernsehen" nicht übersetzt habe, aber das kannst Du sicher selbst: television or TV, *ti-vi.* Dagegen könnte Dich vielleicht "die Glotze" auf englisch interessieren. It's simply the Box. Some people also call it the "one-eyed monster".

5. "Weine, o Glücklicher, solange Tränen noch Worte." Wenn *Du* das ins Englische übersetzen kannst – *ich* kann's nicht. Dagegen könnte ich mir diesen Satz recht gut in einer anderen Sprache vorstellen.

Ich bin damals in Berlin auf ein "humanistisches Gymnasium" gegangen (sagt man immer noch so?). Mein Lateinlehrer war der verknöchert hagere, von meinem Schulkameraden Hans Fallada in seinem "Damals bei uns daheim" mit Recht so haßerfüllt beschriebene "Professor Olearius" (er hieß wirklich so ähnlich). Aber Latein haben wir schon ganz gut bei ihm gelernt, ich könnte Dir T.s Satz wohl immer noch ins Lateinische übersetzen:

Plóra felíx dum lácrimae vérba.

Du siehst, ich skandiere es für Dich, wie es Olearius mit seinem knöchernen Zeigefinger auf dem hölzern hohlen Katheder des Prinz-Heinrich-Gymnasiums getan hätte. Ich spreche es sogar laut vor mich hin, weil es so schön pathetisch klingt, fast klassisch, fast echt. Es geht doch nichts über Latein.

Dann erinnere ich mich noch an meine Klassenkameraden. Auch daran, daß sie mich ab Februar 1933 nicht mehr grüßten, sie wandten die Augen ab (oder wendet man den *Blick* ab?), they looked away, they averted their eyes, obwohl sie ganz bestimmt keine Nazis waren.

Vielleicht schämten sie sich auch nur oder fanden die Sache peinlich, ·embarrassing·, betont "embárrassing", ich fand mich ja auch selber nicht mehr grüßenswert, wie kann man sich denn grüßenswert finden, wenn einen keiner mehr grüßt, da kann man doch nur –

Komm, wir repetieren ganz schnell:

1. Draft. Waste (paper) basket. Dustbin.
2. Rundschreiben: circular letter.
3. Candid camera.
4. *ti-vi*; the Box or the one-eyed monster.
5. to avert one's eyes (look away); embarrassing.

They were no Nazis. They were good people, I *know* that they were. Just like that Bundestag lady and that Bonn spokesman of the German Authors' Federation. That's what makes the whole thing so depressing. Da kann man doch nur –

Aber das ist vorbei. Ich darf's Dir erzählen, Geliebte. Darf weinen, ich Glücklicher.

Ich möchte Dir ein Gedicht vorlesen. Es steht auf der letzten Seite von T.'s Manuskript. Er schickte diese Zeilen 1979 für ein deutsches Preisausschreiben ein, den Kurt Tucholsky Preis.

This last page is a faint (pale, weak) carbon copy, ein Durchschlag. Evidently the original typescript was not returned to him by the Jury. Nicht einmal zurückgeschickt. T. died shortly afterwards.

T. spricht hier von einer "Skizze". Er muß Tucholskys berühmte Skizze meinen, die er kurz vor seinem Selbstmord in Schweden in sein "Sudelbuch" eintrug. Ich zeige Dir hier eine Reproduktion, und dann lese ich Dir auf der nächsten Seite T.'s Preisausschreiben-Beitrag vor.

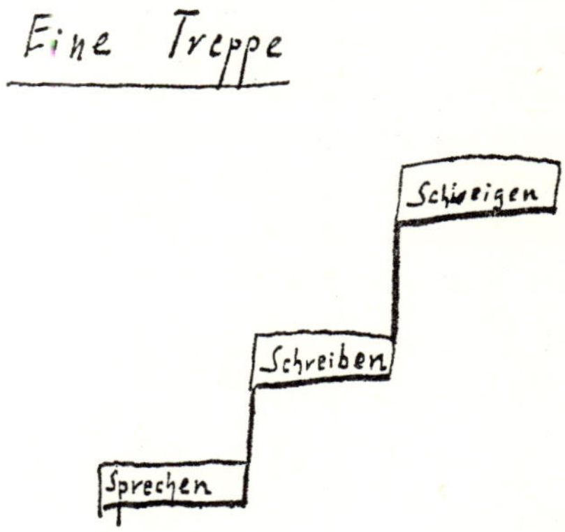

Brief in das Schweigen

Liebe Nachwelt,
nachdem ich mir in Anbetracht der Stufen
Sprechen, Schreiben, Schweigen
(siehe Skizze)
auf letztgenannter Stufe
das Leben genommen habe,
erdreistet sich nun jemand aus Berlin,
aus meiner Stadt,
aus meiner Zeit,
angeblich noch am Leben,
zu sagen, er sei ich.
Worauf ich treppab in der Stufenfolge
Schweigen, Schreiben, Sprechen
zu sagen gezwungen bin:
Dieser impotente Hund,
stammelnd in Schweden, wo ich liege,
stammelnd, verkrüppelt, sprachtot
im Exil
und dennoch über dreißig Jahre lang vergeblich
auf Rückkehrsuche in die Heimat
(die beschissene, doch Sprache, Sprache!) –
vergeblich über dreißig Jahre lang,
der ist gewiß kein "Nachwuchsautor"
im Sinne Ihres DM zehnmal tausend
Preisausschreibens meines Namens,
nichtmal ein Autor ist er mehr
mit seinem stinkverwesten Leichendeutsch,
für das ich nun auch meinerseits
demütig stammelnd
um Verzeihung bitte.

Brötchen mein, Wortschatz, light of my life, fire of my loins, my sin, my soul, Geliebte: let's ·relax·.

Es soll nämlich 6399 Kulturpreise in Deutschland geben – prizes, awards –, das macht fast zwanzig Stück pro Tag. Beruhigen wir uns also – let's ·relax· –, vergessen wir den Kurt Tucholsky Preis, den T. unter 6398 anderen Preisen nicht bekam. Die DM 10 000 dieser Auszeichnung sind dann wohl ankündigungsgemäß auf der Frankfurter Buchmesse jenes Jahres dem Tucholsky-Sieger feierlich überreicht worden, aber da war T. sowieso schon tot.

Need I add, Doosie, that you have saved me from T.'s fate? (Bleibt ohne Übersetzungshilfe, da bereits mehrmals vertraulich angedeutet und auf die Dauer wohl etwas ermüdend.)

Beweis: Wir gehen beide quicklebendig auf die Frankfurter Buchmesse.

Dies allerdings mit einem ganz kleinen Vorbehalt, hoffentlich stört Dich das nicht:

·The thing is· (hatten wir bereits) that the next few pages will be about the Frankfurt Book Fair, über die Buchmesse also. Now my publisher got the bright idea of distributing these pages at this year's Fair, as a sort of promotion or *Werbung* for this book. He'll produce *hi—ps,* heaps, Berge, of folders or, if you understand that better, "brochures".

This means that we'll be watched by thousands of complete strangers, Fremde, at the Fair. For this reason, I think we'll have to be a little more "formal" than usual, because you'd certainly not like all those strangers to know what's going on between us. So if I am a little "reserved" at the Book Fair, Doosie, let's take that as a kind of private conspiracy between the two of us. OK?

Es ist eines der beglückendsten Erlebnisse Liebender,

vor anderen Leuten so zu tun, als sähen sie sich zum erstenmal. Dieses Gefühl gegenseitiger Geborgenheit – ohne Worte, ohne Blicke, dies stille Einvernehmen, that ·tacit agreement· – that's Love. Erinnerst Du Dich noch an unsere "Geheimschrift", die kein anderer lesen konnte, und an unsere heimliche Hütte im Wald? Du warst zwölf damals.

I do look forward to meeting you in Frankfurt, Madam, ich freue mich darauf, gnädige Frau. My lovely Doosie.

Noch etwas, Geliebte: At the Fair, I may perhaps repeat things which I've told you already. Superfluous-überflüssig as they may be for you, they are necessary for greenhorns. Take it as a "refresher", Wiederholung kann nichts schaden, it won't do any harm.

Und hilf mir bitte, mich zu beherrschen, to control myself, Dir gegenüber meine ich. Ich hab ein bißchen Angst, aus der Rolle zu fallen, to forget myself, und dann würden die Leute etwas merken. But of course, as long as you don't mind ... Sonst aber kneif mich einfach in den Arm.

Und zieh Dir bitte was Nettes an.

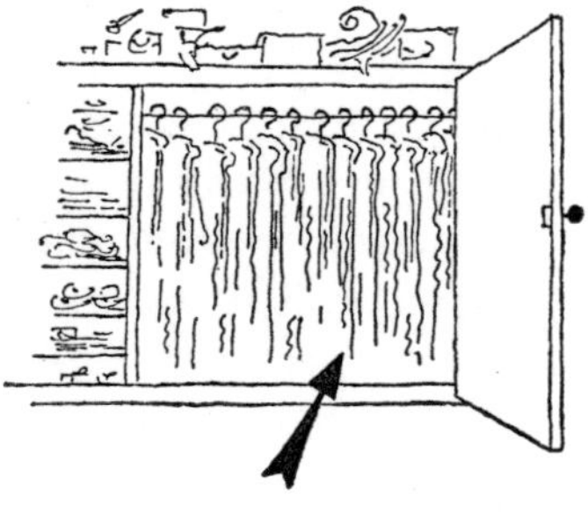

This one, please.
It's smashing.

The Frankfurt Mess

Dear Doosie,
"Frankfurt" wird auf englisch etwa *fränkft* ausgesprochen, its main (hauptsächlich) – its main characteristic being "on the Main". Und "Mess" bedeutet, wie Sie vermutlich schon wissen, ein heilloses Durcheinander. That's why English-speaking visitors at the Frankfurt Book Fair or "Buchmesse" call it the Frankfurt Mess.

Bitte auf englisch, Doosie: "deshalb" – aber möglichst nicht Ihr ausgefranstes "therefore".

Was, Sie wissen nicht? Kam eben vor: the two words before "English-speaking". Bitte aufpassen.

Zum Glück brauche ich Ihnen nicht zu erklären, warum ich zur Frankfurter Buchmesse fuhr, da dies bei Autoren und Verlegern als selbstverständlich gilt – for authors and publishers it's simply ·the thing to do· (Doosie: die ·Pünktchen· markieren Lernenswertes, "Rolls-Royce words" so to speak, garantiert statusfördernd) – well then, going to Frankfurt is simply ·the thing to do·, gehört eben einfach dazu, obwohl im Grunde keiner recht weiß, *wo*zu.

Authors are unnecessary in Frankfurt because publishers want to *sell* them, not to *see* them. Selling is difficult enough: for one thing, zum einen, there are ·roughly·, Ausspr. *raffli*, or approximately or about 300,000 titles at the Fair. And for another thing, zum anderen gibt es bekanntlich keine undankbarere Ware als das Buch. Nobody wants it. The reasons are ·obvious·, *óbbvi(e)s*, liegen auf der Hand:

Authors try to talk reluctant-*riläcktnt*-widerwillige publishers into printing the thing. Publishers try to talk reluctant agents into marketing it. Agents try to talk reluctant booksellers into selling it. Booksellers try to talk reluctant readers into buying it. And readers try, reluctantly, *rilácktntli,* to read it.

Womit ich hoffe, Dir wenigstens die Vokabel "reluctant" beigebracht zu haben. Auch ·talk into· ist ganz nett: jemanden in etwas *hinein*-(into)-schwatzen. Vornehmer: persuade.

If authors, as we saw, are unnecessary at Frankfurt, publishers or Verleger are even more so: the five or six best sellers they are after, mostly American ones, have been ·merchandized· – vermarktet, verbraten – two or three months before. Und ihre eigenen Bestseller, die sie verkaufen wollen, sind keine.

Was sagten Sie? "Publikum"? Was für ein "Publikum"?

Ach so, Doosie, *Publikum* – you mean the general public at the Fair, private people like you? No, Doosie, forget about it. That public is considered a ·bloody nuisance·, *bladdi* plus *nju—sns*, eine Pest und eine Plage. That's why people like you aren't admitted until 2 p.m., when everybody has gone.

Doch bevor sie Dich hineinlassen, habe ich eine Frage: Was heißt "Bestseller" auf englisch? Bitte schreib das hier unten auf die Punktzeile, on the dotted line, ohne zurückzublicken – up to now not one single German publisher knows it:

. . . .

Falsch, schäme Dich. Look back in anger, "Blick zurück im Zorn" (John Osborne): Da oben steht – was, immer noch nicht gemerkt?

Da oben steht: "best seller", *two* words. Zugegeben, admittedly, der Unterschied ist haarfein, subtle, *sattl*; aber Du brauchst deswegen nicht gleich sauer zu sein, ·cross·, nor do you need to call me ·fussy· (your "pedantic"). Denn die ganze Bestsellerei steht und fällt mit ebendiesen haarfeinen Nuancen, with such *sattle*-subtleties: a little too much of everything, or just a little too little of everything, und aus ist's mit dem Bestseller.

A ·prospective· – deutsch etwa: ein eventueller, ein potentieller – a prospective or potential (*nicht* "eventual"! Bedeutet "schließlich"!) – nochmal: a prospective or potential best seller should consist of four halves, Hälften (nicht etwa Vierteln, quarters):

One half, Psychologic Depth or *Tiefe* – preferably, möglichst, no deeper than the usual Father-Figure and Love-Deprivation stuff. Gerne auch noch ein Schuß überwundene Selbstmordgedanken: Der Leser braucht ein bißchen Trost. (People not seeking comfort-Trost will never buy books, at least no *hardbacks*, kein "Leinen", "Linson" oder wie das Zeug sonst noch heißt.)

The second half required (or: necessary) for a best seller is *Bildungsgut*, zuweilen auch *Kultur* genannt. (Be careful with that word in English, Doosie. The English are not "cultured" like the Germans: unlike the Germans, they are *civilized*.) Somit ließe sich das für einen Bestseller unabdingbare Kultur- und Bildungsgut vielleicht etwas anspruchsloser ins Englische übersetzen, etwa mit "some kind of interesting settings". Best-selling settings are, as every publisher knows from experience, *ixpí*-, Erfahrung, such things as the Vatican, Monte Carlo, the Bolshoi Ballet, Hiroshima, Hollywood (Las Vegas sells even better at the moment) – or, ·by all means·, warum denn nicht, the Mafia, the London Symphony Orchestra, Sing Sing, Mao Tse-tung, Churchill, Lourdes, and the Nazis. (Aussprache übrigens wie im Deutschen: *natsis*. Ich höre so oft "*neisis*" von Deutschen, besonders älteren, ehemaligen. Das kann kein Mensch verstehen.)

The third half of a best seller is, of course, Sex. For

the German market, Sex must be straightforward-gradheraus, daring-gewagt and at the same time ·coy·-verschämt-spröde-etepetete, but *absolutely not* prudish, prüde. It is very difficult to ·strike a balance· here (balance: Ausgewogenheit; sehr wichtig, weil gleichzeitig: Bilanz). The golden mean, die goldene Mitte, schwankt von Messe zu Messe: Everybody has a different theory about it, and everybody will say at the next Fair that he alone was right.

Schließlich und endlich: The fourth half, or rather three quarters, of a prospective best seller should be some sort of Womanism, not to say "Feminism". ·After all·, wenn man sich's richtig überlegt, *after all*, a good half of mankind and ninety-nine percent of people really needing comfort-Trost (see above) are women. Nowadays this Womanism should preferably be produced by an emancipated woman or, even better, by a male-männlich ghostwriter using that woman's name and ··bullying·· her so much and so long that her emancipatory outcries (howls, screams, shrieks) assume-annehmen the greatest possible degree of credibility, Glaubwürdigkeit.

Wir hatten eben "bullying": TO BULLY, *bulli* – to suppress, oppress, repress, tyrannize someone – to (oder *the*) ··bully·· ist ein Tausenddollarwort, falls Sie's noch nicht kennen. Ich warne Sie: das wird im PS verhört – und nicht nur, mind you, die ·Pünktchenwörter·.

So much for the four halves of a best seller. Da nun dieses Rezept jährlich in Hunderten, ja Tausenden von Büchern befolgt wird und höchstens ein halbes Dutzend derselben bestsellern können – darunter zumeist auch noch ein Buch, das nicht rezeptgemäß erstellt und somit ein "literarisches Ereignis" ist –, besteht für sämtliche Verlage und Autoren roughly-*raffli*-ungefähr eine gleiche Gewinnchance: ·the odds are even·. That's why

(again: *deshalb*) – that's why everybody goes to the Frankfurt Fair, including myself.

In der Regel ist dann jedermann über das Resultat zutiefst enttäuscht, sorely disappointed, und zwar mit Recht. As a consequence, nobody will ever go to the Frankfurt Fair again, at least not until the next one. And at the next one, as at the ones before, nobody will be able to do anything, weil keiner Zeit hat, eben weil zuviel zu tun ist. "I have no time", erklingt es jetzt überall in der deutschen Halle; "I'm busy" in der englischen, so heißt es nämlich; und am letzten Tage werden alle das Allerrichtigste gelernt haben: "See you later." Which keeps the Mess going on from year to year until, for lack of time, all publishers will be out of business. "Publishers have so many problems that they have no minute left to solve them" (Oscar Wilde, unüberliefert).

Ach, sorry, ich vergaß die wichtigste oder fünfte Hälfte eines Bestsellers – eine so wichtige Eigenschaft, daß sie sogar für *gute* Bücher unentbehrlich ist. This requirement is SUCCESS. It is then, and only then, that the book will make everybody happy; denn jeder Leser, auch der bornierteste, darf jetzt stellvertretend, 'vicariously' (*vaik-* oder *vik-*), ein Erfolgserlebnis haben. Doosie, merke Dir das Sprichwort: 'Nothing succeeds like success'.

Es ist eine Binsenwahrheit, a platitude, a banality, a cliché, Ausspr. *klíschei*: Sobald ein Buch in literarisch tonangebenden Kreisen gepriesen wird, finden es die Leute gut. Damned snobs. I am one of them: I didn't touch that Doosie book of mine, in fact I hated it, until I read a brilliant review of it in *Die Zeit*.

"Grratuleerre!" Der kleine glatzköpfige André Buchitzky kam auf mich zu, mitten im Gedränge der deutschen Halle, Richtung Rowohlt-Regenbogen-Ringelreih-Verlag.

This congratulation was astonishing, denn im Gegensatz zu einem schier unausrottbaren christlichen Vorurteil (prejudice, *prédsch-*) existiert unter Juden – well, among Jews, including myself, there is no solidarity. If it existed, they wouldn't have been so nasty to that young man from Nazareth nor would they today compete for life and death and so make possible the International Frankfurt Book Fair.

"Grratuleerre!" André Buchitzky repeated. "I saw Ihrre Doosie in the Bestsellerliste von die *Buchrreporrt*. Hävv ju gott männi letterrs, I mien frrom rriederrs?"

"Thousands", I said modestly. "From thousands of Doosies."

"– and with their own prrodducts, I mien poems and ... well you know, litterrrarrry crrreations ettcetterra ettcetterra?"

"Of course", I said, "as usual."

"As usuall!!" André B. echoed (deutsch "echote"?) triumphantly. "Exactly wott I have been saying for *jierrs*!"

He gave me a quizzical look, halb spöttisch, halb fragend.

Ich wußte, worauf er hinauswollte. I knew what he was ˙driving at˙. Ich muß hier etwas weiter ausholen.

André Buchitzky, Chef der DLU, hatte eine Entdekkung gemacht. Everybody knew about it and everybody thought he had ˙cracked up˙, übergeschnappt, which is quite normal in the publishing trade and helps to explain the secret of its perpetual mergers, deutsch: Fusionen, noch deutscher (jiddisch): Pleiten.

Anyway, André B.'s discovery was this: Die Zeit der Leser ist vorbei, auf jeden Fall auf längere Sicht, ˙in the long run˙, und damit auch die Zeit seines Buchclubs (mit *c* wie "Cultur", membership 3.5 million people) – in the long run. André B. wußte es: Die Zeit der *Autoren* ist gekommen: Jeder deutsche Leser, und mehr noch jede deutsche Leserin, will einer sein, either with a few poems (deutsch nicht "Gedichte", sondern *Lyrik*) or, more often, with a big *Roman* of theirs (auf englisch leider nur "novel") – again: more often, with a big *Roman* of theirs, a novel, the first page or erste Seite of which being finished already and containing einen noch nie dagewesenen Titel, mostly "Ich bin allein" or "Nur *mein* Leben schreibt Romane", or else quite simply "ICH".

Wem diese von André B. postulierte, evolutionär unausweichliche Umwandlung von Lesern zu Autoren nicht einleuchten will (wie zum Beispiel mir), der denke mit Marcuse, Adorno, Wiesengrund und anderen an den entmenschlichenden Konsumzwang unserer Gesellschaft (und sei es auch nur mit Büchern), eine stetig und gnadenlos zunehmende Passivierung der Bevölkerung, zusammen mit einem ebenso stetig und gnadenlos zunehmenden "Aktivitätspotential" (Müller) dieser armen entfremdeten-*eilje*-alienated Massen – nämlich ihrer Freizeit, ·leisure·, *lesczh(r)*, sorry. There is only one answer to this: Selbstverwirklichung durch eigenes Schaffen. Vornehmlich auf energiesparendem literarischem Gebiet.

But Marcuse is not enough. André Buchitzky's philosophy was not merely academic: it was based on solid facts. So weiß zum Beispiel jedermann, daß deutsche Verleger – wie alle anderen Verleger auch – höchstens ein Prozent der ihnen eingesandten Manuskripte veröffentlichen. Das ergibt bei 51 936 jährlich veröffentlichten Titeln – this is last year's ·figure· (figure! not your "number"!) – das ergibt eine deutschsprachige Autorenschaft von rund-*raffli* 5,2 Millionen, ganz abgesehen von, ˙let alone˙, ganz abgesehen von unseren bereits erwähnten, etwa fünfmal so zahlreichen Einseitenschreibern, our title-page authors and ten-line poetesses. Summa summarum, the grand total – – nun, man braucht das nicht erst auszurechnen (figure out), um zu begreifen, daß sämtliche deutsche Verlagshäuser und insbesondere die Frankfurter Buchmesse nichtsahnend und unversehens über einer riesigen – huge, enormous, gigantic, fathomless – Marktlücke stehen.

This is why André B. – A.B. for short – planned to convert, umzufunktionieren, his book club of 3.5 million, the *Deutsche Lese-Union*, DLU, into the *Deutsche Autoren-Union,* DAU, in welcher jedes Mitglied nach ebenso rigorosen wie ehrenvollen Aufnahmebedingungen (minimum requirement: one poem and/or book title) zu Autorenrabatt und/oder als Preis – not price but Prize – in jedem Quartal ein Buch erhält, à DM 19.80. Dazu kommt, wenigstens nach A.B.'s langfristiger Zielsetzung, according to his long-term policy – –

– Doosie, langweile ich Sie, am I ˙boring˙ you? Frankly, ehrlich gesagt, I feel a bit bored myself. Therefore, please spare me the details ˙such as˙ – erspar mir bitte Einzelheiten ˙wie zum Beispiel˙ (such as) die Sache mit seinem Gesamtkatalog, der jährlich herauskommenden "Deutschen Autoren-Bibliothek" oder DAB (DM 49,90, Autoren-Sonderangebot), in der jedes Mitglied seinen eigenen Namen – einschl. etwaiger Pseudonyme, auch wenn noch nicht gebraucht – spielend leicht, weil alphabetisch, unter Millionen anderen Namen sehen und immer wieder anschauen kann. (Yes, *millions* of names: Computer-set, seven-column page, Times 5 1/2 on 6 points – macht nichts, Doosie, never mind if you don't understand these typographic technicalities. I do.)

Again: *Do* spare me the trouble of telling you all those tedious details, *tí—d(j)s dí—teils,* fie—se Einzelheiten. But just let me say this: What A.B. was ˙driving at˙ (nochmals Pünktchen: was er von mir wollte), das waren die Namen und Adressen meiner Doosies, more precisely the "crreative ones" (poems, etc.), d.h. eigentlich alle, as ˙prospective˙ – hatten wir gleichfalls schon – as prospective members of the DAU. He offered me DM 19.80 a piece, which is one quarterly subscription payment.

Oscar Wilde once said, "I can resist everything except temptation". Doosie, ich sage Dir nicht, ob ich der Versuchung widerstand. Moralisierende Autoren sind nicht *in*, und korrupte, mit ihrer Verderbtheit angebende kommen heutzutage auch nicht recht an. In any case, I can swear, *swe(a)*, Dir schwören: I didn't give him the name of my one and only Doosie because – hab Dank, Geliebte, you never gave it to me.

Übrigens, incidentally, to complete the story of the Mess: Das Rennen wurde diesmal von einem Roman gemacht – a *novel,* ein *Roman*, nochmal: a NOVEL –, dem alle von mir aufgezählten Erfordernisse fehlten: No sex, no feminism, no nothing, with the possible exception of *Kulturgut*. Ein sogenanntes "anspruchsvolles" Buch (English: pretentious, highfalutin', highbrow – mir fallen im Augenblick nur abwertende Übersetzungen ein, sorry, it's probably the fault of that damned unpretentious English language.)

The title of that novel-Roman was *Spätherbstsonate*, 508 pages (paper: 100 g/m², type: Garamond 12 on 14 points, to make it "substantial"). The cover showed a mansion, Herrenhaus, by a lake, See, with light clouds, leichte Wolken, massive oaks, schwere Eichen, in autumn, Amer. fall, *Herbst*. The thing was about the

Seelennoete of a musician, a kind of Gustav (Courths-) Mahler, as seen through the eyes and soul-Seele of a zutiefst verstehend wo-wo-womanly woman author by the name of Mathilde Brandenburgk (Karl-Küppke-Preis). To judge from the first three pages, it is all very *deutsch*. Ein ausgesprochenes Frauenbuch. Seriös. (Doosie, never say "serious" of a book; you'll make other people laugh.)

I don't think any of the *Sonate* readers really enjoyed that *haibrau*-highbrow-hochgestochen stuff, but every woman surely felt that this was no cheap best seller. That's how it became one.

Wenn ich da an Diane Dubou denke, alias Doris Dippkow, the authoress of "365", gegenüber meinem Verlagsstand, wo sie schweigend auf und ab spazierte. Alle hatten auf sie gesetzt, man hatte riesig investiert, and here she was: *taff,* tough, knallhart, von oben bis unten in Leder, 27, blond, weitaus sexiger als sie auf dem Schutzumschlag zu sehen war (dort nackt). Schweigend ging sie auf und ab, wartete auf Fernsehkameras, Regenbogenpresse, Autogrammjäger (Autogramm auf englisch: autograph, not "autogram"), ausländische Verleger, Übersetzungen, Nachdrucke, Nebenrechte – rights, *raits*, *rraits*. In vain. A mere 536 copies – Exemplare – ˙copies˙ – a mere 536 copies were sold of her "365", obwohl es sämtliche vier Bestsellerhälften enthielt: Sex – 365 times a year, each day with a new male. Feminism – fully emancipated, some sort of mixture between Rosa Luxemburg and Margaret Thatcher. Psychologic Depth – "tiefenstrukturelle Psychogramme" sämtlicher Beischläfer (so der Klappentext, the blurb, *blöööb*). As to *Bildungsgut* – lots of it: the copulations took place in Paris (in the Louvre, standing, von wegen Bildung), in Venice, Bangkok, Cairo/ Jerusalem, Saigon/Hanoi, Moscow/New York and in

Uppsala, ·of all places·, with white UNESCO sociologists (Louvre, Ritz), black gospel singers, mulatto guerrillas (Ascona), Arabian oil tycoons, one or two poetesses (lesbian), one Christian Jew (Uppsala), and even with Mathilde Brandenburgk's musician.

And all for nothing. Just a ·flop·, ein Fiasko. Her publisher ignored her, poor thing. He did not want to ·throw good money after bad· – glänzende Redensart, bitte merken.

Spätherbstsonate, Doosie – yes, let's! Diana Dibou, naked as she is on that jacket of hers (Jacke: Schutzumschlag) – that girl leaves me cold. Noch sind wir im seelenvollen, "soulful" (untranslatable) Deutschland. Forgive my sexual frankness, Doosie: mich erregt sowas, it ·turns me on·.

P.S.

Solltest Du trotz aller meiner Warnungen die Messe besuchen wollen, Doosie, bitte eines merken: You can't buy one single book there. As I said, private visitors are considered a ·bloody nuisance·, und wenn Du Dich mit Tausenden anderer privater Buchfreunde ab 14 Uhr durch die Hallengänge drängeln darfst, hat man vorher alle Kataloge, Prospekte und übrigen Werbebroschüren vorsorglich weggeräumt. You'll get them later in your letterbox, heaps of them, when you aren't interested. Wo bliebe sonst die Kunst guter Vermarktung? The Art of Marketing is to talk people into something when they are *not* interested.

Weshalb ich mich ab 14 Uhr – the admission of the general public and the onrush of my Doosies – aus den Messehallen zurückzuziehen pflege, im Augenblick zum Beispiel in einem gemütlichen Café bei der Paulskirche sitze (which is a lie, it takes four hours to get there in jammed and messy Frankfurt) und mit Dir wie üblich ein bißchen repetiere:

1. Bitte übersetzen Sie: Ein (heilloses) Durcheinander; eine Messe (z. B. eine Buchmesse) und – ja, es kam vor, ist allerdings schwer auszusprechen: Freizeit.

2. Wie schreiben Sie “ungefähr”, ausgesprochen *raffli*? Und wie schreiben Sie “hochgestochen”, ausgesprochen *haibrau*? Bitte auch um Schreibung von *riläckt(e)nt*, “widerwillig”, *ti—d(j)s*, “fies, mies, ermüdend” – alles hübsch aufschreiben bitte – und schließlich schreib mir bitte unsere liebe alte, vor etwa zwei Minuten wieder vorgekommene *bladdi nju—sns* auf. Danke.

3. Ich sprach von einem männlichen Ghostwriter "…..ing" a poor woman, i.e./d.h. suppressing, oppressing, repressing, tyrannizing her. Für alle diese schönen Synonyme bitte DAS Wort für unfaires Unterdrücken. Es ist das Ärgste, was man überhaupt im (fairen) England von einem anderen Menschen sagen kann, nämlich daß er zu ….. pflegt oder ein ….. ist. Bitte das Verb, to ….., und die Person, the ….. Beidemal fünf Buchstaben, absolut garantiertes Insider-Englisch, ganz besonders Frauen zu empfehlen, da "the ….." eine überwiegend männliche Erscheinung ist.

4. Bitte um "pingelig". Natürlich kannst Du Dich auch hier mal wieder mit unserer "Fremdwortmethode" retten und ………… (na was?) sagen. Na? (I mean "pedantic".) Aber da gibt es noch ein viel frequenteres Wort, wieder einmal wirkliches Insider-Englisch, hatte auch Prominenzpünktchen. Na?

5. Letzte Frage: Bitte um ein Wort für "Binsenwahrheit" – am liebsten gleich ein paar Wörter. Drei kamen vor, sogar direkt hintereinander. – Just write your answers here:

?

?

?

?

?

Damit Sie mir nicht schummeln, ·cheat·, *tschi—t,* verstecke ich wieder einmal die Antworten wie Ostereier.

Inzwischen, meanwhile, während Du nachdenkst, eine kleine Geschichte, die auch etwas mit der Buchmesse zu tun hat. It's a true story:

I had a funny dream last night. I dreamt that this book – ja, *dieses,* this very book – was a best seller. True, gewiß, my publisher had changed it a little. The title, for instance … a (hopeless) mess; a fair; leisure.

As I said, the publisher had changed my book a little, to make it a best seller. Der Titel war zum Beispiel etwas verändert worden, der Verleger wollte das jetzige englische Modewort "super" ("umwerfend" oder so) im Titel haben, statt "Wiedersehen mit ...". He also wanted silver – or was it gold? – on the dust cover or jacket or Schutzumschlag. Roughly, highbrow, reluctant, tedious, bloody nuisance.

Auch mein Name war etwas verändert. My publisher felt, *meinte*, ˙felt˙, *meinte*, I should rather have an ˙intriguing˙ name, einen leicht spannenden, halb geheimnisvoll neugierig machenden, kurz: an *intriguing* name, auch in der Aussprache, die dann jeder auf der Messe diskutieren würde ("Guillotin" oder so ähnlich sagte er wohl). To bully. The bully.

Vor allem aber hatte er – I mean the publisher – vor allem hatte er die *Form* meines Buches durchgreifend verändert, he had "knocked it into shape", as the professionals say – the ˙pros˙, die Profis. Pedantic? Well, yes, but much better: fussy, *fássi.*

As I said, he had thoroughly changed the form of my book – platitude, banality, cliché. But did a purely formal change really matter? Publishers know best. The main thing – Hauptsache, es war und blieb mein Buch. Even when I awoke – ich erwachte etwas ruckartig – there was still that wonderful feeling with me: This *was* my book, hallelujah, this was my *Book*, and my publisher had made it known the world over.

Publishers know best.

P.P.S

The last day of the Mess is over – a ghastly October day, as usual. This year, too, the Publisher's Dream did not come true. It is the dream of Once More – "ach bitte, lieber Gott, nur noch ein einziges Mal ... o Lord, let me get hold, just *once more*, of ...". Womit, wenn auch ein bißchen phantasielos, die Wiederholung eines bisher nie wieder auch nur annähernd erreichten Bestsellererfolges gemeint ist, der folgendermaßen beginnt:

Übersetzungsübung
Scarlett O'Hara war nicht eigentlich schön zu nennen. Wenn aber Männer in ihren Bann gerieten, wie jetzt die Zwillinge Tarleton, so wurden sie dessen meist nicht gewahr.

Space for your translation
(If you feel like it, just give a simplified version.)

Die Sache ist gar nicht so einfach, d.h. einfacher als Sie glauben:

Scarlett O'Hara was not beautiful, but men seldom realized it when caught by her charm as the Tarleton twins were.
(*Gone with the Wind*, the first sentence.)

Hurrah! The Germans (Martin Beheim-Schwarzbach) won over the Americans (Margaret Mitchell) by 27 to

20 words. Three cheers for the land of dichters and denkers.

Incidentally, übrigens, there *are* excellent translations. I'm thinking of a translation of a great German poet into English. It was done by Max Knight and published by Piper, Munich: Christian Morgenstern, *Gallows Songs and Other Poems.* Da das Buch – ah, those 300,000 titles at the Frankfurt Fair! – nun, da das Buch nicht überall sofort erhältlich ist, weil nicht in diesem Jahr herausgekommen, schenke ich Dir zur Feier des Abschlusses der diesjährigen Frankfurter Buchmesse eine kleine Stichprobe, a sample, pages 20-21.

I have a language question here: How would you translate the German "◡"? Perhaps you may feel, as I did at first, that for a fish's night song the German closed eyes, ◡◡, are somehow-irgendwie more poetic than the English open eyes, ◠◠. But that's just the point: In English waters, fish always sing their night songs with *open* eyes. It's wiser: You never can tell.

Good night, ◠◠, darling.

◡◡, Geliebte.

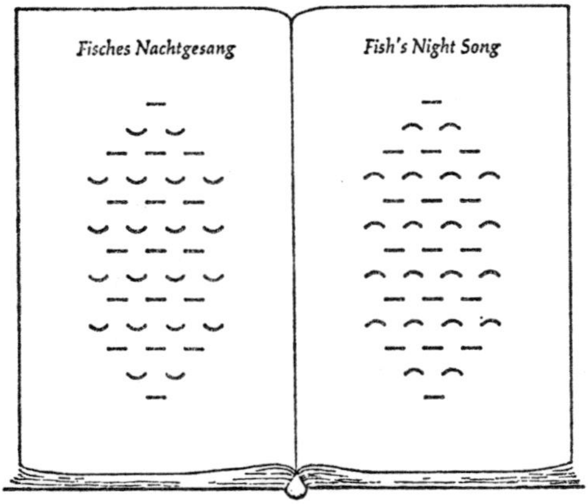

The One and Only One(s)

Dear Doosie,
You were great in Frankfurt. Not one of my Doosies noticed that there was something "really serious" going on between us.

It was surprisingly easy to shake them off in Frankfurt, the Doosies I mean. Einer der ganz wenigen Vorteile dieser Messe ist, daß jeder einem dort die freche Lüge glaubt, man habe keine Zeit. ("I have no time" bzw. englisch "I'm busy", see above.)

Auch mir glaubte man den "Stress", und zwar so sehr that eventually-schließlich I believed in it myself ·to the point of· total collapse. Ich fütterte meine Doosies apathisch mit dem Sonderdruck der Vorderseiten ab, sie wirkten zufrieden: Jede, aber auch *jede* bezog meines Fisches Nachtgesangs Gutenachtgruß an Dich speziell auf sich. I must be a great author.

·So far so good.· On the whole, this can also be said of special cases, und über diese heute.

Wie Du weißt, habe ich durchschnittlich fünf bis sechs "akute" Fälle, die "Geliebter!" Doosies. Wie Du weiter weißt, habe ich mich bisher um eine Konfrontation mit diesen etwas anstrengenden Fällen gedrückt – I ·dodged· a confrontation with these rather ·demanding· cases.

(·dodge· – sich drücken vor; ·demanding· – anstrengend. Beides sehr lernenswert. Aber laß Dich von meinen Prominenzpünktchen nicht einschüchtern, intimidate, *intímmideit*. Wenn Du beim Schreiben oder Sprechen auf das "beste" Wort nicht kommst, quäle Dich nicht ab, entkrampfe Dich, ··relax··. Denke einfach an die *Grundbedeutung* des gesuchten Wortes, da wird sich schon irgend etwas finden, was Du schon kannst. Statt ·dodge· könntest Du zum Beispiel "avoid" sagen oder, wenn Du das auch nicht kannst, "get away from". Und für "demanding" gibt es zum Beispiel "difficult". Englisch, wie's Leben überhaupt, ist genauso einfach, wie man's sich macht – or just as demanding, difficult, et cetera.)

– I could no longer dodge this confrontation with the "Geliebter!" ones. Meine Ausweich- und Verzögerungsmanöver, zuletzt in Frankfurt, wurden auf die Dauer einfach zu kostspielig und zeitraubend. Wer immer wieder aufschiebt – keeps on putting off – und dennoch zu lieben vorgibt, der muß lange Beteuerungsbriefe schreiben oder aus Zeitmangel telefonieren, telegrafieren und schließlich-*eventually* rote Rosen schikken. This is expensive, the Fleurop minimum rate being DM ... – I forget, yes ·*I forget*·, much better than your "I've forgotten". Again: all this, I discovered, was a much greater waste of energy and time and money than actually *seeing* them. Auch fingen einige, je länger ich mich in Deutschland aufhielt, an meiner wahren Liebe zu zweifeln an, und das verletzte mein Ehrgefühl, vielleicht auch meine Eitelkeit, auf jeden Fall meinen Arbeitsstolz: a gardener tends his flowers and waters them.

Dazu kam, daß ich mich nicht wie jetzt in einem abgelegenen Nest befand – bin zur Zeit in Gütersloh, Bertelsmann Lesering, die sind seit Oktober auf 150 000 Doosies geklettert, in English with a comma: 150,000 –, sondern ich befand mich an einem zentralen Orte, Bonn, der relativ leicht erreichbar für meine akuten Doosies war.

Daß ich – ·the fact that· – daß ich mich in Bonn befand, hatte natürlich wieder einmal zielstrebig kommerzielle Gründe, nämlich die Nachwehen – frei: the aftermath – eines Wiedergutmachungsverfahrens, das nun schon an die zwanzig Jahre läuft. Dabei geht und ging es um folgende, juristisch offenbar sehr schwierige Frage: Ist ein durch Naziverfolgung verursachter Sprachschwund im Exil ein "beruflicher Schaden" für einen Schriftsteller und folglich irgendwie zu ersetzen? Ja? Nein?

The case was "Lansburgh versus Berlin" – please remember "versus", *gegen*. I won the first round, ich gewann den Prozeß in der ersten Instanz, but I lost all the other rounds. Beanspruchter Schadenersatz: Ein Pfennig. Yes, one penny. Bei einem Vergleichsvorschlag des Richters war ich auf diesen einen Pfennig heruntergegangen, for reasons of principle, aus *Prinzip*: Wird Berlin, und werden Deutschlands Gerichte – zuletzt war's der Bundesgerichtshof in Karlsruhe – werden sie den Wert der Sprache für einen Schriftsteller anerkennen, und sei es auch nur in Höhe eines Pfennigs? Ja? Nein?

They didn't.

Auch Bonn konnte da nichts machen. Ich glaube fast, das war der Hauptgrund dafür, daß ich besagter Konfrontation nicht mehr aus dem Wege ging: Whenever a "Geliebter!" Doosie called me, I said "OK, darling, come along." Ich kochte. I was boiling with rage, *reidsch,* Wut.

Rache? Revenge-*rivéndsch*? 'Taking it out' on the Doosies? Not at all. I just felt it was about time to tell you another story.

Four of my 'current' – laufende? aktuelle? – again: four of my current five "Geliebter!" ones came along. (The fifth one lived too far away, in Vienna-Wien.) There was the Nymphenburger one, 32, the Bertelsmann one, 28, and two S. Fischer ones, 35 and 26. It was the Buchgemeinschaft Donauland one who had remained at home, in Vienna.

For background, Doosie: "Nymphenburger" is the first or "hardback" edition of the book, DM 26.–; "Bertelsmann" is the book-club edition, DM 14.80; and "S. Fischer" is the pocketbook (or paperback) edition, DM 5.80, which, incidentally, brought me the nicest Doosies – those with no money but good taste, for instance a beautiful pair of legs. But please, Doosie, buy the hardback one, because ten percent of DM 26.– means more to me than three percent of DM 5.80. Remember my tragic loss-Verlust of that Berlin penny.

The Nymphenburger one, 32, married and mother of two small children (no end of snapshots, all in her bag-Handtasche, as usual), came from Kassel and stayed over the weekend at the "Baseler Hof", Cologne, half an hour from Bonn. The Bertelsmann one, 28, unhappily married to a ·bully· (hatten wir schon, es gibt so viele), came from Düsseldorf and stayed from Monday until Wednesday morning, at the "Eden", Bonn (da sagen sie immer so nett "Guten Morgen, Herr Professor" zu mir). Fischer I – the one S. Fischer Doosie, 35 – was divorced, studied music now and was, at least in her letters, extraordinarily direct. Fisher II, 26, was unmarried but had an Israeli lover who ran a Chinese, *tschainí—s*, restaurant in Essen, in which Continental food was served. Both of them – I mean Fischer I and II – came toward the end of the week, from Heidelberg and Essen, respectively, and again I ·put up· one at the Baseler Hof, and the other at the Eden, ·at their expense· of course, auf ihre Kosten. The whole thing, all four, took one week.

" – aus Heidelberg bzw. Essen". Would you mind translating this without looking back?

... ...

Sehen Sie sich jetzt ruhig die fragliche Stelle an und achten Sie auf die Stellung von "respectively". Weiter bitte merken, daß Sie dieses "bzw." in 99 von 100 Fällen am besten mit "and" bzw. "or" bzw. "and/or" übersetzen können. (Wie Du siehst, bin ich zum "Sie" übergegangen, da der heutige Stoff in seinem weiteren Verlauf etwas hautnah sein wird. Man muß ein bißchen vorsichtig sein mit Dir, ich hab das schon gemerkt. Verzeih, daß ich das oft in meinem Übermut vergesse. Verzeih, wenn ich über den Strang (die Stränge?) schlage, an dem sich T. erhängte.)

Im Grunde, to be quite honest-*ónnist*-ehrlich, waren diese vier "akuten" Doosies eine Art zweite Wahl, sort of grade two, die erste hatte ich schon abgegrast (Greier-Hoeffner u. a.). Meiner Erfahrung nach sind nämlich "Geliebter!"-Fälle arbeitsmäßig relativ unergiebig, unproductive. All-out ("total") – ˙all-out˙ lovers are handicapped, their *Leeb(e)* keeping them busy all the time: they are never ˙climbers˙-*klaim(e)s*-Streber, sie sind niemals Chefinnen von Goethe-Instituten, Fernseh-Intendantinnen, prominente Feministinnen, nicht einmal Sekretärinnen von NDR-Hauptabteilungsleitern wie damals Pepita. It's all ˙non-profit˙ so to speak: Außer "Seele" haben sie im Grunde nicht viel mehr zu bieten als ihren Körper.

Deshalb wohl auch mein Bestreben – unbewußt vielleicht, unwittingly (your "subconsciously"?) – mein Bestreben, alle vier möglichst in einem Abwaschen hinter mich zu bringen, to dispatch them at one go. This naturally leads to co-ordination problems: Das Wort "possessive" hatten wir ja schon.

Die große Frage war deshalb: Darf man ehrlich sein? I found out that you can: you can tell each Doosie that there are other Doosies, even in the same place (Bonn), and even totally "verliebt" ones, as long as you tell each Doosie that she is the *one and only one*. In other words, you must make her believe that she is *the* Doosie – which is perfectly true the moment you say it. Man muß sich ja schließlich konzentrieren. Außerdem brauche ich nur an T. zu denken, um mich selber und jede Doosie auf der Welt felsenfest davon zu überzeugen, daß gerade sie die Nabelschnur zum Mutterkuchen meiner Sprache in allen ihren Regenbogenfarben – – sorry, I am ·mixing my metaphors·, "Stilblüte" sagt man wohl auf deutsch, und Nabelschnur heißt umbilical cord, *ambíllikl*.

Soviel steht allemal fest: "Ich liebe Dich" ist unter solchen Umständen nicht schwer zu sagen. Wenn das jede glaubt – und alle glauben es so fest wie ich, ja noch fester –, dann macht ihnen die Konkurrenz mit anderen Doosies sogar Spaß, sie fühlen sich durch meine Aufrichtigkeit, mein offenes Eingeständnis dieser anderen geradezu geborgen. Nichts ist verführerischer als Ehrlichkeit, honesty, *ónnisti*, no matter which truth you tell them. Außerdem glaubt kein Mensch, daß man fünf Frauen gleichzeitig lieben kann. Ich auch nicht.

Schade nur, daß the One and Only One, in diesem Falle vier – mit meiner Bonner Unterkunftgeberin, einer 25jährigen Sortimenterin, sogar fünf – schade, it's really a pity that the One and Only One is still so popular a concept. Mit Sehnsucht dachte ich an die Zeit Casanovas, in der ihn die eine Donna mit Freuden an die andere weitergab, happily passed him on without ever flattering herself, sich zu schmeicheln, that she was the One & Only One. Were women more emancipated in those days?

Es handelt sich hier in erster Linie um Ansprüche "seelischer" Art. Diese waren verhältnismäßig am anstrengendsten – wobei mir neben obigem ·demanding· auch noch das sehr nette ·trying· einfällt, etwa "nervend". Auch meine Bonner Unterkunft-Doosie (nice flat, quite near the Kennedy-Allee) enttäuschte mich in dieser Richtung; ich hatte sie für emanzipierter gehalten. I think I've already mentioned her somewhere: her name is Angelika, the one who didn't try to monopolize that "blind date" on Fridays, 10 p.m. sharp – the One and Only One who didn't mind some sort of imaginary group sex at that hour. But in Bonn she watched my every step – to Hotel Eden, for instance – and eventually-schließlich she threw me out. Pity, she had such a marvellous hi-fi set and an almost complete Mozart. Als ich ihr von Mozarts "Lotterleben" erzählte, his "dissipated life" – seine unzähligen Frauenaffären brachten ihm diese Bezeichnung ein –, fand sie das zwar überraschend, sah das aber mit Recht als keine Entschuldigung an und warf mich wie gesagt hinaus. I have only one word for this: "possessive", wobei – ich wiederhole – die beiden ss unterschiedlich auszusprechen sind: am Anfang schalmeienhaft weich und tönend, am Ende zischend rausschmeißerisch und hart.

Wir waren bei den seelischen Ansprüchen. Was während jener Bonner Tage die physischen betraf, so waren sie weit weniger anstrengend, considerably less demanding / trying, und dies trotz Brötchenwagen und meiner auch schon vorher nicht gerade überwältigenden Potenz. Aufgrund meines Alters war ich nämlich in einer priviligierten Lage. At the risk of repeating myself, I may have said so before: at an advanced age, sex is no longer an 'emergency' – Langenscheidt: "unerwartetes Ereignis; Notfall; dringende Not" –, sondern eher ein Luxus, auf jeden Fall eine völlig freiwillige Angelegenheit, wobei ich wieder einmal "freiwillig" lieber mit *optional* als mit *voluntary* übersetzen würde.

Wie sich das rein technisch ausnimmt, sei Gänseblümchen-verblümt erzählt, da sehr Intimes fremdsprachlich immer etwas distanzierter klingt. Falls Sie hier sprachlich noch nicht mitkommen oder sachlich uninteressiert sind, folgt gleich nach dem Gänseblümchen ein etwas rücksichtsvolleres Resümee, summary, to give you the ·gist· of it, the *dschisst* of it, den Kern der Sache. ("Der Kern der Sache": Of course, you can also say, like Graham Greene, "The Heart of the Matter" (1948), auf deutsch – ein bißchen seelenschmusig übersetzt – "Das Herz aller Dinge".)

At my age, the emission of seminal fluid, also called "ejaculation" – or, with male chauvinist overstatement, "orgasm" – at my age, I say, that event is pretty rare. This means that you can postpone it *at will*. You can take your time, for instance a week or a month, and during that period you can make love as you please, day and night. Younger people can't. They cannot possibly escape that moment which certainly gives some pleasure for a second or two but then, after having happened a few times, frustrates them, in fact castrates them for hours or even for days. It is no overstatement to say that this fatal moment is the curse of male mankind. "Perhaps, since the Bible was written by men, this is the Expulsion from Paradise after the Fall." (Freud, Leid & Lansburgh, 1982.)

The older you get, the greater that curse, the longer the Fall. But, lo, at my age you can simply do without it and thus, as I said, make love whenever your partner feels like it. In fact, with a little know-how you can make a woman believe that you *do* "come" and, more important, that you come at exactly the moment she wants you to. Nein, Doosie, stimmt nicht, auch *Sie* würden den Schmu nicht merken. Wetten?

The ·gist· of it: At my age, the sexual drive-*Trieb* is relatively weak, so you can ·order it about· – er läßt sich herumkommandieren: you (I mean a man, i.e. a person whose sexual appetite or indifference can be seen with the naked eye; women are less handicapped) – you can go on indefinitely, *indéffinitli*, meaning "on and on and on", for weeks, at any hour which may suit your partner. This male adaptability is unusual. Frauen wissen diese Anpassungsfähigkeit zu schätzen, they appreciate it (*āprí-* usw.), particularly women having a wide range of experience, eine große Erfahrungspalette.

Ich gebe zu, daß nicht jeder auf dieser beglückenden Schwelle, threshold, zwischen Manneskraft und Altersschwäche steht. Not every man is able to offer, at any time and to any woman, an organ as rigid-*rídschid* as a fossil-*fossl*. Now I *was* in that happy position. Ich sage das hier nicht um zu prahlen, to boast, to brag, to ·blow my own trumpet-Trompete·. (Mir selber ist diese ganze Angelegenheit ehrlich gesagt ziemlich gleichgültig, an sich, as such; but it is some kind of *work*, in fact hard work, und das ist nun einmal eine Sache, die ich über alle Grenzen liebe – close brackets, Klammer zu.) Again: this is no braggadocio (a word formed on "brag", above, by Spenser, the great English poet, about four hundred years ago, close brackets). But now that the whole Bonn business is over, I do think I can say that it all went very well.

"Du bist ja unerschöpflich", said both the Nymphenburger and the Bertelsmann one – nein, "unersättlich" sagten sie wohl, insatiable, *inseisch(e)bl*, aber das spielt keine Rolle, es war auf jeden Fall kein Vorwurf. "Maestro" was the favourite word used by my Bonn hostess until she threw me out, und einmal sagte sie sogar (es störte mich) "my *dírridschent*", meaning "Dirigent", in English: conductor. Und dennoch: Nie habe ich in jüngeren Jahren solche Komplimente gehört.

Auch Fischer I schien zufrieden zu sein. In the hotel restaurant (Baseler Hof) she ordered a rumpsteak for me, "rare" – noch ziemlich blutig also –, weil ich mich doch so "verausgabt" hätte, wie sie sagte. And Fischer II felt (fand, meinte, sagte) – she ·felt· that her Israeli

lover, “jung, stürmisch, aber eben unterschiedlich”, could learn a lot from me. Wobei mir gerade einfällt, daß die an sich glücklich verheiratete Nymphenburger Doosie – zwei Kinder hat sie auch – mich einmal mit “Rainer” anredete, dem Namen ihres Mannes, daraufhin einen roten Kopf bekam, flushed, und sich für ihre “Lieblosigkeit” entschuldigte.

(“sich entschuldigte”, auf englisch bitte. Kommst Du wieder mit Deinem “excused herself” an? Solchenfalls, zum hundertsten Male: ˙apologized˙.)

Merkwürdig, strangely enough, noch nie bin ich in jüngeren Jahren so temperamentvollen Frauen begegnet. The reason must have been my honesty: they knew about the other Doosies and did their very best to exhaust me (Oxford: “use up completely, make empty”). But fossil is fossil, *fossl* is *fossl*, I can no longer be exhausted.

Was mich aber immer wieder in Erstaunen versetzt, ist die grenzenlose Liebeskraft des Weibes. Just compare the pitiful-erbärmlich orgasm of the male, which is some kind of ˙glorified˙ sneeze, aufgedonnertes Niesen, with the True Glory of Woman’s Orgasm. Da ist Welle auf Welle einer schier unerfüllbaren Sehnsucht, wave upon wave of an ˙elusive˙ longing – elusive, *ilú—siv,* hatten wir schon einmal vor langer Zeit, bei Pepita war’s: ungreifbar, unfaßbar, ewig entgleitend. Yes, woman’s orgasm *is* elusive, unerfüllbar. Ich habe Belege. For instance, in the middle of her O – and she was really having one, in fact several – Fischer II kept crying: “Ich sehne mich so nach Dir!”

Compare that with the glorified sneeze of the human male. Fortunately, women can’t compare.

(Speaking of sneezing, Niesen: the pronunciation of the German “hatschi!” is *atíschuh* in British English, excepting Ireland, and *äté(i)sch(e)(j)* in American Eng-

lish, excepting the Boston area. The standard spelling is: atishoo.)

Auf dem Nachttisch meiner Bonner Unterkunft-Doosie lag ein zur Zeit recht maßgebliches Buch. Nach diesem gleicht die Sexualität der voll emanzipierten Frau in jeder Hinsicht der des Mannes. Als Beweis dafür – die Bonner Doosie hatte es rot angestrichen – wurde angeführt, der weibliche Geschlechtsapparat gleiche ganz genau dem des Mannes, nur *sähe* man ihn eben nur zu einem verschwindend kleinen Teil. The clitoris, said that book, was just the minute-*mainjuuut*-lütte top of the female penis, *pí—nis*, which in reality was at least as big in women as in men – nur gehe er eben bei der Frau nach *innen*.

Da haben wir die ganze Bescherung: nach *innen*. Seele.

In diesem Zusammenhang sei ein wichtiger Punkt erwähnt. I am 'positive', i.e. absolutely certain, that all my four or five acute ones *ebenso lieb gewesen wären* if that fossil thing of their aged lover had not worked at all. Believe it or not, the two Fischer Doosies – Fischer pocketbooks have no author's photo on their covers – these two Doosies hadn't the faintest idea, nicht die blasseste Ahnung, what I looked like until they met me in Bonn. Was mich betrifft, so wurde mein Interesse an den beiden überhaupt erst wach, als sie ein paar Vollfigur-Fotos geschickt hatten. (Vollfigur? I mean full-length pictures.) Ich komme aus dem Staunen nicht heraus. Women are incredible. They are like Egmont's Clärchen: "Happy alone is the *Seele* that loves."

Noch eines fiel mir in diesen Tagen auf. A man can get anything (*not*: everything) for Love, but practically nothing for Work. For instance, Fischer I, the one from Heidelberg, not only offered to type my book – yes,

Doosie, this one; I hate typing as much as I love writing – but she also offered to share her two-room flat with me, including meals, telephone, laundry-Wäsche, her parents' summer house in the Allgäu and everything else for the rest of my life, while Berlin is still unwilling to pay that one Pfennig.

Auch Frauen sind da nicht viel besser: Ohne Liebe nichts. You should have seen that Bonn Doosie of mine throwing me out of her flat.

Mit Liebe aber – well, two days before she threw me out, she sold her car and bought Mozart records with the money, about two hundred of them, all for me.

Manchmal versuche ich in einer Art Denksport, nein Gefühlssport, mir die Unbegrenztheit vorzustellen, mit der Frauen lieben können. For a man, this is as difficult as it would be for a computer to gain knowledge by eating Eve's apple. Nur in einem Punkt geht mir da in erleuchteten Augenblicken ein kleines Licht auf, da ahne ich fast die Größe des Weibes.

Du kennst den Punkt, ich möchte Dich nicht mit Wiederholungen ermüden. Manchmal sind Mohnkörnchen drauf, manchmal Kümmel oder Sesam, manchmal auch gar nichts, aber fast stets hat's eine längliche Kerbe, a cleft, which looks like . . .

Doesn't it?

Breakfast time, Doosie. Kannst auch ein Hörnchen haben.

P.S.

Wenn schon Brötchen bzw. (or, and/or) Hörnchen, dann sollte ich Dir wenigstens sagen, wo: Hotel Kaiserhof, alt und gemütlich, Gütersloh-Bertelsmann. In diesem Nest – in this one-horse-town, amerikanischer: whistle stop ("Bahnhofspfeifen-Anhalt"), lexikalischer: "hole" (alle Wörterbücher singen das einstimmig und falsch) – in diesem Nest und in diesem Kaiserhof soll einmal Hitler abgestiegen sein. Manchmal bilde ich mir ein – I sometimes fancy that the Fuehrer slept in my bed. This gives me a strange feeling of reality, which I have never felt in exile. I mean the feeling, good or bad or terrible, that this is, and has always been, my country.

Falls Dich das stört:

> Deutschland ist das schönste Land
> Für jeden, der kein andres fand.

1. Auf deutsch bitte: a) I am *positive* that ... b) Bonn is a *glorified* village; c) This is a difficult *business*.

2. Auf englisch bitte: "Das ist mir im Augenblick entfallen" (oder anders ausgedrückt: "Ich habe das vergessen"), zwei Wörter bitte. Weiter: "auf Deine Kosten" sowie schließlich: "Du kannst bei mir wohnen." This last one is tricky (pretty difficult). I merely said that I ...... (two simple words) my Doosies in two hotels.

3. Auf deutsch bitte. (Verbs:) dodge something; order someone about; relax. (Adjectives:) current, insatiable, divorced. (Nouns:) threshold, emergency, gist.

4. Auf englisch bitte: "aus grundsätzlichen (prinzi-

piellen) Gründen" – nicht "principal", denn das bedeutet "hauptsächlich".

5. Auf deutsch bitte – es war die Rede von einem Rumpsteak: rare, medium (*mi—djm*), well-done. By the way, you can also say "underdone" instead of "rare".

Schluß.

I have been thinking a little about my acute ones, I mean that Bonn jamboree of my "Geliebter!" Doosies. Hat man da nicht am Ende doch ein kleines bißchen Verantwortung – hasn't one got some small responsibility after all? Besonders dieses "Guten Morgen, Herr Professor" im Hotel Eden weckte da etwas in mir, something I cannot quite define yet. Vielleicht nur eine theoretische Frage. Bisher jedenfalls haben sich diese akuten Fälle immer in Wohlgefallen aufgelöst. No love lasts forever, it ˙gradually˙, allmählich, ˙peters out˙, *pi-* usw., verläuft sich im Sande. Zum Glück bin ich auf die Dauer, in the long run, nicht unwiderstehlich, irres*í*stible.

Allerdings bin ich in letzter Zeit durchaus nicht mehr so sehr darauf aus, keen or eager or anxious, sie nach ein paar Liebesbriefen möglichst wieder loszuwerden, to get rid of them. Gradually, allmählich, I'm getting a little bit interested in other people's lives. Das war früher nicht der Fall. Most of these Doosies are pretty lonely. It's nice to be of some use to them.

Liebe? Im Ersten Korintherbrief, Kapitel 13, spricht Paulus bekanntlich von der Liebe: "... aber die Liebe ist die größte unter ihnen."

In English, the word is not *Liebe*. St. Paul speaks of Charity: "... but the greatest of these is charity." Es ist die lateinische *caritas* und bedeutet etwa Nächstenliebe.

Bei mir ist das ein ziemlich neues Gefühl. Sollte ich wirklich inzwischen ein bißchen davon abbekommen haben, so ist das wohl in erster Linie Dir zuzuschreiben. Offenbar ist Nächstenliebe eine Angelegenheit, die erst dann klappt, wenn es einen Nächsten gibt: wenn man irgendwo zu Hause ist.

"Charity begins at home." Wie können Langenscheidt, Brockhaus usw. dieses wunderschöne englische Sprichwort mit "jeder ist sich selbst der Nächste" übersetzen? Es handelt sich um *Liebe*, um Nächstenliebe, die zu Haus beginnt: Charity begins at home.

T.'s Traum: Wieder daheim sein, Mitbürger sein.
Doosie, ich danke Dir.
Let's celebrate it.

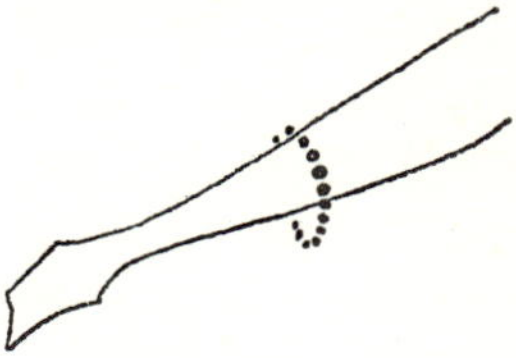

Schubert, "The Trout" Quintet,
Forellenquintett. Hephzibah
Menuhin and the Amadeus Quartet.
Electrola (His Master's Voice).

Und gleichzeitig ein kleines Gänseblümchen für Dich, a little daisy. Mal sehen, ob Du's einigermaßen verstehst, eventuell mit Hilfe des guten, soeben beschimpften Langenscheidt (ich meine sein im Grunde, 'after all', ausgezeichnetes Taschenwörterbuch). Aber bitte versprich mir, nicht traurig zu sein, wenn's zu schwer für Dich ist. Du kannst es Dir ja immer noch in ein paar Jahren angucken, wenn wir beide groß sind.

I mentioned the Amadeus Quartet. You may have heard them playing. If you have, I'm sure you love them as I do. Most people think it's an "English" string quartet. In a sense it is because its members live in London. But three of these four musicians are former German or Austrian Hitler refugees – Jews who in the thirties emigrated to England. At the outbreak of the last war they were interned there, like all other Germans and Austrians. It was in the internee camp that they got to know one another. They played together in the camp, sharing their music with their fellow German internees (charity begins at home), and since the end of the war they have been sharing it with the whole world.

1. a) ich bin absolut sicher, daß ... I am ·positive· that ... b) Bonn ist ein "glorifiziertes" Dorf, ein aufgedonnertes, hochgejubeltes – ·glorified·, unglaublich schwer zu übersetzen, echtes Insider-Englisch. c) "This is a difficult business" – it *is* difficult, denn wie hast Du "business" übersetzt? Mit "Geschäft"? Meinetwegen, ·by all means·, aber bitte tu's nicht immer. Zu meiner Zeit tat man das leider stets, weil die Engländer damals für die Deutschen etwa das waren, was heute – ebenso zu Unrecht – die Amerikaner für sie sind: krasse Materialisten, Geschäftemacher. To come to the point: "Business" ist *nicht* "Geschäftemacherei", sondern so gut wie alles: Angelegenheit, Sache, Leben überhaupt – und dann und wann Geschäft. "Business as usual" – Churchill's famous words after the outbreak of World War I did not ·refer to· pounds and pennies, bezogen sich nicht auf solche Dinge, but they ·referred to· the business – repeat *business* – of life ... Warum dieser ganze Vortrag, why am I ·lecturing·? I want you to get the ·right feel· of the words you KNOW, and to use them more often than you do. You've heard them a hundred times. They are easy. They say so much. Remember them. They are faithful friends.

2. I forget. (Your "I have forgotten".) At your expense; I can put you up.

3. sich vor etwas drücken – dodge something, *doddsch*; jemanden herumkommandieren – order someone about; sich entspannen, ausspannen, sich's bequem machen, mal alle Sorgen vergessen, mal die Beine von sich strecken und überhaupt: mal nicht so schrecklich (deutsch-)intensiv sein – halb England liegt in diesem einen Wort beschlossen: ··relax··, *riläcks*. Doosie, wenn ich Dir wieder einmal zu intensiv bin, zu 1929-deutsch, oder wie jetzt kein Ende finden kann, please warn me, simply say:

“Relax, Werner.”

Weiter – immer noch Frage 3 – wieder so ein Allwort: laufend, gegenwärtig, aktuell, allgemein bekannt – “current” ist ein ebenso häufiges wie schwer zu übersetzendes Wort. Ferner liefen: unersättlich, geschieden, sowie Schwelle, Notfall, Hauptsache (Quintessenz, Kern der Sache: *dschisst*). – Was heißt übrigens “Substantiv”, “Hauptwort”? Es kam in dieser Frage in Klammern vor, im Plural, mit Prominenzpünktchen sogar. Na, ich sag's Dir: ·noun·, *naun*.

Und wie würdest Du “aktuell” übersetzen? Darüber zerbrechen sich nämlich viele Deutsche immer wieder den Kopf. Daß es nicht “actual” ist, weißt Du schon. Oft hilft ein Wort, über das Du hoffentlich nicht hinweggelesen hast. See above, No. 3, kurz nach “Relax, Werner”.

4. for reasons of principle. Oft genügt: on principle.

5. As to that rare, medium or well-done rumpsteak, so weiß ich die korrekte Übersetzung nur insoweit, daß diese drei englischen Bezeichnungen von “sehr leicht gebraten” bis zu “gut durchgebraten” gehen. Vielleicht kennst Du die deutschen Fachausdrücke, die Leute hier im Hotel Kaiserhof kann ich nicht mehr fragen, die sind alle schon lange ins Bett gegangen.

Zum Schluß noch eine kleine Seelenrepetition: Was heißt *Liebe* auf englisch? Wenn man wieder zu Hause ist und so etwas wie ein Mitbürger sein darf?

“Nun aber bleibt Glaube, Hoffnung, ...”

> And now abideth faith, hope, charity, these three; but the greatest of these is charity.

Wenn Dir das zu pathetisch klingt, dann zeige ich Dir als Gegengewicht, zur Ernüchterung, als kalte Dusche – mein Gott, wie schwer ist dieses herrliche englische Wort zu übersetzen ...

If this sounds too pompous to you, I'll show you, as an ··anticlimax··, *äntiklai-* usw., Betonung auf *klai* – I'll show you as an anticlimax one of those ghastly-*gaaastli* taped letters I received again this morning.

How on earth can one tape after *licking*? It's an anticlimax, Doosie. I want you to lick, I want you to learn ··anticlimax··, and, fossil or no fossil, I want you.

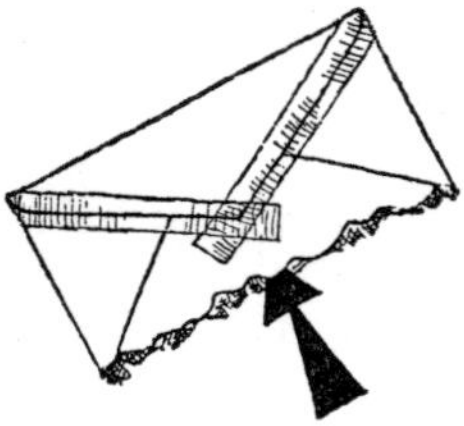

I have to open those damned taped envelopes at the bottom. If you find this indecent, I'll try to do it sideways.

Imagination

Dear Doosie,
That taped envelope I showed you just now contained a letter which may be useful to you. It is from my Vienna Doosie, the One and Only One who couldn't come to Bonn. (Buchgemeinschaft Donauland.) As you will see, her letter is to celebrate an anniversary, Jahrestag. In a P.S. she writes this:

"Wenn Du mir mein Englisch korrigieren willst, Schatzerl, dann darfst Du das gleichzeitig für Deine 'Doosie' tun, ich meine gedruckt. Ich habe nichts dagegen. Verarsche mich nur, ich hab das gern."

I like that last sentence. Her name is Bernadette, 27. Dark, chunky-chumpy, sehr handlich – something between "handy" and "handsome" –, full of hormones. That's at least what her snapshots show, for we haven't met yet. Und sie "verarschen" wäre etwa auf englisch: ·send her up·.

Here is her letter. My comments are in ·brackets· (for pedants: in parentheses), d.h. Klammern. Wenn in den Klammern kursiv oder *schief wie hier* gedruckt – when printed in italics –, dann handelt es sich um wirkliche Fehler. Wenn in gewöhnlicher Schrift – when in roman –, dann sind es nur Verschönerungsvorschläge von Dingen, die an sich nicht falsch sind ("not wrong, but just revolting", as my friend Trevor Osborne would say). – Außerdem noch ein paar Fußnoten, footnotes, über Allgemeineres. Die kleinen Ziffern[1,2] verweisen auf sie, Du findest sie hinter dem Brief, kannst sie Dir später angucken.

Also los:

Geliebter!
Yes, you are, but hitherto only on paper (but so far on paper only). This is an awful pity, jammerschade. I wished (wish) we could meet in Reality. (Gut, das große R!) Wir kennen uns nun schon eine kleine Ewigkeit, we have met exactly one year ago.[1] It was in my bed – that night when I opened the book written by a complete unknown (complete *stranger*) who after a few hours became my dearest lover. (Besser weg mit "dearest".) So today is our first birthday (anniversary), and this letter shall be (is meant to be) a little birthday present. If you like it? ("Ob es Dir gefällt?" Hardly. *I hope* you'll like it, *I wonder* whether you'll . . ., *I'd be SO happy* if you'd . . . oder ähnlicher Schmus.)

Since that night we have dreamt together (we have *been dreaming* together). "IMAGINATION" how you (*as* you) call it in your book, die Macht der Phantasie! You are allways (*always*) in my dreams, you are so deep and big inside me. (Tja, Bernadette darling, wie Du meinst. Ich würde vielleicht sagen "you are always in my thoughts", aber das klingt nicht so lebendig.)

You know how very near you are to me (near: *close*). You teached (*taught*) me the greatest of all things:

IMAGINATION

Darling, you are my all. (You are *everything* to me, Bernadette, you are my *universe*, darling.) From your answers I know,[2] that you feel like me (feel *the same way*, but I "feel like" hugging you, honey). I am sure,[2] that we shall never go out of one another ("auseinandergehen" – I love you for that! *part*, we shall never *part*) and that for the whole time of my life (that *all my life*) I shall never be alone,[2] when I seem to be alone. What is the wonder (miracle) that makes us feel so sure? I know the answer: It is common love (*mutual* love) – es ist Liebe, Ehrlichkeit und Vertrauen. I know,[2] that it is this Great Love,[2] which we will continue to divide. (Well, darling, teilen – here: *share*). I felt it all,[2] when getting (when I got) your first letter. When reading it I knew (I realized) that you[3] – and you[3] alone – was (*were*) the man I have (I had) been wanting all my life. (Sehr schön, "all my life", aber warum nicht schon vorher? Da hieß es grundfalsch "for the whole time of my ..." etc.)

Seitdem habe ich Dir fast jeden Tag geschrieben, and you[3] answered almost every three or four months. Geliebter, I don't accuse you (I don't blame you.) I waited patiently on (*for*) your[3] letters, while (*because*?) I know you are very occupied (busy).

And now today for our 366th night my darling your darling for once (??)[4] has a big surprise for you. I am sure you will never guess it (guess what it is). It's even more than "Imagination". It is this:

I love you.

Du, Darling, dodoyou lovilovi your little Dododoosiemouse a litty litty bitty?[5]

Your one and only,
Doosie-Mäuschen.

My darling Doosie-Mäuschen,
Of course I love you, and here are the footnotes.

1. *We have met*
"We have met" ist vollkommen richtig. "We have met exactly one year ago" ist falsch, das "have" muß weg. Warum? Sehr häufiger deutscher Fehler, denn im Deutschen kann man etwas zu einem ganz bestimmten Zeitpunkt, zum Beispiel genau vor einem Jahr, getan *haben,* während man's im Englischen zu diesem Zeitpunkt eben ... *did.*

Do you see the point? I *have* tried to explain it to you. I *tried* to explain it to you a minute ago.

2. *"I know, that you feel ..."*
KOMMA WEG! Englisch hat keine *statische* ("mechanische") Interpunktion wie Deutsch – etwa vor Nebensätzen, die mit "daß", "weil", "welcher" usw. beginnen –, sondern eine *dynamische* Interpunktion, die sich nach den Perioden des Satzes richtet und je nach Klarheitsbedürfnis und persönlichem Geschmack "dicht" oder "licht" sein kann – 'close' or 'open' punctuation. Clearly, this sentence, for instance, is an illustration, or just a small example, of *close* punctuation. And clearly this sentence, for instance, is an illustration or just a small example of *open* punctuation. Personally, I prefer, as you may have noticed, close punctuation which, in my opinion, looks a bit more organized and is, perhaps, a little clearer ...

Hoffentlich ist es Dir bewußt, daß ich hier ein Gebiet, über das ganze Bibliotheken geschrieben worden sind, geradezu kriminell vereinfache. But something is better than nothing or, as people say, 'every little helps'.

NOCHMAL, und *noch* einfacher: Komma weg vor "that" (daß), "because", "who" usw., denn schon das *Wortbild* dieser kleinen, meistens einen Nebensatz einleitenden Trennungswörter wirkt auf den Engländer wie ein Satzzeichen: It is felt *that* the sentence *which* is printed here should be clear *because* it is 'self-explanatory' ... "sich selbst erklärend", selbstverständlich.

3. *Autsch!*
Jetzt merke ich erst, was Du da die ganze Zeit lang anstellst, und Du selber hast's vermutlich nun schon jahrelang nicht gemerkt. Mein Gott, Dein Brief wimmelt ja davon:

Yoū yoū yoūr yoū yoū ūs

Doosie, ich spreche mit *Dir*, das Bernadette-Mäuschen darf gern zuhören. Du bist nämlich aller Wahrscheinlichkeit nach *auch* ein solches ū-Strich-Mäuschen, sieh mal nach, Du weißt es vermutlich selber nicht. Und rede Dich nicht damit heraus, daß Du's Dir wegen Deiner deutschen Briefe nicht abgewöhnen kannst. Du kannst ein deutsches "Du" sehr gut ohne Deinen Maūsestrich schreiben, und bei "you" *mußt* Du's halt bleiben lassen, wie bei jedem englischen *u* überhaupt.

"Zu undeutlich", sagst Du? "Bei meiu(n)er Klan(u)e!"

Answer: A writer should never forget that his reader is intelligent.

"..."

Frechheit, Doosie. Ich vergesse das *nie*.

"..."

Blödsinn. Ich behandele Dich keineswegs – I certainly don't treat you like an idiot.

"..."

RUHE jetzt endlich, 'shut up', *please*, darling.

4. *Komma rein!*

"And now today for our 366th night my darling your darling for once has ..."

Aus Nr. 2, oben, folgt etwa:

"And now, today, for our 366th night, my darling, your darling for once has a big surprise for you."

Some people think that "open puctuation" means no punctuation at all ...

– which reminds me of other people, mostly schoolmasters, who tell you that "in English" you should write *short* sentences.

Nonsense. You should write short sentences if you can't write long ones. Really, these people make me mad.

"..."

What?

"Relax, Werner."

5. *a litty litty bitty*

Doosie, let's forget about Bernadette for a moment and let me ask you a question.

Meinst Du, daß es heutzutage noch so etwas gibt oder hat das nur in Österreich überlebt, und dort möglicherweise nur beim Bernadette-Mäuschen? Ich hab's schon so oft von ihr am Telefon gehört. Ich weiß nicht, wie das auf deutsch heißt. Jedenfalls kann es unmöglich ein englisches Wort dafür geben, da dort das Phänomen als solches unbekannt ist, bis auf "baby talk", aber dann eben nur mit Babys bis zu ca. 12 kg.

Zu meiner Zeit war Babytalk unter Verliebten gang und gäbe, ganz wie in Tucholskys "Rheinsberg" – aus der Erinnerung aufs Geratewohl zitiert:

"Wölfchen?"

"Claire?"

"Wölfchen, erlaubs dus mirs, daß ich mals ins Wasser spuckens tus?"

Doosie, dododarling, neverineveri dodo that in English's's! NEVER! Your lover, if English, would take you to a mental hospital, and the least you can expect there is electric shock treatment.

Aber bei mir darfst Du.

Ja ja, ich weiß, Du tust so etwas nicht, bei keinem, grundsätzlich nicht – on principle, as a matter of principle, for reasons of principle (wie gesagt: *nicht* "principally") – Du tust so etwas nicht als reife Frau.

Ich hab auch Bernadette das letzte Mal am Telefon gesagt, sie solle mit der Dalberei aufhören. Ich kann doch in meinem Alter nicht herumschnäbeln wie ein Neunzehnjähriger, wie damals.

Doosiedoo, spucks dochs bitte mals ins Wasser, bitte bitte, aufs deutsch's's, *jetzts*.

P.S.

1. "Das habe ich ihm gestern gesagt." "Das habe ich ihm hundertmal gesagt." Auf englisch bitte.
2. Please try to punctuate this sentence: "I want to tell you that I'll still love you when you're ninety even if I am dead by then."
3. Was heißt eigentlich a) "Phantasie" auf englisch, und wie könnte man – bitte raten – b) "Phantasterei" übersetzen?
4. Bitte "nahe" auf englisch, wenn es sich um nahe Freunde handelt, nahe Verwandte, oder wenn man überhaupt jemandem *nahe*steht.
5. Ich bin ein bißchen unverschämt zu Dir gewesen und hab "halt's Maul" gesagt. Auf englisch bitte.

In addition to her letter, the Bernadette-Mäuschen also sent a record which she said she loved.

That record-*réck(o)d*-Schallplatte is called "Träumereien". It's been produced by Telefunken, that ·evocative·, *ivóck-,* tausend Klemperer- und Bruno-Walter-Assoziationen heraufbeschwörende, ·evocative·, name from my golden twenties.

Doosie, I mention "Telefunken" for idealistic as well as commercial reasons. Reemtsma, the cigarette manufacturers whose evocative *Ernte 23* – 1923, golden twenties – I smoked from time to time in that Doosie book of mine, spontaneously sent me a gorgeous – don't try to pronounce that word – a gorgeous bunch of flowers plus two thousand Deutschmarks as an "author's fee". I like that.

On the other hand, I have heard nothing from Dr. Oetker (Dept. G-87a, Götterspeise) nor from the Nestlé Group whose Nescafé I introduced in Britain, at least according to the evidence produced in that book of mine. Much to my regret, I now find myself constrained to say that Jacob's instant coffee (Cronat) is a shade better.

May I also remind the Gillette Company of the complimentary mention made in the present book in connection with the International Frankfurt Book Fair. Also, I wish to repeat my recent recommendation of Langenscheidt's Pocket Dictionary. If there is commercial television, I don't see why there shouldn't be commercial belles-lettres. Besides, Berlin still owes me that penny.

She *loved* that Telefunken Träumereien, she wrote. The 'sleeve' – die Plattenhülle, oder wie sagt man? in allen meinen deutsch-englischen Wörterbüchern, nicht zuletzt in Langenscheidts Taschenwörterbuch, kommt "sleeve" nur als (Hemds)Ärmel bzw. (Rohrkopplungs)Muffe vor – well, the 'sleeve' of that record features (shows) a young, romantically long-haired man at a grand piano, Flüüügel, in candlelight-Kerzenlicht. He looks lonely, very much alone and einsam, while on the record itself his piano performance is accompanied, if discreetly, by a fifty-man soft-music orchestra.

Let me quote-zitieren five 'items' – *ait(e)ms*, Nummern – from that sleeve-Rohrkupplungsmuffe:

1. "Yesterday" (Lennon/McCartney). I told him yesterday. I *have* told him a hundred times.

2. "Ode to Joy" (Beethoven/Toussaint-Salesse). Jetzt weißt Du wenigstens, wie Schiller-Beethovens "An die Freude" auf englisch heißt. "I want to tell you ...": comma before "even" – that's all.

3. "Exodus" (Gold). This is the long and sad march of the Jews from the Bible to Mr Uris's book and eventually-*schließlich* right into Mr Gold's a) imagination and b) fantasy.

4. "Moon-River" (Mancini). Close. Very close indeed to:

5. "Mondscheinsonate" (L. v. Beethoven/Toussaint-Salesse). Shut up!

No, don't shut up. Please don't shut up, dear Mr Toussaint-Salesse, sweet Bernadette. Wir brauchen den Kutschkitsch (kurz für Kultur plus deutsch plus Kitsch), wir brauchen die Buchgemeinschaft-Mäuschen, die mit Telefunken-Träumereien (IMAGINATION) auf Höheres hinauswollen, diese rührenden Bildungskleinbürger, die gibt's in keinem andern Land. Was wären wir deutschen Schriftsteller ohne sie? Just ask my colleague Siegfried Lenz or try to translate *Kulturbeutel*.

Von Dir alleine kann ich nicht leben, Geliebte. Die Kutschkitsch-Mäuschen sind unsere Brötchengeber, unsere kleinen silberpapiernen Schutzengel, our little (tinfoil) guardian angels. Ohne sie keine – ich hab sie mir heute gekauft, auch einen Mini-Plattenspieler noch dazu, gib mir mal Deinen Arm:

The Magic Flute.
Yes, Doosie, I bought ·the lot·
(the whole thing). It can't be
long enough.
Berliner Philharmoniker: Karl Böhm.
(Deutsche Grammophon.)

Sonnet LIII

Dear Doosie,
die ersten Schneeflocken draußen, wo doch eben noch die Sonne durch die Fenster schien, durch die Tüllgardinen dieses Frühstückszimmers im Hotel Kaiserhof (Hitlers Bett). Langsam, schüchtern fast, fallen die großen weißen Flocken auf Gütersloher Dächer. So langsam, als wüßten sie. As if they knew.

"Where you saw your first snowflakes, there you belong." Ich glaube, ich las das einmal bei Walter Scott. In seinem Schottland gibt's ja auch Schnee, da war er zu Haus, he ˙belonged˙ there.

Wie war das noch mit diesem griechischen Chemiker? Sein Name ist mir entfallen (˙I forget˙, remember?), vielleicht war's sogar der Mann, der vor ein paar Jahren den Nobelpreis erhielt, vielleicht auch ein anderer. Warte mal, ich erzähl's Dir übungshalber auf englisch, wenn ich mit vollem Brötchenmund sprechen darf.

In New York – that Greek was a university professor there – the doctors found that he had ˙cancer˙, Krebs, and that he had at best two or three months to live.

"So there is no hope?" asked the Greek.

"I am afraid there isn't", said the doctor. "But perhaps you may live a few months longer if you return to your country."

"You mean *Greece*?" The chemist shook his head. "My dear doctor, that's the worst country I know – corruption everywhere, and backwardness, and poverty, and dirt."

"Has that always been so?" asked the doctor.

"Of course."

"When you were a child as well?"

"Of course", repeated the chemist. "It's a rotten country – that's what it has always been."

"All right", said the doctor. "Just return to that rotten country of yours. Go back to the place where you grew up. Eat your childhood food, breathe your childhood air, and walk the streets in which you played. Who knows, you may even live to see next spring."

The chemist returned to Greece, to the little Aegean-*idschí(e)n*-Aegean island where he was born. That was twenty years ago. He is still living there and keeps cursing Greece, verflucht sein Land noch immer – rightly, perhaps.

So much for a ·rotten· country (faul, beschissen). Germany may be just as rotten, aber für gewisse Brötchenwagen-Leiden sind Schneeflocken offenbar gerade die richtige Kur. Cornflakes for babys, snowflakes for me.

Gestern entdeckte ich in einem kleinen, abseits gelegenen und vereinsamt wirkenden Tante-Emma-Laden etwas, dessen Existenz ich seit meiner Kindheit völlig vergessen hatte. Ich liebte es, vielleicht Du auch. Immer wieder wollte ich es haben, immer wieder enttäuschte es mich etwas, es schmeckte eigentlich nach gar nichts, aber immer wieder bettelte ich bei Mutter darum. Ich liebte es eben.

"Ja", sagte die alte Tante in dem Laden und hinkte zur Waage, "ja, es heißt immer noch so."

Russisches Brot. In case you don't know: this "bread" consists of brownish, mysteriously sugar-varnished (ja, geheimnisvoll zuckerpolierten) – mysteriously sugar-*schúgg(e)*-varnished biscuit-*bísskit*-letters, the whole alphabet.

I bought one pound – ja, Doosie, *ein Pfund*, ich war

wohl verrückt geworden, verrückt nach diesen Buchstaben wenigstens. Auf der Bettkante – that bed in which Hitler may have slept – verschlang ich sie mit einem Heißhunger, den ich mir nicht erklären konnte, auch enttäuschten sie mich eigentlich nicht mehr. I couldn't stop eating, and suddenly I started to cry.

Doosie, nochmals: "cry" ist selten "schreien". Es ist fast immer: weinen.

Ich weiß nicht, warum. Vielleicht war es der kleine, rührend altmodische Tante-Emma-Laden, in dem ich meine Buchstaben erstanden hatte – gab es sie wirklich noch? Oder waren sie seit meiner Zeit als Ladenhüter liegengeblieben? Nein, das konnte nicht sein, es gab ja eine Trümmerphase und eine Hungersnot – weinte ich deshalb?

Vielleicht waren es auch die Buchstaben selber. Sie haben ja im Grunde ganz dieselben Formen, in denen ich Dir schreiben darf.

Vielleicht war es auch das Gesicht meines Vaters, der bis 1933 schreiben durfte. Vielleicht auch jener Druckkasten mit den Gummibuchstaben, den ich von einem seiner Freunde bekam. I think I told you. I got that printing set on my seventh birthday, from Kurt T—— ach so, jetzt weiß ich.

I know now. I know why I cried. Something had happened before I bought that pound of letters.

Doosie, es ist eine ziemlich pathetische Geschichte, so etwas ist gefährlich. Ich schreibe sie Dir jedenfalls erst einmal auf. Lies Dir's bitte durch und sag mir dann, ob ich's nicht lieber wegstreichen sollte.

The story is this. Yesterday I had to leave my hotel room for a few hours because water started coming through the ceiling, *ssí—ling*, Zimmerdecke, and plumbers-*plámm(e)s*-Klempner – nein, Deine Aussprache klappt noch nicht ganz: plumbers, *plámm(e)s* –

came to repair the pipes. ("pipes" kannst Du wohl raten.)

To be on the safe side, I took my books out of the room, including T.'s manuscript. Bepackt wie ich war, muß ich den Papierumschlag seiner Manuskriptmappe etwas eingerissen haben, er war wohl auch etwas naß geworden. Jedenfalls fiel etwas heraus, was offenbar unter diesen Umschlag gesteckt worden war.

Es war ein kleiner DIN-A6-Zettel, wie ihn Firmen für kurze interne Meldungen haben. In English I would call it a note or, more precisely, a sheet from a memo pad, ·memo·, *mémmou,* being short for "memorandum", and ·pad· meaning *Block*. Wie üblich stand auf diesem Zettel ein Firmenname, in diesem Fall ein recht bekannter Name. It is the name of Sweden's, and Scandinavia's, biggest publishing and newspaper group with a ·staff·, Belegschaft, of nearly ten thousand people. T. was employed there as a proofreader, Korrektor, and at the age of sixty he was fired (dismissed, discharged, given the sack, eben: gefeuert) because he had dared, gewagt, to correct the spelling, Rechtschreibung, of a Swedish professor who had written a book in German (about Berlin in the twenties).

Der Zettel ist maschinengeschrieben, typed, und an der rechten Seite stark beschädigt, als habe ihn sein Autor aus Unmut zuerst zerreißen wollen. Bevor ich Dir den Zettel zeige, laß mich zwei Dinge sagen.

First, Doosie, do not take those words on that note as a sign of megalomania, *-meinj(e),* Größenwahn. The sufferings and joys of the smallest of artists are exactly like those of the greatest – as long as that smallest of artists is an *artist*, ein Künstler.

Second, Doosie, I am ·positive· (hatten wir schon einmal: I am absolutely certain), that T., however small as a writer, however insignificant, unbedeutend, and however insufferably-unleidlich sentimental – still, I am positive that he *was* an artist.

He knew how small he was. Otherwise he would hardly have hidden that note under the paper cover – er hätte den Zettel sonst wohl kaum unter dem Umschlag versteckt.

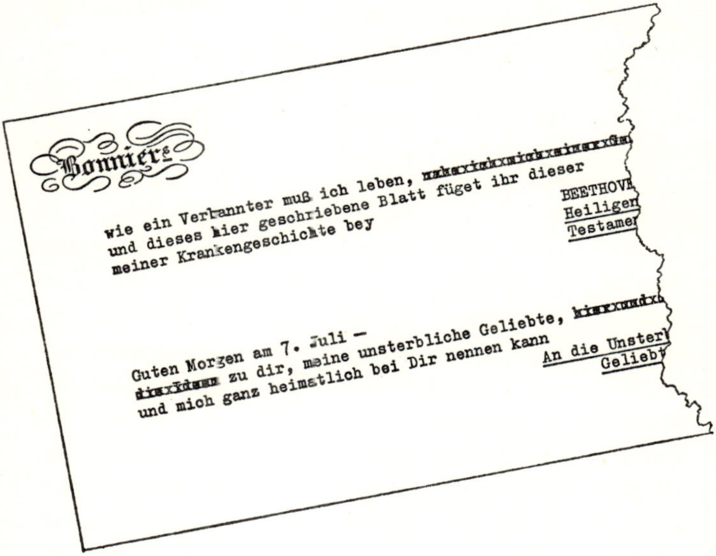
Bonniers

wie ein Verbannter muß ich leben,
und dieses hier geschriebene Blatt füget ihr dieser
meiner Krankengeschichte bey

BEETHOV
Heiligen
Testamen

Guten Morgen am 7. Juli –
zu dir, meine unsterbliche Geliebte,
und mich ganz heimatlich bei Dir nennen kann

An die Unster
Geliebt

Guten Morgen, Geliebte. Ich wünsche Dir einen guten, schriftstellerisch zweifelhaften, im übrigen aber ganz wunderbaren Gütersloher Schneeflockenmorgen.

Was "unsterbliche Geliebte" auf englisch heißt, fragst Du?

Verzeih, daß ich Dir eine Frage in den Mund lege, die Du nicht gestellt hast. Wir wissen es ja beide: Das kann man nicht übersetzen.

P.S.

In case you minded my getting too – – nein, geht nicht auf englisch. Nochmal von vorn: Falls ich Ihnen zu pathetisch wurde, revanchiere ich mich damit, daß Sie mir "pathetisch" auf englisch auf die nächste Zeile schreiben und außerdem laut aussprechen müssen.

....

Richtig! Quite correct, Doosie. As far as I can see you have written nothing on that line. This wasn't, of course, apathy on your part but intimate knowledge of the English language: Es war Dir bewußt, you were ·aware·, daß "pathetisch" schwer übersetzbar ist. Das englische Wort "pathetic" bedeutet etwa armselig, entweder einfach erbärmlich – e.g. a pathetic theatre performance – oder wirklich erbarmenswert, *rührend*: Charlie Chaplin, that ·underdog·, der arme Schlucker, is ·pathetic·. Hast Du einmal von seinem Brötchentanz im "Goldrausch" gehört? Vielleicht warst Du damals noch gar nicht geboren ...

You must see Chaplin's "Gold Rush" some time. I saw it when I was fifteen. In that film, Chaplin is a poor frustrated gold digger in the mountains of Alaska or Canada, living in a desolate hut somewhere in the eternal snow, remote from any other human being.

Just once, for a short while, he was among people. He was in the gold diggers' town, in a saloon, and there he met a beautiful girl for a few minutes. Would she see him in his hut on New Year's Eve, he asked her. The girl had laughed and nodded.

In the hut, on New Year's Eve, the table is laid and a candle is burning. He waits for her. She doesn't come, nor will she ever come. The candle burns down, he falls asleep at the table.

He dreams that she has come. He is facing her across the table; he is beside himself with joy; he wants to entertain her, to please her. He takes his fork and hers, his roll and hers, and he sticks a fork into each roll. The forks are now his little legs, the rolls are his big feet: they begin to dance on the table top, under that face with that nostalgic smile . . .

Pathetic.

Vielleicht kann man das deutsche "pathetisch" deshalb nicht übersetzen, weil die Engländer nicht pathetisch sind. The Germans are.

"Da sind Sie aber schön hinter Ihrer Zeit zurück, mein Lieber, hier ist keiner mehr pathetisch."

Doch, Doosie, doch. Ich kann's sogar beweisen – was man eigentlich nicht soll: Things that can be proved are usually wrong. Vorher aber erst unser Pensum.

1. Bitte ein alltägliches Wort für "weinen"; das englische "weep" ist etwas zu gehoben. Weiter bitte: "Ich bin mir klar darüber" oder "ich bin mir dessen bewußt". Nicht maulen, Doosie, schöner Insider-Ausdruck, hatte sogar Pünktchen. (Hast Du eben "ewig diese Pünktchen!" gesagt? Good. I'm glad you notice them.) Na schön, ich helfe Dir:

Ich bin mir bewußt, . . .". Erst einmal zurück zur einfachsten Grundbedeutung: *I know*. Gut, das würde zur Not reichen, wir sind gerettet und können einen Schritt weiter nach oben wagen: *I realize*. Sehr schön. Noch einen Schritt weiter nach oben bitte: *I am con- . . . conscient- . . .* NEIN! *con- . . . conscious*? JA! Jetzt bist Du ganz nahe dran, "heiß, heiß", ·you're burning· – nur noch ein kleiner Schritt, dann hast Du's: *I am . . . I am . . .* na was?

Keine Lust mehr? Ich kann Dir das nachfühlen, I sympathize, schließlich ist Müdigkeit keine Sünde, das ist mir schon bewußt, *I'm ·aware· of it*.

2. Versuche bitte, per "Fremdwortmethode" ein Wort zu finden, das trotz allem irgendwie und ungefähr dem deutschen "pathetisch" entspricht, und zwar a) neutral, b) abwertend. Bitte aber nicht das an sich durchaus in Frage kommende "sentimental", denn das kann jeder.

3. Langweilige Vokabelpaukerei, sorry, aber so etwas muß *auch* sein: Schneeflocken, (Zimmer-)Decke, Rohre, Klempner – das b in diesem Wort bleibt bei der Aussprache stumm.

4. Vokabelpaukerei, Forts.: Schreibblock, (Papier-) Blatt, Rechtschreibung – letztere bitte ohne eine an sich akzeptable Notlösung per Fremdwortmethode, ich meine ohne "orthography". Weiter: Wie nennst Du auf deutsch ein kürzeres oder längeres Schriftstück, das Du in Deinem Büro an eine andere Abteilung oder auch an Deinen Chef schickst? Mit fehlt das deutsche Wort. Gib mir das englische.

5. Vokabelpaukerei, Ende: Personal oder Belegschaft oder Mitarbeiterstab (fünf Buchstaben). Krebs (die Krankheit). "Dazugehören" – eben dieses warme Gefühl, zu Hause zu sein.

Um auf unser halb angeschnittenes Thema zurückzukommen, to ·revert· to the ·subject· we ·broached· (– "ewig diese Pünktchen!") – to revert to that subject: Doch, Doosie, ich finde schon, daß die Deutschen pathetisch sind, auch heute noch. Das Salbungsvolle ist wohl inzwischen meist verschwunden, aber der Kern, das "Leiden", griechisch "pathos", das ist geblieben.

The Germans cultivate their sufferings, *Leiden*. Among all my Doosies, there is hardly one who hasn't been working hard to develop *tragische Züge*, as if this were some kind of status symbol. They keep blaming their parents or their childhood or their husbands or, worst of all, *themselves* for all the terrible frustrations they are going through and all those enormous problems-*próbblms*. Probléh—me, die sie haben. Deshalb vielleicht auch meine Anziehungskraft auf sie: I have the German sex appeal, ich habe (oder hatte) Probléh—me.

People don't have that sort of thing in England. They are what they are in a world which is as it is, and they blame nobody. So whenever a German comes along telling them how dreadful his or her father or mother or uncle Oedipus has been to them, they would just say: "I'll make you a nice warm cup of tea, dear."

Aber das mit dem Tee werde ich nie zu Dir sagen, und bitte sag's mir auch nicht. Laß uns deutsch sein, laß uns leiden.

Ach, Doosie, laß uns weinen, *cry*. Weine, o Glücklicher, solange …

The rest is in mirror writing.

1. cry; I'm aware of it.
2. emotional; melodramatic.
3. snowflakes, ceiling, pipes, plumber.
4. pad; sheet, spelling, memo.
5. staff, cancer; to belong.

P.P.S.

Übrigens ist mir jetzt doch noch eine Übersetzung für "unsterbliche Geliebte" eingefallen, wenn auch keine wortwörtliche, sondern auf zwei ganzen Zeilen. Here is the beginning of Shakespeare's Sonnet LIII:

> What is your substance, whereof are you made,
> That millions of strange shadows on you tend?
>
> Was ist Dein Wesen, was gibt Dir Gestalt,
> Daß tausend ferne Schatten Dich umspielen?

Ganze Bibliotheken sind über die Frage geschrieben worden, wer die Geliebte dieser 154 Sonette war. Most modern scholars, *sköll-*, Gelehrte, consider the sonnets, *sónnits*, to be inspired by homosexual love, their addressee being the mysterious "Mr. W. H." to whom Shakespeare dedicated them.

I don't quite understand what these scholars are discussing. Could Shakespeare have been more ˙explicit˙, *ixplíssit*, deutlich, ausdrücklich, unmißverständlich, sonnenklar auch für den blödesten Idioten, die dümmste Kuh, den gröbsten Esel – I say: could Shakespeare have been more explicit than in Sonnet LIII, lines one and two? And would a poet like Shakespeare ever say "you" if he didn't *mean* you?

He meant you, and I am plagiarizing him. Nur muß ich andere Anfangsbuchstaben für Dich finden – if I chose "W. H." people would notice the plagiarism – und deshalb kriegst Du meinen letzten Rest russisches Brot. Leider nur zwei Konsonanten, mit denen ich nichts anderes anzufangen weiß, schmecken aber ebensogut wie alle andern. Friß sie auf, Geliebte.

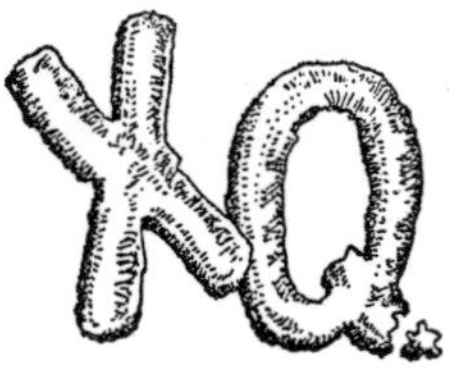

Enter D.

Dear Doosie,

"Enter" is correct, there is no "-s" for the third person in dramatic contexts. "Enter Ophelia" (in Hamlet), auf deutsch: tritt auf.

Enter D. The context is dramatic: The "D", pronounced *die*, stands for *the* Doosie, i.e., *ai i*, for the One and Only One, *ai i* for you. This, then, is the story of how we met. It happened yesterday and lasted no longer than a few minutes.

If you are not quite sure about the place and time of our brief encounter, kurze Begegnung, here are a few points to ˙refresh your memory˙, um Dein Gedächtnis aufzufrischen.

Nimm an, Du wärest wirklich meiner Meinung, suppose you *do* agree with me, daß ein gemeinsames Frühstück (Brötchen) an einem sonnigen, zukunftsfrohen Morgen, on a sunny morning as promising as Spring (although we are in December) – daß dies das Höchste der Gefühle ist: that this is the height of ˙bliss˙. Nimm bitte weiter an – suppose further, please, that this bliss can only be felt by people who have gone through quite a few sad years. (Probléh—me.) Suppose we have.

Supposing all this, dann wäre es doch wohl nicht zuviel verlangt, it wouldn't be asking too much, daß wir uns just an einem solchen Frühstücksmorgen trafen und uns für die wenigen Minuten, die wir einander sahen, auch den uns angenehmsten Ort aussuchen durften.

Make up your mind, Doosie. Which place did you choose for yesterday's encounter? Here are a few suggestions. Please ·tick off· (mark) the one you chose, i.e. the one you like best for a brief encounter of that kind (again: at breakfast time, no longer than a few minutes, and on a clear and sunny winter morning somewhere in Germany – for this is exactly how it was).

– At your place.

– At my place. (You may choose any hotel, as long as it is cheap.)

– On your way to your office, ·if any· (sofern vorhanden).

– On your way to school when you were about twelve.

– In a concert. (If there is one in the morning.)

– In a dream. (Also in the morning.)

– In your bathtub, Badewanne.

– In a mansion, Herrenhaus, by a lake, with light clouds in the sky and massive oaks below. (Remember Mathilde Brandenburgk's *Spätherbstsonate*? But also remember, please, that I am not the owner of that mansion and that we met for a few minutes only, outside, in December.)

– In a warm, cosy, comfortable – sorry, this looks like a ·leading question· – again: in a warm, cosy, comfortable dining car, Speisewagen (at breakfast time, on a sunny winter morning) – in such a *wagon-restaurant* bearing you, on the first day of your holidays, *Urlaub,* across Germany towards the place you have been dreaming of.

In fact, Doosie, that's where we met, in that *Speisewagen,* yesterday at 9.45 a.m.

Ich muß Dir hier ein Geständnis machen. Nennen wir es das Glaubensbekenntnis eines Kindskopfes, the Creed of the Fool. This creed is a childish dream, quite bourgeois and rather self-indulgent (verwöhnt; "spoilt" kannst Du wohl schon). But it is a dream which that

Kindskopf has never given up, *never*, not even in a death cell during the Spanish Civil War nor in that Valencia garage of which I told you. Nor in the Waste Land of exile.

Ich träumte diesen Traum auch dann, als ich Deutschland verlassen mußte. Es war ein strahlender Frühlingsmorgen, und mein Geld reichte noch, ein letztes Mal in den Speisewagen zu gehen. Der Zug raste der deutschen Grenze entgegen. Ich war nirgends und überall: Europa, Mitropa. Kindskopf, unverbesserlicher Bürger, Kaffeehausliterat, Asphaltahasver – nenne mich, wie Du willst: ich war glücklich. Es war der Speisewagentraum.

Das Zuckerpäckchen, das ich damals wie ein Stück Muttererde mitnahm, hat mich dann durch den Spanischen Bürgerkrieg und den Weltkrieg hindurch begleitet, täglich, meist in der rechten Jackentasche, bis es sich in den Nähten zerkrümelte.

Und nun gestern. Vielleicht weißt Du's, vielleicht auch nicht. Ich saß – in Fahrtrichtung gesehen – auf der rechten Seite, die Neue Zürcher Zeitung lag neben mir (Bürger! Bürger!), ich selber war – vielleicht entsinnst Du Dich – der dunkle, schon etwas ergraute Mann, ziemlich dünn, mit dem komischen Kindskopfblick, und vor mir stand ein fast leerer Brötchenkorb und eine große Kaffeekanne (Doppelportion). Wie glücklich ich war, das konnte man mir wahrscheinlich nicht ansehen. If you are really happy you look a little sad.

Speisewagen, das ist:
Wie früher auf Vaters und Mutters Schienen
und später mit Tonio Kröger und Lotte in Weimar
ein Bürger sein,
"privilegiert", "parasitär" getragen werden
vom Netz der Kommunikationen,

näher und näher zu einer gerundeten Hand,
die in der Morgensonne
in Konstanz, Basel, Montagnola
Wasser auf alte Brötchen streicht
im Backofen,
damit sie knusprig werden, die Brötchen, *crisp*
(Doosie: kennst Du den Trick?)
so knusprig und neugebacken
in Konstanz, Basel und Montagnola
wie dieser Tag.

Als Du eintratest – die Glastür des Speisewagens blitzte in der Morgensonne auf – war ich gerade dabei, die Lettern "DSG" des Menüs, auf dem ich meine Verse geschrieben hatte, kunstvoll strichelnd auszufüllen, insbesondere das ausfüllfreundliche "D". In other words, I was ·doodling· – to doodle, *du—dl,* "Männchen malen", "kritzeln", ach laß uns doch bitte auch auf deutsch "dudeln" sagen, vor sich hin summen (mit dem Kuli), es gibt kein richtiges deutsches Wort für dieses freiberufliche, ·free-lance·, Künstlerschaffen der halben Menschheit.

There was no time to do much else than doodling. I knew that in a few minutes I had to change trains.

I noticed nothing in particular about you when you entered. I didn't even notice what kind of legs you had. Then you sat down at one of the tables opposite. You took a newspaper, opened it, and looked at me.

Wenn Du Dich daran erinnerst, brauche ich Dir diesen Augenblick nicht zu beschreiben – that moment when our eyes met. But if you don't remember, let me put it in two words: *Toujours vu.*

It was so much more than what psychologists call "déjà vu". Wir hatten uns in diesem Augenblick, in this very moment, ein ganzes Leben lang gesehen.

I called the waiter. I paid. And then I said to him in a voice loud enough for you to understand:

"Ich hatte hier eine Verabredung mit einer Dame, muß aber jetzt umsteigen. Ich gebe Ihnen auf jeden Fall meine Adresse, falls – –"

Our eyes met again.

Then I took the DSG menu – doodle, verses and all – and wrote my name on it, my address, and two words: Toujours vu.

Der Schienentakt des Zuges, das Hopp-Hopp über die Weichen, Dein Schritt zum Kellner hin, beschwingt, obwohl Du ganz still an Deinem Tisch sitzen bliebst und in die Zeitung blicktest –

Ich möchte Dir etwas vorschlagen:

Haydn, Symphonie Nr. 99.
Hat Dich einmal der Romexpreß in rasendem Tempo und dennoch bedächtig, andächtig fast, beim Frühstück am Vierwaldstätter See entlanggetragen? Und dann triumphierend zum Gotthardtunnel hinauf?

Ein Triumphzug, dieser erste Satz mit seinen drei Folgesätzen: eine Symphonie.

Then follows Haydn's No. 100, "Military" ("Militär-Symphonie", a pretty incongruous name.) The beginning is somewhat melancholic, as if slowly entering a dark tunnel – to become jubilant as light appears at the other end, and then the full sun of the south: Airolo. Ich liebe Dich.

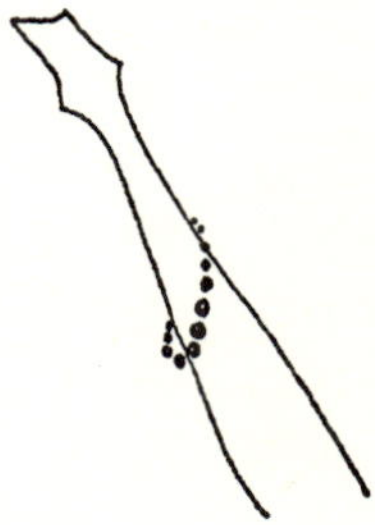

I gave the waiter an enormous tip – I gave him fifty marks, wir sind manchmal verrückt, Du und ich – and then I got up to leave. I passed your table. I had to stop there for a moment, I had a blackout. I felt like dying. I soon came to myself, and I left without looking at you.

You may or may not have picked up that menu, *ménnju*, from the waiter. You may or may not answer. That's ·up to you·, ist Deine Sache.

Strange. I have always felt that you should remain unknown. I still feel that way, and yet –

I am waiting for your answer.

The verb: doodle
The noun: doodle
(At point "a" you entered.)

P.S.

If you have never had breakfast in a dining car, Doosie, the case is perfectly clear: it wasn't you whom I saw.

Aber ich kann jede Summe wetten, I can bet any amount that before long (fairly soon) you'll see the ·very· face – ganz dasselbe Gesicht – the very face I saw in that dining car.

Doosie, das ist todernst gemeint, wenn auch technisch gesehen ein billiger Trick. Ein Kindskopftrick. A ·gimmick·, *gímmik* – ich glaube, in Deutschland nennt man das "Gag". (In English, a ·gag· is a cheap *joke*, a ·gimmick· is a cheap *trick*, and a ·gadget· is also a trick, but a *mechanical* one. Der deutsche "Gag" scheint das alles in einem zu sein. Oder?)

Anyway, my gimmick, however cheap, is infallible, unfehlbar, und eben deshalb ernst gemeint: Vermutlich wirst Du das Speisewagen-Gesicht in 4 Minuten 36 Sekunden sehen. Aber ich kann mich in der Zeit ein wenig irren.

Let's work.

1. Zunächst einmal bitte ich Dich in einem Zusammenhang, der uns beide betrifft, um zwei auf englisch besonders schön klingende Wörter: "Kurze Begegnung". Das war übrigens der Titel eines bezaubernden englischen Films aus den Vierzigerjahren, ich glaube, er hieß auf deutsch "Begegnung": A man and a woman, both married, meet in a suburban train, Vorortzug, and then in a station restaurant – for a few short rendezvous only, subdued (verhalten) and intense. That's all, but it is very much. The film is based on a play by Noël Coward (*Kau-*), and the principal actor was

Trevor Howard (*Hau-*). – Bitte also um "kurze Begegnung", Doosie.

2. "Das hängt von Dir ab" – ohne Dein an sich korrektes "that depends on you". Viel alltäglicher bitte.

3. Hier ganz anders übersetzt als vorher: a) Glückseligkeit. b) Angenommen, Sie haben ... c) Grüßen Sie Ihren Mann, falls Sie verheiratet sind. ("Love to your husband, ..." Die Punkte, zwei kurze Wörter, sind ebenso schwer wie nützlich.)

4. Vokabelpaukerei muß sein, Geliebte: Badewanne, Herrenhaus, Speisewagen, knusprig, umsteigen – und schließlich, ich übersetzte es nicht, umschrieb es nur mit ganzen fünfzig Mark: Trinkgeld.

5. "That ... face." Statt der Punkte bitte ein kurzes Wort, vier Buchstaben, die den Satz etwa so lauten lassen: "Genau dieses Gesicht" – ganz dasselbe, gerade dies, wirklich und leibhaftig *dieses*: that ... face – das Speisewagen-Gesicht.

1: Brief Encounter.
2: It's up to you.
3: a) bliss. b) Suppose you have . . . c)Love to your husband, if any.
4: bathtub, mansion, dining car, crisp, change (trains), tip.
5: Doosie, do you or dont't you see that *very face* in the mirror, NOW?

Sunrise and Sunset

Dear Doosie,
I am gradually – ·gradually· hatten wir schon: allmählich, schrittweise – I'm gradually getting used to the idea that I am pretty much where I have always been. Langsam gewöhne ich mich ein, bin schon ein paar Tage hier, in Berlin, allerdings ohne einen Brief von Dir. It was my Berlin address I had written on that menu which you may or may not have picked up. Würde mich ganz gerne gerade jetzt an einer Zeile von Dir festhalten.

Meine Vaterstadt scheint sich in diesen fünfzig Jahren völlig gleichgeblieben zu sein. Das mag daran liegen, daß auch ich mich inzwischen verändert habe, wohl in gleicher Richtung. This town is in exile, and I know what exile is. Die Mauer, die Wunden: It feels as if I had been born with them, diese Stadt hatte vorher kein Gesicht, erst jetzt mit den tiefen Wunden.

Toujours vu – alles fließt ineinander. Are those trees in the streets – sind diese Bäume dieselben, an denen ich mit meinem Dreirad vorbeifuhr? Sie waren damals so hoch wie jetzt, wohl auch etwa dreißig Jahre alt, sind keinen Tag älter geworden. The girls in the streets: So sahen sie aus, sind keinen Tag älter geworden.

What about my own age? I don't know. It's difficult to tell the sunset from the sunrise.

Wichtig, Doosie: to tell one thing (z. B. Sonnenuntergang) from another thing.

There are three reasons why I came here. To *änti*-anticipate the outcome, um das gleich vorwegzunehmen, it all ·came to nothing·, es wurde nichts daraus.

Der erste Grund war die Fürstin. She phoned a few weeks ago and said she was going to ·attend· (go to, take part in) a meeting of the Berlin chapter or *Zweig* of her Thursday Club. The meeting, she said, was scheduled-*schédjuld* (planned; the Americans say *sk-*) – the meeting was ·scheduled· for December, which is now. Would I, she asked, like to read from that "MCP book" of mine at the meeting, and would I send her Xerox copies of the manuscript? (Lichtpausen: Xerox copies, *zzi(e)rox*, wobei *zz* ein stimmhaft *s*ausendes "s" vorstellen soll.)

I sent the copies, and yesterday I got a letter from her, a long one.

"Dear Dr Lansburgh", the letter began.

"Dr" ohne Punkt, das ist schon richtig im Englischen. Aber ich habe etwas gegen diese Anrede, wenn jemand so gut Englisch kann wie die Fürstin. Das "Dr" ist kein gutes Zeichen. In good English, it's "Mr" if people like you.

> Dear Dr Lansburgh,
> I greatly enjoyed reading the portions of your book you sent me the other day. This is admirable work

– but, but ... wann kommt das *but*? Der ganze Anfang gefällt mir nicht. Wenn man schon "admirable" sagt, "bewundernswert" (Betonung: ádmirable), dann ist irgendein Haken dran, there's a ·snag· in it somewhere. Im übrigen hast Du wohl bisher alles verstanden, was sie schreibt, zum Beispiel "enjoy", genießen. Das Wichtigste aber ist ein Ausdruck, den Du ohne weiteres verstanden hast, auch dutzendmal gehört hast, vermutlich aber nie gebrauchst: "the other day", neulich, ganz wie das französische "l'autre jour". Bitte nicht nur verstehen, sondern auch BENUTZEN, und bitte nicht immer nur nach "Neuem" Ausschau halten. (Why is it so damned

difficult for us to practise the things we understand? Everybody is supposed to take the ·line of least resistance·, den Weg des geringsten Widerstandes, den bequemsten. Nobody does.)

> ... admirable work and I am sure many readers will appreciate it. But

– na endlich.

> ... But let me say right away that this is not quite the thing I had in mind for our Book Club.

– "not quite", auf deutsch: absolut nicht. Und "I had in mind", das hast Du nun *auch* schon hundertmal gehört, verstehst es auch perfekt, sagst aber selber dennoch unentwegt und treu bis in den Tod Dein "I thought ... I mean I have been thinking of ... about ... you know, yes, ja?"

> ... I had in mind for our Book Club. There are, I admit, quite a number of arguments and thoughts typical of the primitive male. However,

Wie Du siehst, kann man statt "but" auch "however" sagen, klingt aber bei Frauen oft ein bißchen altjüngferlich, also Vorsicht. (Bei Männern fällt Besserwisserei nicht weiter auf.) – "I admit" dürftest Du verstehen, wir hatten mehrmals schon "admittedly" (zugegeben). Beim Folgenden ist besonders das im Englischen sehr häufige ·approach· lernenswert, wörtlich "Annäherung", vielleicht am ehesten "Blickwinkel" oder "Einstellung". Dann brauchst Du vielleicht noch "wash up the dishes", abwaschen.

> ... typical of the primitive male. However, I *do* miss the direct approach. There is little or nothing showing the male chauvinist pig in *action*. Why

don't you let your Doosies wash up the dishes while you're watching television? Why don't you say: "Those bloody fucking cunts

– Doosie, die Fürstin gebraucht hier Wörter, die ich Dir herzlich gern übersetzen würde, aber mein Deutsch reicht noch nicht dafür aus, auch von meinen Doosies konnte ich in dieser Hinsicht kaum etwas lernen, von wegen Seele.

... Why don't you say: "Those bloody fucking cunts are good enough for sweeping the kitchen floor." You don't. Not once do you "lay" or "screw" a woman. Let me put it in plain English, my dear Dr Lansburgh: Not once does the reader see you "banging" her, "ramming it in", "splitting her with your tool", "letting her feel the prick", "fucking her to death", et cetera. I am sure all this is familiar to you. It *is* the language of a man like you, in fact of any man. Instead, you mention one or two perfunctory

– ··perfunctory··, schwer zu übersetzen, aber eine Perle. Oxford: "done as a duty or routine but without care or interest", auf deutsch wohl "pflichtschuldigst".

... one or two perfunctory copulations about which you tell us little or nothing, while boring us all the time with your sentimental, sickening and smarmy love effusions vis-à-vis that "Doosie" of yours. In addition,

Nix "in addition", mir reicht's jetzt, to hell with her, let her fuck off. Aber "effusions" kannst Du Dir merken, Ergüsse. Und ·smarmy·, *smá—mi,* ölig-glatt-arschleckerisch, ist ganz einfach ein Wort für Feinschmecker. Um Deinen Wortschatz weiter zu bereichern, bitte zu "smarmy" auch noch das ausdrucksvolle "nauseating", *no—* wie in "north", dazulernen – zum Übelwerden, zum Kotzen: ein Juwel.

I think I'll send that ·nauseating· T. manuscript back to her. Dämliche Gans. Alte Zicke.

Der zweite Grund für Berlin ist eine Doosie in Nürnberg, deren Schwager eine Schokoladenfabrik in Spandau hat. That brother-in-law, she told me, was going to launch, lancieren, a new chocolate variety: chocolates filled with raisins, Rosinen, which had been soaked, durchtränkt, in ·genuine· English Worcester-*Wußt(e)* sauce. (genuine, *dschénnjuin:* true, real, authentic.)

Diese Mischung sei köstlich (delicious), hatte die Nürnberger Doosie geschrieben, nur brauche ihr Schwager noch die Lizenz für einen ganz besonders schlagenden Namen: In view of *Mon Chéri*, *Merci*, *Ferrero Küßchen, After Eight,* et cetera, he intended to call his chocolates *Dear Doosie.* Daß mich das reizte, ist leicht einzusehen. Ich sah schon im Geiste, in my mind's eye, des nachts ein leuchtend buchstabiertes D–o–o–s–i–e den Berliner Funkturm hinauf- und hinunterklettern. The Berlin Funkturm was built in my days. I like it very much. Just imagine, Doosie: D–o–o–s–i–e up and down, down and up, after fifty-odd years, and for at least another fifty years to come, if the Berlin Funkturm is to remain the symbol of a free world.

Als ich mich zu dieser Schokoladenfabrik nach Spandau begab, hielt mein Taxi vor einem reizenden kleinen Lebensmittelladen. Der Besitzer, von seiner Frau als "Rudi" herbeigerufen, wußte gleich Bescheid:

"Ick braue manchmal so Zeuch zusammen, wissense, det macht mir Spaß, und dann schickt's meene Olle manchmal zu Verwandten – ja, 'ne Schwester in Nürnberg hat se ooch, die is aba son bißchen mesch–, na Sie wissen schon."

Netter Kerl, nice guy. I bought a big box of *Mon Chéri,* "mit der Piemontkirsche". The box was empty by the time I had returned to my hotel.*

I love *Mon Chéri.* Die gab es noch nicht zu meiner Zeit. Wie Sie sehen, Doosie, bin ich inzwischen über Schokoladenmaikäfer mit Pappbeinen hinausgewachsen. I am happy to say I am following a great literary tradition here: this book is what the Germans call an *Entwicklungsroman.*

The third reason for my going to Berlin was a job which seemed to be within reach, in Reichweite.

It shouldn't surprise you that I am still ·hankering after· a job, mich immer noch danach abzappele. I trust (I am confident, I am sure) – I ·trust· that you remember my exile syndrome, my mania for "openings". Arbeit ist nun einmal meine erogene Zone (*iró*-erogenous zone). Auch war's eine ideale Stellung: Halbtagsarbeit, a part-time job, as a teacher for foreigners. Es handelt sich um ein schwedisches Sprachinstitut in der Damaschkestraße, Berlin-Charlottenburg, in dem sprachbeflissenen Schweden in halbtägigen Intensivkursen Deutsch beizubringen ist. Da ich nun in der Tat "möglichst Berliner, möglichst auch mit schwedischem Hintergrund" war, wie es in der Anzeige stand, waren meine Chancen so groß, daß mir das Institut sogar die Reise nach Berlin bezahlte. Ich brannte auf diese Stellung in meiner Vaterstadt, I pinned all my hopes on it. Und Damaschkestraße! Da hatte Ruth gewohnt. "Zusammenarbeit mit einem netten Team junger deutscher

* Mon Chéri darling, may I draw the attention of your darling management to an earlier page: Bernadette-Mäuschen, P.S. after that "Geliebter!" letter of hers, Daisy-Gänseblümchen ·re· (*ri,* concerning) – re Reemtsma Ernte 23, author's fee, DM 2000, which will do even now, in spite of the inflation.

Lehrer" hatten sie geschrieben. Endlich in einer Gruppe! Vor lauter Euphorie hüpfte ich die Damaschkestraße entlang ("Ich und du, Müllers Kuh" sang ich, der Reim war plötzlich wieder da), bis zu Nummer 17.

However, the interview with the head of that Institute, a tall blond Swede, lasted only a few minutes. "I am afraid", said the Swede with his sweetest Swedish smile, "I am afraid we have already employed someone else."

Warum hatten sie mir dann die Reise bezahlt?

Ein kleiner kriegsverletzter Mann in der Anmeldung, mit dem ich mich vorher beim Warten auf das Interview etwas angefreundet hatte, klärte mich auf.

"Det konnte ick Ihnen gleech sajen, datt det schiefjeht, gleich als ick Se reinkommen sah."

"Weil ich zu alt bin?"

"Nee, desswejen nich."

It emerged, *imöödschd,* stellte sich heraus – it emerged that they had *not* employed another applicant, Bewerber. The reason why I wasn't given the job was this:

"Ick will Ihnen mal wat saan", sagte der Kriegsverletzte, "wenn ick jans ehrlich sein soll: Se sehn den Leuten hier nich *deutsch* jenuch aus. Das is's. Diese Schweden, die wolln echte Deutsche haben."

Lachen? Ich versuchte zu lachen, als ich dem Kriegsverletzten die Hand zum Abschied gab. Then, standing in the Damaschkestraße, I cried. I did not cry in 1933. I was younger then.

While tears rolled down my cheeks, I was engulfed by a feeling for which I sought a name. Hatred? Dismay? Gratitude? "Weine, o Glücklicher, ..." Weep, my friend, weep. You are allowed, for the first time after fifty years, to feel what you had felt then, in this very town, in a spirit not yet soiled by the débris of a million words and thoughts and stupors that came afterwards.

Jude. Der Bäckerladen gegenüber, Schultzes, nicht mehr unser Bäckerladen.

Later: slowly, insidiously creeping, those fifty years winding their slimy way through the débris of words. Then silence.

The blessing of tears. They had no tears left at Auschwitz.

Der übliche Prozeß setzte ein; the vacuum had to be filled: the exile, in the middle of Berlin, automatically released (set free) that other form of *Arbeitswut* called sex.

I had over forty Doosies in Berlin. I started reviewing them, one by one. Tonight – which of them?

One, 26, tall, mager fast, blond, herb, eine drahtig gespannte Lehmbruck-Harfe –

One, 17, childlike arms and breasts, aber nach unten hin immer voller und ernster, berauschend ernst –

One, 46, twice divorced, dark, fleshy, sensual –

Nein, ich ließ die Liste sein.

Es waren höchstens nur noch zehn Minuten zum Hotel. Ich bog um eine Ecke.

Landshuterstraße 15. Unverändert. Das Haus war merkwürdigerweise nicht weggebombt, very much in contrast to the house opposite in which Albert Einstein had lived. The trees, too, were quite unchanged – but again, these acacias may have been replanted thirty years ago. Ich blickte zur zweiten Etage hinauf, zu den neun Fenstern von links nach rechts. Ganz links der kleine Balkon vor meinem Zimmer mit winzig kleinen Tannenbäumchen eingesäumt, ganz wie damals. Im Sommer Petunien, im Winter Tannenbäumchen. Alles noch da oder wieder da. And I – still here or here again? It's difficult to tell the sunset from the sunrise.

Die Wohnung mußte jetzt parzelliert sein, divided up; vermutlich war mein Zimmer eine eigene Kleinwohnung, denn unten beim Eingang waren viele Knöpfe mit vielen Namen. Es war fast dunkel jetzt, die Namen waren erleuchtet. Which button, which name?

I waited until someone was about to enter the house.

"Ach entschuldigen Sie, in dem Zimmer dort oben mit dem Bäumchenbalkon, wissen Sie zufällig, wer da . . .?

She laughed. "Ja, ich weiß zufällig. Das bin ich."

Doosie, have you ever seen a beautiful woman in jeans? A very beautiful one, I mean. Please think of the most beautiful woman you have ever seen in jeans. It was that woman.

Nun will ich erst einmal nach der Post sehen, vielleicht ist endlich etwas von Dir da. Dann schlage ich ein kurzes PS vor, und dann kommst Du mit mir auf mein Zimmer, ich meine das mit dem Tannenbalkon, zusammen mit Jutta, so hieß sie nämlich. Ist Dir das recht?

Let's have a quick one. Mir ist mehr nach Landshuterstraße 15 als nach Englisch-Übungen.

1. Bitte auf englisch: neulich (vor ein paar Tagen).

2. Bitte auf deutsch: attend (e.g.a meeting); emerge; his ·approach·.

3. Bitte auf englisch: Der Weg des geringsten Widerstandes. Weiter: Die Sache hat einen Haken. ("Die Sache": Sag einfach "it".)

4. Bitte auf deutsch: to hanker after something; to launch; to schedule; smarmy; re (ja doch! kam in einer Fußnote vor, ausgesprochen: *ri*).

5. Bitte auf englisch – es wird ein ziemlicher ·hotchpotch· werden, "Kraut und Rüben" ungefähr, etwas willkürlich Zusammengeworfenes: Rosinen, Lichtpause, Bewerber, (Gefühls-)Ergüsse, Halbtagsarbeit, Mischmasch, Sonnenaufgang, Sonnenuntergang.

Das wär's. That's it.

Mir war heute, auf irgendeiner Berliner Straße, als hätte ich mich selber getroffen. I saw a boy on the pavement, Bürgersteig (Amer.: sidewalk). He was about seven, had long dark hair and dark eyes. He rode a tri-*trai*-tricycle, Dreirad. He stopped in front of me, looked at me with those eyes and said: "Ach bitte, wieviel Uhr ist es?"

Plötzlich saß ich auf dem Dreirad, sah einen alten Herrn an, sah ihn vor mir stehen, von unten her, von meinem Dreirad aus.

"Sieh mal, Mutti, was ich am Arm habe."

"Werner, wie kommst Du denn zu dieser –"

"Da war so ein Onkel, den hab ich nach der Uhr gefragt, und da hat er mir seine geschenkt."

"Hat er sonst noch was – irgendwas gemacht?"

"Was denn sonst?" –

"Na *sonst* noch was. Du weißt doch, Du sollst nie mit fremden Leuten –"

"Der hat sich gleich umgedreht und ist weggegangen."

"Bestimmt?"

"Ganz bestimmt, Mutti. Aber die Uhr, die darf ich doch behalten?"

"Na ja, giftig wird sie wohl nicht sein."

1. The other day.

2. besuchen; "auftauchen": sich herausstellen; "seine Einstellung" oder so etwas – schwer zu übersetzen, vielleicht am besten: "seine Art, an etwas heranzugehen", elitär heute wohl: "seine Optik". Noch elitärer, nur für Dich: sein Approach.

3. The line of least resistance. There is a snag in it.

4. sich nach etwas sehnen ("abzappeln"); lancieren; (zeitlich) einplanen; eklig servil; in Sachen ("betr.").

5. raisins (*rei*-), Xerox copy (*zzi*-!), applicant (Betonung: ápplicant), effusions, part-time job, hotchpotch. Und schließlich:

Sunrise?
Sunset?

Red Jeans

"Fahrstuhl?" fragte Jutta, als wir vor dem immer noch üppig teppichbelegten Aufgang zu ihrem-meinem Zimmer standen.

I had always taken the lift when a boy. Now I feared it might be a sign of old age.

"Nein danke, lieber zu Fuß."

Jutta federte vor mir die Treppe hinauf. Kein Zweifel: sie federte bewußt. She knew that the back of her jeans kept the promise which their front had given, and she also knew that I had been looking.

We both knew. Schon auf der Straße war dieses Etwas unmittelbar dagewesen – dieses stillschweigende Übereinkommen, that tacit agreement for which there is a good French word in English: ˑrapportˑ, *r(ä)pó—(r)*. Auf deutsch vielleicht "Kontakt", denn "Sympathie" ist wohl als Wort ein bißchen zu geschlechtslos, und "Sex-Appeal" klingt tuntig.

Die Frage war nur: Kontakt mit *wem*? For men, this question is more or less irrelevant (*iréll-*): once the physical rapport is there, the personality of the woman, even when a stupid cow or a ˑpain in the neckˑ, eine Nervensäge, always helps to emphasize or dramatize her physical attraction.

Bei Frauen ist das in der Regel anders. For them, physical rapport is nothing but (only, merely) a slight indication, ein kleines Zeichen, that this man may possibly be the one.

Which one – welcher Mann schwebte nun Jutta bei mir vor? You can only find out by ˑtrial and errorˑ (etwa: herumprobieren, aus Fehlern lernen).

Ich setzte auf Nummer Großgefühl: The Wandering Jew, der Ewige Jude, coming home at last – eine Rolle, für die ich mir im Augenblick wie geschaffen vorkam. Als wir in mein Zimmer kamen – es war jetzt doppelt so groß, kombiniert mit einer Art Wohn- und Schlafküche – ging ich schweigend einher, so weihevoll wie etwa Stefan George hinter seinem eigenen Sarg. Then, still wordless, I turned to Jutta, I embraced her. For an unforgettable moment she pressed her unspeakably beautiful thighs in those jeans against me.

Dieser beseligende Druck hatte jedoch seinen Grund darin, daß sie sich ziemlich kräftig aus meinen Armen wand.

“Sie sind mir doch nicht böse?” fragte sie.

In such a situation you can do one of two things: you can give in (“resign yourself”) and forget about the whole thing, or you can become passionate.

I hesitated for a while, ich war unschlüssig und sah diskret auf meine Uhr, ob sich die Sache überhaupt noch lohne. When I discovered that I had no watch (that boy, that tricycle), I decided to become passionate.

Nun hat man auch hier wieder eine Wahl, man kann auf sehr verschiedene Art leidenschaftlich werden. Ich setzte weiter auf Großgefühl – man könnte es fast “Seele” nennen. Diese Einstellung, besser: this ·approach·, liegt mir offenbar immer mehr. Ich wählte ein Thema, a ·subject·, mit dem Arbeitstitel “Tod und Leben, mit besonderer Berücksichtigung des faustischen (verweile doch!) Augenblicks”.

This subject has a somewhat modern appeal ·in that· (because) it is “ambivalent”, *ämbí-*. The gist (essence, remember?) – the gist-*dschisst* of the story is this: I am dead, “dead as a doornail” (mausetot), just as dead as anybody else belonging to my generation;

but in this very moment a miracle is happening: I am coming to life again, twenty or thirty years old, NOW.

“Das erzählen Sie wohl allen”, entgegnete Jutta tonlos, auffallend unbeeindruckt.

“Ja natürlich.”

“Also Bluff.”

“Vielleicht, ich weiß es selber nicht, aber das Gefühl scheint irgendwie (somehow) echt zu sein (genuine, *dschénn-)* – gestern zum Beispiel, als ich zum ersten Mal einen Berliner Gully wiedersah.”

There was no reaction. She went over to her hi-fi set (DM 5000, I guess) and put on a record, freedom songs by South American guerrillas.

This was ˙in keeping with˙ the room, es paßte. Where my reproduction of that Dürer drawing had been (Gesicht der Mutter, der verhärmten, unvergeßlich), there was now a huge poster showing the dead and blood-stained face of Ché Guevara. And where my Lessing and Fontane had been, there was now a long row of red books, reprints of the *Weltbühne.*

“Sie müssen typische Bürger gewesen sein, wenn Sie sich diese Wohnung leisten konnten – die ganze Etage.”

“Waren wir auch”, sagte ich. “Lenin nannte meinen Vater einen ‘bürgerlichen Erzreaktionär’. Das kann man nachlesen.”

“Na eben”, sagte sie.

My father’s ˙study˙, Arbeitszimmer, had been where Jutta’s kitchen-cum-bedroom was now. Alfred Lansburgh was a German economist (“Nationalökonom”: *not* “national” economist) – the one German economist who had warned indefatigably, unermüdlich, against the great inflation of the early twenties, and against its logical consequences (Hitler, for instance). And he was the one bourgeois ˙stick-in-the-mud˙, “bürgerlicher Erzreaktionär”, whom radicals like Jutta might be reading right now with great delight. He wrote regularly in Carl von Ossietzky's and Kurt Tucholsky's *Weltbühne*. His pen name (or *sju*-pseudonym) was "Neander". Das konnte man gleichfalls nachlesen, jetzt sogar in diesem Zimmer, in diesen schmalen roten Bänden, so rot wie Juttas Jeans. Should I go to the bookcase and show her?

"Wir sind anders", sagte sie.

"Bestimmt. So teure Möbel habe ich nicht gehabt."

"Die habe ich mir ehrlich erarbeitet", sagte sie scharf.

I asked her what she was doing. She said she had been working in the Berlin-Kreuzberg area, as a social worker among mentally retarded children, geistig behinderte Kinder. She had then followed up her university studies (sociology) and was now a "research worker", she said, wörtlich "Forschungsarbeiter", treffender: Wissenschaftler.

"Und die armen Kinder, wer kümmert sich um *die*?"

In ihrer Eigenschaft als "research worker" fing sie jetzt englisch zu sprechen an: "Others take care of them, people less qualified."

Das verstand ich nur allzugut. Wer will sich schon die Finger schmutzig machen? Why sweat and slave? Da gibt es Auswege, for instance the 'dole', Arbeitslosenunterstützung, or the University.

Ich war weiß Gott nicht besser. Mein Speisewagentraum. Bürgerliche Sehnsüchte, verwöhnte, in diesem Zimmer genährt und nie darüber hinausgekommen. Zurückgeblieben. Da schreiben sich die neuen jungen Schriftsteller heraus aus der verhaßten bürgerlichen Konsumwelt, der Lärmkulisse der Medien, des Literaturbetriebes, nur weg, weit weg davon, und ich sehnte mich danach, nach all den Jahren.

Der eine raus, der andre rein – im gleichen Speisewagen?

Mit schönen weißen Tischtüchern gedeckt, schön bürgerlichen?

Und die Burg des Bürgers am Ende doch noch der relativ beste Schutzwall um die eigene Alternativszene?

Aber wie, o wie ist "Alternativszene" zu übersetzen? "The Scene", *ssi—n*, ist eine ziemlich versnobte Angelegenheit, "The Alternative Scene" ist ungebräuchlich, und "The Green Revolution", sofern überhaupt dasselbe, heißt unter ihren seriösen Anhängern "A. T." or "Alternative Technology", which sounds pretty technological and brings us back to Jutta's costly hi-fi set.

Sie hatte nämlich unterdessen, meanwhile, eine neue Platte aufgelegt, mit neuen Guerillasängern, diesmal Stadtguerilla.

"Was machen Sie denn jetzt so?" fragte ich. "Ich meine in Ihrer Forschungsarbeit?"

Hers was highly qualified research, she said, "on *structural* lines – Marxist lines of course, or rather neo-Marxist".

neo-, Aussprache etwa *ní-ou*. Ich stellte mir unter Juttas Neomarxismus etwa folgendes vor: According to orthodox Marxism, the working class is being *exploited* by the capitalists, ausgebeutet; while now this class, like any other class, is being *explored*, erforscht, by research workers.

This is, as any child can see, a gross-*grouss* oversimplification, eine grobe Vereinfachung, und deshalb hielt ich auch meinen Mund, I ˑkept my mouth shutˑ. Außerdem sind wir ja im Grunde alle Sozialisten, nur daß es eben die einen gerne sind, zum Beispiel Jutta, und die anderen äußerst ungern, zum Beispiel ich.

Dann erfuhr ich von ihr, daß sich ihre neo-usw. Forschungsarbeit mit Fragen menschlicher Mitteilung befasse und bereits auf über fünfhundert Seiten gediehen sei, die sie "natürlich" auf englisch schreibe.

She explained why. She said she was a member of a UNESCO (*ju-*) research team initiated by the World Health Organization or WHO (*hu*) and attached to the Berlin TU or Technische Universität, more precisely to its "*I*nstitut für *S*oziologische *M*edienforschung" or ISM (eine clevere internationale Abkürzung: Das englische ˙ism˙ entspricht dem deutschen "Ismus".) Their work, Jutta added, was sponsored (fathered, financed) by the Rockefeller Foundation, together with the Save the Children Fund and P.E.N. International. The project on which her team was working, she said, was global (*glou-*) and vitally (*vai-*) important, lebens-usw.; its name was *Models of Communication Patterns* or MCP. "Sort of neo-Winestock", she explained.

"Great! Großartig!" rief ich aus, da mich der Inhalt ihrer roten Jeans immer noch entzückte. In dieser Verzückung sagte ich sogar – ich kann mir das nur schwer verzeihen –, ich könne vielleicht mit etwas Material, "sort of raw material", zu ihren Kommunikationsmustermodellen beisteuern. "I'm sure you've never heard of T.", I said, "but –"

"Of course I have", she interrupted me, "Winestock!" She went to one of her floor-to-ceiling bookshelves, picked up a book and gave it to me with a wordless smile: D. H. Winestock, *Studies on the T Model of Communication*, edited by Charles E. Mundleswike (Ausspr. *Mandelzweig*) and Abraham F. Deutsch.

"But we are *neo*-Winestock, of course", she repeated.

"Sorry", I said, "never heard of him."

"WHAT, never heard of Winestock? Oder wollen Sie mich verkohlen? Jedes Kind kennt ja – well, I suppose you're ˙pulling my leg˙, aren't you, having mentioned T yourself..."

Ich gestand. I was an ignoramus (*-reim(e)s*), I said, ein Ignorant, und dieser T. sei etwas ganz Unwichtiges, eben nur so ein bißchen Rohmaterial, "kind of case report, you know, 'ne Krankengeschichte, er hatte es nun mal mit der Kommunikation. Sie können das vergessen".

She smiled. She evidently liked to feel superior, *supí—*, überlegen. There was, perhaps, still some hope that those jeans might come off.

Winestocks T-Modell sei klassisch, sagte sie mit gönnerhafter Geste – with a ·patronizing· air. Es handele sich um die soziostrukturelle Interkommunikation von – marxistisch gesehen – überbau- und basisbezogenen Referenzgruppen, wie sie zuerst von – – "have you *really* never heard of Winestock, Werner?"

Some progress (Betonung auf *prou-*): "Werner".

"No, Jutta, really, I haven't got ·the faintest idea·."

"Sie haben also wirklich nie von T . . .?"

Genau wie damals. In diesem Zimmer war's gewesen, in der Ecke dort, jetzt mit einem kräftigen höhlengemalten Stier geschmückt, damals mit einer Fotografie der Venus von Milo, wo mich ein kleines pummeliges Geschöpf namens Mirjam, mit Akne-Pickeln noch dazu – with those puberty pimples *to boot* or *at that* or *into the bargain*, noch dazu –, wo mich diese Akne-Mirjam immer wieder schwitzig und rot angelaufen fragte, ob ich denn wirklich nichts von . . . wüßte, und mir dann zeigte, wie man's macht. I found it horrible then, but later I got used to it, and now I was actually itching for it (Langenscheidt: "jucken, *fig.* begierig sein").

"Tell me", I said.

Sie klärte mich auf. Liebevoll. As follows:

▬ = Superstructure or *Überbau* hanging, by definition, in the air. (·by definition·: logischerweise, "begrifflich vorgegeben" oder so etwas.)

I = Infrastructure, according to Winestock "the sum of superstructurally determined parameters of socio-economic and psycho-political patterns inherent to the basis". (Doosie: You need not understand this.)

Together, these two elements, — and I, make up the "basic intercommunication model" in a capitalist society, Jutta informed me. Logically, therefore, — + I = T. Winestock's T model.

Ich hatte mich unterdessen wißbegierig auf Juttas Couch ausgestreckt. (The Indian embroidery-Stickerei covering that couch must have cost another DM 5000.) I 'scanned', überflog, that Winestock book, all because of those red jeans. There were four parts in the book, each part analysing one of the four basic intercommunication models in modern social evolution:

(a) T (b) ⊢ (c) ⊣ (d) ⊥

where the capitalist superstructure, —, is (a) offensive and triumphantly "on top"; (b) defensive, in a pseudo-leftist or liberal position; (c) equally defensive, but now in a right-wing or fascist position; and, finally, (d) floored, zu Boden gestreckt, by the socialist basis, I.

"Of course", said Jutta, "this is oversimplified and partly out of date. You know, we are *neo*-Winestock.

Ich versicherte Jutta, ich fände es dennoch hochinteressant und schlug vor, daß sie sich zu mir auf die Couch gesellen möge, und zwar – "well, look here, Jutta, being a crypto-capitalist bourgeois, let me have position (a) on this couch while you, being a socialist, might like position (d), a combination also called 69."

There was no answer from Marion – sorry, I mean Jutta. (Marion was that smashing Dada Trotskyist of my student days, a starlet pupil of Professor Dovifat. I dreamt of her almost every night, in this room, or rather in her red Lancia in which I dreamt we did it.)

Again: There was no answer from her, she had disappeared into the other room where the kitchen was.

"Mein Vorschlag gefällt Ihnen also nicht?"

Erst war es still hinter der Wand, dann kam es sachlich bis kühl: "Ich schlafe nicht mit dem Klassenfeind."

"Großartig! I like a good joke."

"What makes you think that I'm joking?" Sie war immer noch unsichtbar.

"Because you know perfectly well that we belong to the same class, Marion dear. We are both living in upper-class comfort, sort of *Speisewagen* if you see my point, and we like it."

"I hate you."

"That's great, and I hate *you*. We are made for one another. We are the perfect partners. At long last, endlich einmal, none of that bloody *lavv-lavv*-love business. Jutta, come here and fuck me."

"Wann gedenken Sie eigentlich, nach Hause zu gehen?" kam es jetzt aus dem Nebenzimmer.

"I'm a good soldier", I said. (Doosie, bitte merken, etwa: "Wie man mir befiehlt.")

"I'll give you another twenty-nine minutes", she said, still in that other room.

"Why twenty-nine?" I asked.

"Because I want to hear the midnight news, and that's in exactly thirty minutes."

She came out of the kitchen and stood in the doorway, naked.

P.S.

Jetzt kommt die große Frage: Was nehmen wir zuerst? We have two points on our agenda, *ädschénnd(e)*, Tagesordnung. One point is scientific-wissenschaftliche terminology, a kind of Weinstock-neo-Winestock guide for you. Gegen diesen Punkt haben Sie vermutlich nichts einzuwenden, vor allem schon deshalb nicht, weil ich ihn hübsch getrennt auf einer tabellarischen Seite aufschreiben und so übersichtlich anordnen werde, daß Du ihn überspringen kannst.

The other point has to do with sex, i.e. with those twenty-nine minutes. (Jutta *did* listen to the news afterwards, and I went home.) Es wird sich, ·by definition·, um eine nackte Beschreibung handeln, und das magst Du nicht.

Could we, perhaps, make a compromise? If I am as brief-kurz as possible and insert a space, Durchschuß, Luft, Zwischenraum, before and after that sex thing, couldn't we do it right away and get it over with at once? Visually, the thing will be clearly separate so that you can easily skip it, überspringen es.

Now, please, watch the spaces.

It was the zipless fuck. This expression was created by Erica Jong in her "Fear of Flying", Angst vorm Fliegen. Ich weiß nicht, wie die Sache auf deutsch heißt, vielleicht hast Du die Übersetzung, das Buch soll auch in Deutschland sehr verbreitet sein. Nun hat "zipless" laut Erica absolut nichts mit Reißverschluß – zipper, zip – zu tun. Die Sache ist also wirklich völlig reißverschlußlos, falls Dir das zu einem besseren Verständnis

verhilft. Anyway, what Erica means by it is – na, lieber erstmal auf deutsch: Erika meint eine klare, nüchterne, kurz und bündige, durch und durch erwachsene Angelegenheit: a clear, ·matter-of-fact·, ··straightforward·· and altogether adult-*äddalt* thing. Erica says she has been dreaming of it all her life but never had it. I, too, have been dreaming of it all my life but never had it until yesterday. Vorher war immer etwas dazwischengekommen, "Seele" zum Beispiel, oder "Liebe" oder, was mich selbst betrifft, Männerprestige oder preußisches Pflichtgefühl.

"The zipless fuck", says Erica, "is the purest thing there is", das "reinste Ding". (Zum Glück kann sie kein Deutsch, sonst hätte sie womöglich Kants "Ding an sich" bemüht.) Since Erica has never had that thing, you may not believe her. But I *did* have it, so I can inform you, and Erica, that she is absolutely right.

Ich glaube, man kann diese purest-purste Angelegenheit nur einmal im Leben haben, jedenfalls nur einmal mit derselben Frau. Zum Glück ist Jutta inzwischen abgereist, und was Dich betrifft, so magst Du's nicht.

(Oder? Mein Gott, vielleicht ist's mit Jutta doch noch nicht *das* gewesen. Wären Sie vielleicht so freundlich, gnädige Frau, mir bei Gelegenheit Ihre eigenen Gedanken über diesen Punkt mitzuteilen? Ich warte sowieso auf Post von Dir.)

OVER. There remains the other point, the scientific one. Nun ist mir allerdings inzwischen eingefallen, it occurred to me – I didn't remember (why couldn't you remind me? Dreimal üben: remember/remind, remember/remind, remember/remind) – well, I suddenly remembered that we should have our usual one to five. Let's make it brief and schmerzlos.

1. Bitte *ein* englisches Wort für "die Art, eine Sache

in den Griff zu bekommen, an sie heranzugehen, methodisch, ideologisch und überhaupt". Das Wort kam schon früher mehrmals vor, mit Recht.

2. (Akne-)Pickel, Reißverschluß, Arbeitslosenunterstützung und (bitte raten:) "stempeln gehen".

3. Vier-Wörter-Ausdruck für einen Menschen, der eine Plage ist, und weitere vier mit Bindestrich gekoppelte Wörter für einen hoffnungslosen Reaktionär. Dann bitte noch um das von mir für Dich doppelt gepünktelte "direkt", d.h. ohne Fisimatenten, "wie geschmiert" ("kurz und bündig" sagte ich, als es vorkam). Nein, nicht "matter-of-fact", aber glänzender Fehler, Doosie, weil ziemlich verwandt und hochfrequent, bedeutet aber eher "realistisch".

4. Wir nähern uns nunmehr Jutta und neo-Winestock, d.h. dem versprochenen wissenschaftlichen Sprachratgeber: Bitte um "Forschungsinstitut", "Ignorant" und "Ismen".

5. Was diesen wissenschaftlichen Sprachführer oder Zipless Science Phraser (ZSP) betrifft, so bitte ich Sie, aus 40 (forty) auf der nächsten Seite angegebenen Status-Standardwörtern bis spätestens morgen früh 2 500 000 (2.5 million) streng wissenschaftliche Termini zu bilden. Danke.

Antworten:

1. ·approach·. – 2. pimples, zipper or zip, dole, be on the dole. – 3. (He is a) pain in the neck / stick-in-the-mud; ··straightforward··. – 4. research institute, ignoramus (*-reim(e)s*), isms. – 5. See next page.

Zipless Socio-etc.-logy:
SCIENTIFIC WORD GENERATOR

Die hier alphabetisch aufgeführten Präfixe, Adjektive und zusammensetzbaren Substantive ergeben in freier Kombination über zweieinhalb Millionen wissenschaftliche Termini, scientific ·terms·, d.h. 2,5 Mio. Möglichkeiten für eine sachgemäße Anlage wissenschaftlicher Theorien.

Gebrauchsanweisung: Man übe zunächst als Anfänger alle zehn Zeilen von links nach rechts, beginne also mit "auto-analytical aggression aspect" (Winestock & Jutta, 1980). Wenn hinlänglich eingeübt, wähle man eine dem eigenen wissenschaftlichen Geschmack und politisch-sozialen Spürsinn entsprechende Vierwortkombination aus jeder beliebigen Spalte und in jeder beliebigen Reihenfolge – from ANY column and in ANY order. Some results of this are shown in the *dai*-diagram below.

PREFIX	QUALIFIER	FIRST NOUN	SECOND NOUN
auto-	analytical	aggression	aspect
bio-	basic	behaviour	balance
crypto-	conditioned	communication	context
dia-	dynamic	deprivation	data
endo- (ecto-)	emotional	ego	environment
infra-	integrated	image	identity
multi- (mono-)	manipulated	motivation	mechanism
pre- (post-)	psychological	process	pattern
socio-	structural	stimulation	system
trans-	terminological	trauma	theory

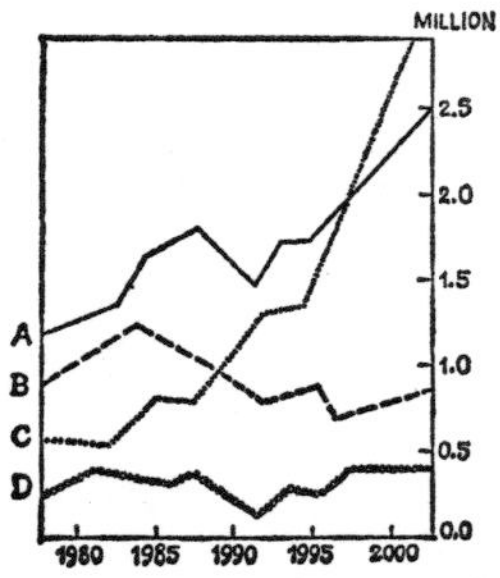

A: Crypto-integrated stimulation pattern.
B: Auto-conditioned image motivation.
C: Multi-dynamic environment data.
D: Manipulated socio-structural behaviour.
(From: ISM, *Models of Communication* XIV, 36

Coffee Cantata

Dear Doosie,
Your answer has arrived. The hotel porter brought up my mail this morning because I had overslept. I woke up late, at eleven, weil ich einige tausend dieser zipless terms bis heute morgen um sechs durchprobierte. It wasn't fair of me to ask you for 2.5 million of them in such a short time. I am sorry, Doosie. What's worse, we haven't had breakfast yet.

Wie üblich riß ich alle unbekannteren Doosie-Kuverts auf, überflog die ersten Zeilen, um zu sehen, ob Du es warst, bis ich auf einen Brief mit diesem Absender stieß: *Toujours vu.*

Ich habe Deinen Brief noch nicht geöffnet, ich möchte noch lange damit warten. There is no really good English for that lovely German word, *Vorfreude.* Ich drehe das Kuvert immer wieder nach allen Seiten, rätsele daran herum. Der Stempel auf der Briefmarke ist nicht zu entziffern. Die Briefmarke selber – – als wüßtest Du, daß dieses Buch nun schon fast fünfzig Jahre lang meine Nabelschnur zu Dir ist. ("Nabelschnur" hatten wir bereits: umbilical cord.) I have removed your stamp (taken it off), and I'll fasten-*faasn* it here by licking it as you did – es ist noch genug von Dir nicht weggeleckte Klebe dran.

I remember a Christmas Eve in Valencia, during the Spanish Civil War. I was sitting in a rather dirty tavern among Republican, Communist and Anarchist militia, *milísch(e).* They made a terrible noise on that Christmas Eve. I withdrew into a corner, reading that book. Yes, reading it, one word after another, alphabetically.

Would those words still ·ring a bell·? ("ring a bell" – not necessarily a Christmas bell – means (Oxford): "recall to memory something half forgotten.") Would they?

Statt Dir von Valencia zu erzählen, sollte ich mich lieber endlich anziehen. Darf ich, wo Du jetzt in diesem Zimmer bist, Toujours vu – darf ich ein gemeinsames Tagesprogramm vorschlagen? (Tagesordnung, agenda, *ädschénnd(e)*, hatten wir schon einmal.)

1. Shave, wash and dress. Rasieren brauchst Du Dich nicht, aber anziehen bitte jetzt, falls noch nicht aufgestanden an diesem Samstag. Aufstehen! Up you get, darling.

2. Bett und Zimmer in Ordnung machen oder, da in meinem Fall ein Hotelzimmer, halb in Ordnung. One of my very few likable or lik*e*able traits-Züge is never, *never* to leave my hotel bed in a mess when going down to breakfast. I sort of "half-make" it, leaving it "tidily undone" as it were, sozusagen – always. Hotel guests, I feel, should never confront chamber maids with their private disorder, no matter, *gleichgültig*, whether the maid is young, old, pretty, ugly, Turkish or Sudanese. This is one of the very few absolute tenets (principles, categoric imperatives) of my bourgeois ethic. It isn't much, I admit, but I am ready to die for it.

3. Dann Frühstück. Nicht im Hotel. Bei Kranzler heute – I hope this ·rings a bell· with you, Café Kranzler, Kurfürstendamm. Werde eine Doppelportion Kaffee bestellen und Deinen Brief ungeöffnet neben die Serviette legen – beside that white linen-*línnin* napkin (bourgeois).

4. Auf dem Weg dorthin Weihnachtsbaum aussuchen, im Geiste – an imaginary Christmas tree for us, jetzt in den Berliner Weihnachts-Asphaltwäldchen.

It's a scene missed by Chaplin, probably because he didn't live in Germany: you see him walking thoughtfully out in the middle of Nature, in a romantic pine forest, with snowflakes gently falling from the sky.

I don't think any Chaplin film has ever celebrated the beauties of the countryside and the magic of a winter forest. Nature and Wit seem to be as far apart as Mount Everest and it's uppermost top served as ice cream in a Viennese coffee-house.

Chaplin walking in the deep woods? As the camera slowly goes down, you see Charlie's pathetic shoes soaked with the slush of the snow and, in the same slush, the trunks of all those firs standing on the pavement amidst the Christmas rush of the big city . . .

5. Nach Kranzler möchte ich Dir meine alten Bilder zeigen, jetzt in Dahlem, bin noch nicht dagewesen, wollte auf Dich warten. Da muß noch die Botticelli-Maria mit den Lilien sein, und ein besonders schönes Brueghel Blumenfrühstück, und so'n kleiner Patinier und – na, Du wirst sicher auch etwas für uns entdekken. Nur komm mir bitte nicht mit dem "Mann mit dem Goldhelm". Really, I love Rembrandt too much to be impressed by the cheap effect of those "pastoso" reflections on that helmet – and that in a painter who otherwise, like God, created Light out of Darkness.

Außerdem müßte ja dort eine Cafeteria sein. That's always the best thing in museums, *mjuzzí-(e)mzz* (twice with a buzzing-summend "s"). In that cafeteria perhaps, over a cup of coffee – "Ei, wie schmeckt der Coffee süße" – we might open your letter. Dann könnten wir auf dem Rückweg vielleicht noch auf dem Funkturm abendessen, if such a verb exists.

Sagt Dir das Programm zu? Wenn ja, ·if so·, dann

könnte ich Dir zur Untermalung noch etwas Musik dazuliefern, gleich jetzt beim Anziehen oder vielleicht noch besser erst etwas später beim Kranzler-Frühstück, mit Blick auf Toujours vu.

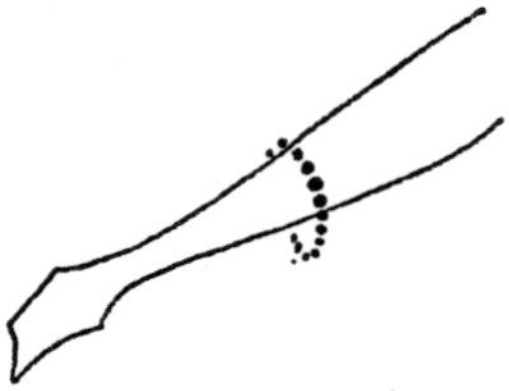

Ei, wie schmeckt der Coffee süße,
lieblicher als tausend Küsse,
milder als Muscatenwein.
Coffee, Coffee muß ich haben . . .

Johann Sebastian Bach, Kaffee-Kantate.
Elly Ameling u.a. mit dem Collegium Aureum.
Aufnahme im Cedernsaal des Fugger-Schlosses Kirchheim.
(Electrola)

Kirchheim, Fugger-Schloß. Deutschland? Ach Quatsch, was ist denn schon Deutschland. We are in Central Europe, ˙that's all˙. And Germany is the most central part of Central Europe, ˙that's all˙. And we happen to love that part, that's all.

(Du kannst fast jeden Satz mit ˙that's all˙ abschließen und damit Deinen halben englischen Wortschatz bestreiten. Aber anziehen jetzt, Wortschätzle, I love you, that's all.)

Lucas Cranach werden wir auch sehen heute, und Hans Baldung Grien, Altdorfer, Dürer, Mathis-Matthias Grünewald – nein, ich darf nicht wieder um Deinen dur-moll Arm bitten, aber diese Symphonie, Hindemiths "Mathis der Maler", diese Musik, die spielen wir bitte später einmal in unserem Zentraleuropa.

In my mind's eye I see those Central European frontiers within which I grew up. Die zerrissenen Grenzen meines Landes. Ruthlessly exploding in all directions? Or ruthlessly compressed by those around us? Or both? Were we much different ourselves?

We were unbalanced. And we can learn from many a young man and woman in today's Germany.

Damit wir endlich auf den Weg kommen, ganz schnell noch statt eines PS: 1. Bitte "Tagesordnung" auf englisch. 2. Ein schönes Wort für (felsenfesten) "Grundsatz" bitte, auch wenn er sich nur auf ein halbwegs in Ordnung zu machendes Hotelbett bezieht. Dazu noch, ebenso bürgerlich, 3.: Bitte höflichst um eine Leinenserviette auf englisch, obwohl es bei Kranzler wohl nur noch Papierservietten gibt. Und schließlich 4. (Punkt 5 schenke ich Dir): "Das kommt mir irgendwie bekannt vor" oder "Ja, ich glaube fast, ich erinnere mich" – drei englische Wörter.

(Sehe kaum meine eigenen Buchstaben mehr. Sehe immerfort Deinen dur-moll Arm. Dur, "hart", das männliche Tongeschlecht genannt; Moll, "weich", das weibliche Tongeschlecht – mein Gott, Dein dur-moll Arm, ich bin ganz besoffen davon, nicht einmal das sachliche englische "major-minor" kann mich da ernüchtern, Du herrlich männlicher, weiblicher Arm.)

Du brauchst die Antworten diesmal nicht aufzuschreiben, ich gebe sie Dir hier, damit wir endlich wegkommen: agenda – tenet –

A linen napkin, ca. 1980.
(20th Century Museum,
Philadelphia.)
It rings a bell.

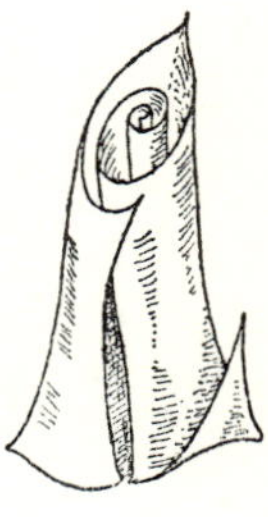

A Pack of Lies

Dear Doosie,
It's all a pack of lies. I never met you in that dining car. I never picked up any note from any waiter. Nor did I ever answer you.

> Great! Congratulations! Warum ist bisher keine meiner tausendundeinen Doosies auf den Gedanken gekommen – why hasn't it occurred to any one of them, in any letter of theirs, to call me "Doosie" as you do?
>
> Allerdings, to be quite frank, mir ist ein bißchen komisch dabei zumute, noch mehr sogar: ·it gives me the creeps·, es läuft mir eiskalt den Rücken hinunter, plötzlich eine Doosie zu sein. It makes me feel like a transvestite. So please stop that nonsense, darling, and call me "Geliebter". You know I like that word.
>
> Weiter: "a pack of lies" ist ausgezeichnet, "a pack of nonsense" wäre auch gegangen, und für "nonsense" bitte noch dazulernen: bunk, bosh, baloney.

Believe me, I never wrote this letter –

> Hab's schon begriffen, Darling.

– least of all in English. Auch habe ich keine sonderliche Lust, Ihnen laut Ihrer Aufforderung meine Gedanken über den bewußten Punkt in Erica Jongs "Angst vorm Fliegen" zu unterbreiten. Ich bin gewiß nicht prüde, aber –

Kennen wir, kennen wir. Auf englisch: "I am certainly not ·prudish·, *pruudish*, but ..." Bitte lernen. Ich habe vor diesem Satz allerdings ein bißchen Angst. Er kam bisher als Auftakt bei all den Doosies vor, die sich dann – how shall I put it – well, who later proved to be the most libidinous ones, and awfully ·possessive·. Doosie, please be prudish.

– aber ich glaube als moderne Frau, ein ganz klein wenig Ahnung davon zu haben, was Liebe ist. I know what you want me to say right now – some rubbish about *Seele*, I suppose. But I am definitely not going to write what you want me to write. ·After all· (was sagen Sie zu meinen Pünktchen?) – after all, I am no puppet manipulated by a ..... was heißt "Bauchredner"?

Ventriloquist, Doosie, *ventrí-* usw. You simply slip one hand into the puppet, from beneath, von unten her, as deep as possible, möglichst bis ins Köpfchen hinein. But always from beneath. It doesn't work otherwise.

As I said, I am not your puppet. Ehrlich gesagt, Ihre himmelstürmende Liebe zu mir ist ja ein ganz niedlicher Trick, aber –

Ihre Schrift regt mich auf, Doosie. Abstriche widerspenstig nach unten, Aufstriche gleichsam verschmitzt nach oben, obstinate and ·quizzical·. I like that, just have it your way. Aber bitte den letzten Satz noch einmal von vorn, er scheint für unsere Beziehung nicht ganz unwichtig zu sein. In derselben Schrift bitte.

Ehrlich gesagt, Ihre himmelstürmende Liebe zu mir ist ja ein ganz niedlicher Trick, aber Sie erwarten doch wohl nicht, daß ich Ihnen das abnehme?

> Ich erwarte, Doosie, ich erwarte. Madame, Sie brauchen mir keine meiner Geschichten zu glauben, keine einzige. Aber wenn Du mir *das* nicht abnimmst, Doosie – zum Donnerwetter nicht nochmal, ich muß doch schließlich selber am besten wissen – damn it all, which one of us knows best what I am feeling, you or me? ˙After all˙, I am no puppet-*páppit* of yours. For the rest, "if I love you, why the hell should you care?" (Philine, pronounced *filí—n(e),* Part Four, Chapter Nine, Wilhelm Meisters Lehrjahre.)

Wissen Sie übrigens, daß ich vrun..grn (unleserlich) bin? Wenn ich Ihnen jemals schreiben würde – which I haven't the slightest intention of doing – dann hätte ich allerdings noch ein paar Fragen an Sie, mein lieber Bauchredner. (Danke übrigens für "ventriloquist", *ventríl(e)kwist*, right?) Nur drei Fragen, nicht immer fünf wie Du-Sie in Ihren PS.

1. That man T. – has he ever existed?

2. With your naive enthusiasm about Germany, are you perhaps equally enthusiastic about Franz Josef Strauß, the "Berufsverbot", and the many Nazis still around? And what about that new German male, that fat and loud and nauseating "Macher" type? (Danke auch für ˙nauseating˙, Ihre Pünktchen vor ein paar Tagen, "the other day".)

3. I like your suggestion that we go to the Dahlem galleries together, including that cafeteria, ·if any· – I mean an .eventual. cafeteria, wobei ich Ihre ·Prominenzpünktchen· mit .Tabupünktchen. vervollkommnen darf. But frankly, I'm not too keen on having din-

ner in your *Funkturm* afterwards, because of all those Machers and Spießers there. To come to my Question No. 3 and to the end of this letter: Couldn't we go to a nice *Kneipe* instead?

P.S. Beiliegend, enclosed, mein Arm, ··arm··, pronounced *a—(r)m.* The bracelet, *breißlit,* Armband, in case you don't recognize it, is pinched from you (remember ·pinched· for "stolen", Werner). Die Musik paßt zum Speisewagen. So long.

Antonio Vivaldi, Op. 8, 1-4:
Die vier Jahreszeiten.
All of them, please – the
whole year.

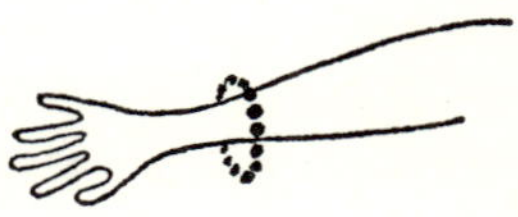

Round the Table

Dear Doosie,
My feet are killing me – mir tun die Füße weh, Ihnen auch? As you see, we agreed about skipping the *Funkturm*, and our day ends as it began, at Kranzler's. Die werden hier bald zumachen, dann gehen wir in Ihre Kneipe.

Dein Brief löste eine unwiderstehliche Sehnsucht aus, an irresistible longing – you know for what – but nothing doing at this hour of the day, at eleven o'clock at night. The Kranzler girl looked almost shocked at me and shook her head, although I spoke to her in English. Die Engländer sind ja als komisch bekannt.

"Only in the mornings", she said.

"But haven't you got some *old* Brötchen left?"

She said they hadn't, so I ordered Apfelkuchen for us, one with whipped cream, for you, and one without. (No, Doosie, you are *not* too fat for whipped cream, but if you don't like it, let me have it.)

Etwa in dieser Ecke vom Café Kranzler müssen wir damals gesessen haben, round the table, mein Vater und die anderen – nein, erst Deine Fragen:

1. T.: If you ask an author whether this or that person in his book really existed, you may ·just as well·, genausogut – you may just as well ask that author whether he exists himself. Ein Schriftsteller ist niemals wahrer als seine Figuren. Now, as T. shows, it is damned difficult for an author to come into existence. Darf ich mich Schriftsteller nennen? Dann schwöre ich: T. ist so wahr wie Du, and his exile is as true as yours. Wir sprachen schon davon: Jeder hat ein Exil. Und

wenn Du mir jetzt damit kommst, meine Verständnisinnigkeit für Dein Exil sei wieder nur so ein Marketing-Trick, um Dir mit Gewalt ein anderes, mir angelegeneres unterzujubeln, 'to ram it down your throat', so hast Du vielleicht recht, aber ein Exil hast Du dennoch, Geliebte.

Kein Wort hast Du davon gesagt, von dem Marketing-Trick? Nicht den geringsten Vorwurf hast Du mir gemacht? Doosie, this is one of those moments ...

2. Böses Deutschland: You can't choose your parents, can you? Nor do I think you can choose your country. You should be glad to have one. If that country is bad, you should try to 'do your bit', Dein Scherflein beitragen, to improve it, *imprú—v,* verbessern. It is a great thing to be allowed to do one's bit, to be a citizen, ein Mitbürger.

Verzeih meinen kategorischen Ton. Du warst so lieb, als wir vor dem Botticelli standen und dann schweigend in die Cafeteria gingen. Es gibt Stunden, die man nie vergißt. Gerade von einer solchen Stunde wollte ich Dir erzählen.

Etwa in dieser Ecke vom Café Kranzler müssen wir damals gesessen haben, mein Vater und die anderen, round the table, obwohl der Tisch viel größer war als jetzt und draußen wohl auch mehr Verkehr war auf dem Kurfürstendamm. (Wir sagten noch nicht "Kudamm" damals.)

Wir waren fünf um den Tisch, oder genauer viereinhalb, ich selber war wohl erst vierzehn. Onkel Max, mein Vater, Victor Auburtin ("Berliner Tageblatt", in dem ich dann noch kurz vor Hitler selber schrieb), Redslob, Edwin Redslob – ich glaube, der hat den damals sogenannten "Pleitegeier" gezeichnet, it's now the "Bundesadler", if that is the word.

Es war ein Samstag wie heute. Wir saßen seltsam still

und konzentriert um den Tisch herum. Onkel Max – er war kein leiblicher Onkel – hatte etwas aus der Rocktasche gezogen und auf den Marmortisch gelegt, einen merkwürdigen, etwa fingergroßen Gegenstand aus Metall. Er hatte ihn –

– Doosie, es geht jetzt nicht recht mit Englisch, OK? Und Angst brauchst Du auch nicht zu haben, dieser metallene Gegenstand war kein Hakenkreuz oder so etwas, no "swastika", *swósstik(e)*, die Welt war noch relativ friedlich damals, so um 1926, es war sicher etwas ganz Harmloses.

Er hatte das Ding auf der Straße gefunden und sich auf dem Wege zu Kranzler den Kopf zerbrochen –

– mein Gott, war es vielleicht Kranzler *unter den Linden*, gab es noch gar keinen Kranzler hier im Westen? Nun, es spielt keine Rolle.

"Da brat' mir eener'n Storch" oder so ähnlich hatte Onkel Max gesagt, Max Liebermann berlinerte ja stark. "Da brat' mir eener, wat kann det denn bloß sind?"

Er sagte das immer wieder, und nun saßen wir schon zwei Stunden lang um den Tisch und zerbrachen uns immer noch den Kopf – we were still racking our brains, damit wenigstens ein bißchen Englisch dabei für Dich abfällt –, zerbrachen uns immer noch den Kopf darüber, was das wohl für ein Ding sein könnte. Wenn man es an seinen zwei Knöpfen, buttons, oder Griffen, finger grips, oder Tasten, keys, *ki—s* – wenn man es damit zudrückte, ging es *auf*, it opened instead of closing, etwa wie eine Zange, tongs, Typ Kafka, ·uncanny·, die sich beim Zukneifen höhnisch und unheimlich auftut.

Etwa so, aus der Erinnerung gezeichnet, vermutlich ganz falsch, deshalb hier rein graphisch so exakt wie möglich (precision is the mother of self-deception):

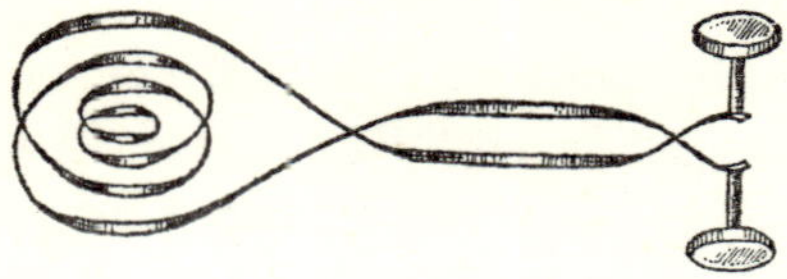

Begreifst *Du* etwas? Der eine Kaffee nach dem anderen wurde über wilden Hypothesen konsumiert – “umgekehrte Greiferspitze zum Klavierstimmen” zum Beispiel (“Stimmgabel” heißt übrigens “tuning fork”, *tju-*, just ·for your benefit·, zu Deinem Besten, weil's doch Englisch ist) – und ich selber war schon bei meinem dritten Apfelkuchen. “Ganz ausnahmsweise”, hatte mein Vater gesagt.

Ein Zeppelin (“ZR3”?) war gerade über den Atlantik geflogen, eine Tafel Schokolade kostete wieder 80 Pfennig statt achtzig Millionen, Stresemann mußte Außenminister gewesen sein, ganze drei Jahre lang schon, und das Ding lag immer noch auf dem Tisch. Max L. sagte wieder einmal “da brat' mir eener ...”, mein Vater zupfte an seiner langen Nase (nose, nose, nose, ·for your benefit·), wie es seine Gewohnheit war, Redslob – er war “Reichskunstwart” – sagte “Kunscht kann's ooch nich sein”, was damals ein heute kaum mehr zu verstehender Witz war, einer lachte (laughed, laughed, *laaaft*), mein Vater sagte “Logik hilft auch *hier* nicht weiter”, und Victor Auburtin strich sich unablässig den Schnurrbart, he constantly fiddled with his moustache. So saßen sie denn um den Tisch, die vier Männer, sahen dann und wann einander spitzbübisch an wie Schulbuben und rieten weiter an dem Ding herum.

That's all. There is no more to tell. I shall never forget those hours, they are among the most beautiful hours of my life.

It was, I believe, Antoine de Saint-Exupéry (“Le Petit Prince”) who told a very simple story somewhere, in a few pages. He walked along the Loire almost the whole day. He then felt tired and entered a kind of garden restaurant beautifully situated on the bank of the river, am Ufer. The tables were empty, all but one. Around that table, under a huge plane tree, Platane, sat a group of ten or fifteen soldiers. He seated himself at one of the empty tables and watched those French soldiers quietly talking to one another, drinking their red wine. They gestured to him, winkten ihm zu, inviting him to join them.

He did. He felt something which he says is difficult to describe. "Comradeship" may be one word, "France" may be another, or simply: human warmth.

He says this was one of the finest hours of his life.

Das ungefähr wollte ich sagen.

Ganz schnell noch eine andere Geschichte, bevor sie hier Schluß machen, sie schalten schon ein paar Lichter aus. Ganz schnell, denn Deine Frage Nr. 2, my "naive enthusiasm about Germany", läßt mich nicht in Ruhe. Vielleicht, weil meine Antwort Dich oder mich oder uns beide nicht recht befriedigte, oder weil diese Sache so verflucht ernst ist. Ganz schnell:

Ein paar Tage vor diesem Kranzler-Samstag hatte mein Vater eine hohe Rechnung zu begleichen, ein Papier mit dem Weimarer Adler darauf: "Schadenersatz für Beschädigung von Turngeräten". Er bezahlte, er machte mir keine Vorwürfe.

Ich hatte mich in der Turnstunde geweigert, Turnkleidung anzulegen. Man hatte mich dazu zwingen wollen, mit Gewalt, ich hatte mich gewehrt bis zum letzten. Turnen war damals sehr wichtig, war zum Hauptfach erklärt worden: Die Reichswehr war klein, "Leibesübungen" boten die einzige Möglichkeit, die Wehrbeschränkungen von Versailles zu umgehen, stramme Jungs heranzuzüchten für die Zukunft.

Ich ahnte nicht Hitler, aber ich ahnte. Ich konnte es mit meinen vierzehn Jahren nicht formulieren, my feelings remained ·inarticulate·. Je stammelnder, desto glühender mein Haß gegen das Ungreifbare: "Staat", grausam und stark wie die Schenkel von Hans (ich erzählte Dir von ihm), gnadenlos wie das Schwarzweiß der preußischen Fahne.

Halb entkleidet von den anderen riß ich mich los, stürmte durch die Turnhalle, warf die Geräte um, Barren und Pferde, versuchte besinnungslos, das Leder der Böcke mit den Zähnen zu zerbeißen, riß wie ein Wolf, keiner konnte mich halten, bis ich auf dem Sand des Schulhofs erwachte, ich hatte mich wohl bis zum letzten gewehrt und um mich geschlagen. Reinhard hockte neben mir, er war bei mir geblieben, zwei Taschentücher waren voller Blut, der Schulhof war leer, die Schule war aus.

It is a good thing to ·commit oneself· to a cause, für eine Sache einzutreten. Ein stammelnder Anfang damals. Now that the years of vacuum are over I shall begin again. It is a good thing to be a citizen.

Raus mit uns, sie machen die Lichter aus. Quer gegenüber am Kudamm ist eine Bar oder Kneipe, die ist die ganze Nacht durch geöffnet. Da gehen wir hin, bis Kranzler wieder aufmacht morgen früh: Brötchen.

P.S.

Of course, Doosie, it's silly of me to take you to this round-the-clock bar until Brötchen time in the morning. Aber ich kann einfach diesen Tag mit Dir nicht zu Ende gehen lassen.

It's pretty *stai*-stifling in here, stickig, full of people, and everybody smoking, but never mind. "Johnny's Bar" is the name of the place. Taxi drivers, lovers (before and/or after), freaks, *fri—ks,* "Gammler" etwa, journalists, artists, 'extras', Statisten, pimps and tarts, Zuhälter und Nutten, all sorts of people.

By the way, we never found out what that thing was, which Max Liebermann had picked up in the street. It is only now that it suddenly dawns on me what it may have been. Not that it's frightfully important, Doosie, in fact it's downright silly, but why shouldn't I go on chatting, we've got lots of time, the whole night.

The thing must have been used in a laboratory or hospital, around a rubber tube attached to a vessel with some liquid in it, such as alcohol or distilled water. When pressing the buttons or finger grips of the thing, it would open to let the liquid run through. And when releasing the buttons, the thing would close like a clip, throttling or "strangling" the tube and thus keeping the liquid inside. The whole gadget was simply a kind of tap (British) or faucet (American). Have I made myself clear? I'll make a drawing for you below, for surely you're burning with desire to know all about it.

Wenn ich Dir die Sache aufzeichne, wirst Du vielleicht das Gänseblümchen auch bei geringeren Sprachkenntnissen verstehen können. Mir ging nämlich eben ein Licht auf, it suddenly dawned on me, welcher Art dieses von Onkel Max auf der Straße gefundene Ding gewesen sein mag. Natürlich ist das vollkommen gleichgültig, das war's ja weiß Gott auch vor fünfzig Jahren. But there is the same feeling of warmth now as then, and that's your doing, Doosie.

Gib mir mal Deinen Kuli.

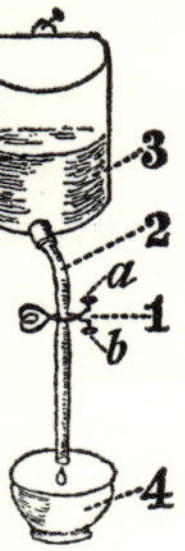

1. Tap (British) or faucet (American). Just press buttons (1, a and b) *to open rubber tube* (2) *so that liquid* (3) *can pass into basin* (4).

1. "Lug und Trug", Du gebrauchtest den Ausdruck selber in Deinem Brief, aber man vergißt ja leicht, was man noch gestern wußte. Dazu lieferte ich Dir noch ein paar Ausdrücke für "Unsinn" oder "Quatsch". Perhaps you remember. In English, please.

2. "Ich bin gewiß nicht prüde, aber ..." übersetzte ich Dir. Remember?

3. "Zu Deinem Besten". ("For you sake" ist eher: um Deinetwillen.)

4. Vokabeleintopf – word hotchpotch, auf englisch bitte: Armband – you 'pinched' it; Schnurrbart (Victor Auburtin); Platane, Ufer (Saint-Exupéry); sich den Kopf zerbrechen; Schlagsahne, Bauchredner, Zange, Taste (sehr einfach: wie "Schlüssel"), Hakenkreuz. Und schließlich: sich für eine Sache einsetzen, wobei "sich einsetzen" ebenso lernenswert ist wie "Sache".

5. Mitbürger.

I'll give you the answers in a jumble (mess, hotchpotch), without numbering them, denn falls Du nichts ins Englische übersetzt hast, mußt Du's mir wenigstens ins Deutsche übersetzen können:

For your benefit; ventriloquist; I am certainly not prudish, but . . .; tongs; plane tree; a pack of lies; bracelet; whipped cream; key-*ki*; moustache; swastika; bank (Loire); to rack one's brains; nonsense / bunk / bosh / baloney. ·To commit oneself· to a cause – as a

citizen.

This word deserves an extra line, for reasons known to you.

Nein, dagegen hat wohl keiner was, ein bißchen kannst Du schon das Fenster aufmachen, Doosie, wenn Dir's hier gar zu stickig ist. Aber laß uns bitte hierbleiben, bis der Brötchenmorgen graut.

Continued

Let this day never end, Doosie. It's past midnight now, wir werden uns schon irgendwie die Zeit in Johnny's Bar vertreiben, bis Kranzler wieder aufmacht, mit frischen Brötchen.

"Continued": Let me go on talking. I can't go to bed tonight.

I know, Doosie, it's an ·imposition·, eine Zumutung, to make you stay up all night. Leg einfach Deinen Kopf auf die Tischplatte, rest your head on the table or on my shoulder and have a nap, ein Nickerchen, it's been a long day. Du kannst ruhig einschlafen, der Ober sagt nichts, der hat für diesen Whisky ein so fürstliches Trinkgeld gekriegt wie damals der im Speisewagen. He'll keep smiling. Sure, Doosie, he will, all night. I did not know that money could buy so much.

The background noise in this bar – "Geräuschkulisse", das Wort gab es zu meiner Zeit noch nicht – it makes me feel as if we were in that train again, the one with the dining car. As if that train were rolling through the night. Incidentally, did I tell you that tomorrow will be Christmas Eve? There was a similar noise in that tavern, on that Christmas Eve in Spain, in 1937, when I read your Duden among the militia men.

Wie könnte ich auch zu Bett gehen. Man muß doch schließlich ungefähr wissen, als wer oder was man am nächsten Morgen wieder aufwacht. I haven't the faintest idea.

Those fifty years away from here have shrunk – "to shrink, shrank, shrunk", als käme ich gerade aus der Schule hier um die Ecke, Englischstunde – all those years have shrunk to a second or two. Als fiele einem morgens beim Zähneputzen plötzlich ein, ganz zufällig, was man da vor ein paar Stunden für einen Blödsinn zusammengeträumt hat – "exile" for instance, almost fifty years of it. Such dreams take seconds.

Aber es könnte auch umgekehrt sein, the other way round, one might wake up in T.'s land. Das Risiko ist besonders groß, wenn man besonders glücklich ist. In reality, I might be a thousand miles away, dreaming that I am here. But as long as your head is resting on that table –

Hörst Du das auch oder bin ich verrückt geworden? The last time I heard them was in 1933, they had to leave the country then as I had to. Sie klangen viel blasser auf den Schallplatten damals, Du weißt ja, wie Platten damals klangen, and now they sing as if they were standing right in front of us, ˙in the flesh˙. How is that possible? Modern technology or something? And how did they find their way on to this tape in Johnny's Bar? Have you ever heard of the "Comedian Harmonists"? I can't believe it:

Du bist nicht die Erste,
Du mußt schon verzeihn,
Aber meine Letzte,
Die könntest Du sein –

You are the first one, you are the last one, but where the devil are we, and in what year? Tell me, Doosie.

Do you sleep? In that train rolling through the night? I am getting sleepy, too, die Augen wollen mir zufallen, "it's been a long day". Where is that tap? The tap you found in the street, the faucet, that thing for the rubber tube, das Schlauchdings, Du hast's ja selber mitgebracht und mitten auf den Tisch gelegt, und ich hab's abgezeichnet, ganz bestimmt, auf dem Stück Papier, hier in der Ecke, der Liebermann-Ecke, in der Lederabteilung, Abteilung Emigrantenkoffer, Schokoladenkoffer mit Pappbeinen, echten Pappbeinen, echten, ·genuine·, ganz echten ··genui··

Für *das* Trinkgeld brauchte der Ober aber wirklich nicht – mit dem Siphon hat er mir ins Gesicht gespritzt. Oder hab ich das geträumt, das mit dem Siphon macht man nämlich in Spanien, wenn Leute im Kaffeehaus einschlafen. Ich muß es geträumt haben, bin ganz trocken im Gesicht. Aber hell ist es draußen geworden, the streetlights are out, what time can it be, ich habe immer noch keine Uhr, zeig mir mal Deine.

Almost eight, Doosie. If you wait here, I'll just walk across the Kudamm and see whether Kranzler has opened.

Weißt Du, wozu ich die Linie mit den Pünktchen da unten hinmale? Da schreibe ich "Brötchen" drauf, sobald ich zurückkomme, als Beweis und proof und evidence, daß ich nicht träume. Auch wenn Kranzler noch nicht auf ist, schreibe ich das hin. Oder soll ich abwechslungshalber mal ein anderes Wort hinschreiben? Rate mal, an welches Wort ich denke. Lach nicht, aber fast bin ich soweit. Aussprache für Engländer laut Langenscheidt *'ze:lə,* deutsch: Seele.

You do look sleepy, Doosie, but you'll have time enough to get your thoughts together. Nein, sieht gar nicht strubbelig aus, Dein Haar, laß nur Dein Köpfchen liegen. I'll be off now, I'll wake you up properly, Dich ordentlich wachrütteln, wenn ich zurück bin.

Punktlinie heißt "dotted line", und gleich steht etwas drauf. Wenn sie leer bleibt, dann mußt *Du* mich eben wecken.

. . . .

End and Beginning

Dear Doosie,
ein Lastkraftwagen heißt auf englisch truck oder lorry, wobei "truck" die etwas amerikanischere Variante ist oder zumindest war. Dagegen ist ein *Lieferwagen* sowohl in England wie in Amerika ein "van", und um einen solchen handelt es sich in meinem Fall.

The one thing I can remember is that van, more precisely a baker's van, Bäckerwagen, Brötchenwagen, in the middle of the Kurfürstendamm, and Brötchen lying all around me in the road. Zwar sagen mir die Leute, Brötchen würden in Berlin viel früher geliefert, an Café Kranzler zum Beispiel lange vor acht Uhr morgens, noch dazu am 24. Dezember, ich müsse von etwas ganz anderem überfahren worden sein, und von Brötchen um mich herum keine Rede.

Anyway, that's the only thing I can clearly remember, those Brötchen on the Kurfürstendamm. I don't remember the ambulance nor even my first days in hospital. It must have been after a week or so that I came round for a moment, einen Augenblick wieder zu mir kam, es war vermutlich nach Neujahr. On opening my eyes, the one thing I recognized was a nurse, Krankenschwester or "sjuksköterska", speaking to me in German or in Swedish – I couldn't tell, and then I was gone again. Der weitere Verlauf erinnert mich an eine unserer ersten Begegnungen, wo ich "röntgen", x-ray, "Gipsverband", plaster cast, und "Leiste", groin, mit Dir übte. Remember the Venus of Duden? Wie lange wir uns doch schon kennen.

When I eventually regained full consciousness,

schließlich zu vollem Bewußtsein kam – es war wohl Mitte Januar, mid-January (remember "mid-", please, sehr praktisch) – I found myself plastered all over, eingegipst. I didn't know what was left of my legs nor, for that matter, of my manhood. As for my mental virility, all I knew was that my head was heavily bandaged and felt numb, Aussprache und Bedeutung: *namm*.

Wie diese Sache zeitlich einzuordnen ist, kann ich Dir unmöglich sagen. Auf der einen Seite geschah es unmittelbar nach unserer Nacht in Johnnys Bar, auf der anderen Seite aber finden sich Hinweise auf diesen Brötchenwagen bereits am Anfang unserer Freundschaft, schon kurz nach meiner Ankunft sogar, in unseren allerersten Tagen.

Ich bitte Dich nun, ein Stück Papier zu nehmen und den vorigen Absatz zu übersetzen. Please, Doosie, do so before looking at the lines that follow.

I couldn't possibly tell you how to co-ordinate this chronologically. On the one hand, the thing happened immediately after our night at Johnny's Bar, but on the other hand there were references to that baker's van even at the beginning of our friendship, in fact shortly after my arrival, during our very first days.

This contradiction, Widerspruch, is a matter of pure consideration, Rücksichtnahme, und zwar auf Dich. Du mußt die Freiheit haben, zwischen Phantasie und Wirklichkeit wählen zu können. If you wish to keep my Doosies at a distance, weil Dir diese Geschichten zu hautnah oder auch zu übermütig sind, then the least I can do for you is to give you the freedom to see the whole business as a fantasy, im Gipsverband zusammenphantasiert, cooked up in a plaster cast and written in a hospital bed, possibly in Sweden. (Frankly, I wish I knew myself.) Just choose the alternative you like best, reality or fiction. Mir liegt nämlich daran, Dir bei unserem nächsten Treffen noch einigermaßen annehmbar zu sein.

Which means, ·in plain English·, that I want to see you again.

"Wiedersehen mit Doosie": This time it was I who dictated the ·terms·, der die Bedingungen diktierte, das Wo und das Wie. Next time, to be fair, *you* should be the one to decide the circumstances of our reunion – "reunion" being hardly an adequate translation of that great and untranslatable one-word song, *Wiedersehen.*

Doosie, I can't read your thoughts, I don't know your "terms". But I know this much: you have been very patient with my *Heimweh.* Now that you have made me feel at home, the time has come for me to do something about your *Fernweh.*

Do you agree?

Let's do it then, let's go.

Sollte ich noch ein klein wenig humpeln nach dem Brötchenwagen, würde Dich das stören? Und meine Doosie-Korrespondenz, darf ich sie Dir überlassen? You may answer them as my wife, my daughter, my – – whatever you like.

Verreisen, mit Dir – der Speisewagentraum.

Wie lange willst Du, und wohin?

Eine nähere Absprache über unsere Reiseroute, ·itinerary·, *aitínn-*, wäre schon ein paar Schlußseiten wert, bevor ich mit unserer ersten Reiseseite anfange und Papier einkaufe. Papier! Geliebte, you give me work again! Excuse the exclamation mark, I told you it's un-English, but I can't control myself this time.

Wir hatten ein paar Pünktchenwörter. Please translate "Hinweise", "Bedingungen" –

Ehe ich's vergesse, wo wir gerade bei Pünktchenwörtern sind und uns dem Ende nähern: Solltest Du nach allen unsren Tag- und Nachtübungen immer noch nicht müde sein, Geliebte, so können wir weitermachen: Heaps, *hi—ps*, of our Pünktchenwörter are patiently waiting for you, sobald Du mal in Stimmung für eine Wiederholung bist – *aber kein Zwang, it's* ··*optional*··! Ich wollte Dir die Sache nicht vorher zeigen, ich hätte Dich vielleicht mit zuviel Stoff erdrückt. Deshalb ein bißchen versteckt. It's all inside the jacket, und "jacket" hatten wir bereits: Jacke oder Schutzumschlag, in diesem Fall auf dessen Innenseite.

Wir waren bei unseren heutigen Pünktchen. Please translate "Hinweise", "Bedingungen" (das englische Wort dafür bedeutet außerdem noch "Termini", (Fach-) Ausdrücke, die hatten wir weiß Gott bei Juttas neo-Winestock), und schließlich bitte ich um "Reiseroute", einschließlich Aussprache.

If you don't know the answers, here they are, wir haben beide Reisefieber: references, *réff-*, terms, *töö-*, itinerary, *aitínn-*, und über diesen *ai*-itinerary jetzt.

P.S.

·Not to worry·, Doosie. The twenty-four numbers in this P.S. are no language exercises. That's over, that's behind you. They are suggestions where to go on our trip, and these suggestions are not alternatives – Du kannst sie alle wählen oder einen Teil davon, wir brauchen mindestens ein Dutzend Reiseziele, weil es eine möglichst lange Reise werden soll. Why not a whole year? Wenn schon, denn schon – when already, then already ... NO! – auf englisch scheint es Entsprechendes nur am Galgen zu geben: "You may just as well be hanged for a sheep as for a lamb."

Frankly, your Vivaldi, the Four Seasons, and your words "All of them, please", gave me the idea of taking a whole year, alle Jahreszeiten – ja brachte mich überhaupt erst auf diese ganze Reiseidee. "Die Musik paßt zum Speisewagen", schriebst Du. As if you knew. Als wenn Du wüßtest, daß auch mir eine solche Reise vorzüglich in den Kram paßt, schon als Brötchenwagen-Nachkur – und daß auch mir, im Vertrauen gesagt, ·between you and me and the bedpost·, die Bundesrepublik allmählich ein ganz klein wenig auf die Nerven geht. (Your letter, question No. 2.)

Let's make it a whole year then, OK? I think we have the money. Why shouldn't you, for once, profit from my Doosies? They'll go on buying the old book and, ·hopefully·, this new one. Natürlich, ·if you insist·, wenn Du unbedingt und absolut darauf bestehst, darfst Du die Reise auch ein bißchen mitfinanzieren. I am prepared to give you a couple of hundred dedication slips, "unbekannterweise, but from the bottom of my heart", if you remember. Your contribution-Beitrag can certainly do no harm, ja wird sicher Dein Gewissen auf einer so langen und kostspieligen Reise etwas beruhigen. Im übrigen bist Du eingeladen.

Have you ever heard of Laurence Sterne's "Sentimental Journey" written in the 1760's? So etwas schwebt mir vor, schon dem Wortlaut dieses Titels nach, Dir hoffentlich auch, natürlich wieder englisch-deutsch, denn Englisch kannst Du gut auf einer solchen Reise in fremde Länder gebrauchen. (Möglichst britische Aussprache bitte, nicht amerikanische, sonst werden wir geneppt.) But please don't expect me to be your travel guide: Für Reiseführer sind Buchhandlungen da.

Means of transport: railways (Speisewagen) and airlines. I hope you won't insist on your car.* ·In return·, dafür, I promise that we'll take a taxi whenever we feel like it. For one thing, it's cheaper; for another thing, we both hate ··back-seat drivers·· – I suppose you'll have good use for this word, for instance if you're married: "Rücksitzfahrer", meckernde, verfluchte.

On the other hand you may phone as often as you like, no matter for how long. I'll deduct that from my tax bill, von der Steuer absetzen. (Na schön, Du scheinst hier Prominenzpünktchen zu wollen: ··deduct from the tax bill··.)

Nun gib mir also bitte mindestens ein Dutzend Reiseziele an. Please choose from among the suggestions below and/or add your own.

1. Rome. I have never been there. We might combine this with Sicily, Taormina for instance, and/or Portofino on the Riviera, and stay there for a few weeks. If

* With compliments to the Bundesbahn. Two thousand Deutschmarks won't do this time, ·unlike·, im Gegensatz zu, smaller companies such as *Mon Chéri*. No flowers please. Cash.

you want to see Florence as well, I have nothing against it. (Venice? Rather stuffy-muffig. But Hotel Danieli would be okay, ˙if you insist˙, or Gritti Palace . . .)

2. Athens. Since I learnt Greek in school for six years, I would very much like to show you the town I have never seen and haven't the slightest idea of. (We read Xenophon in school, a general who wrote something about an obscure Persian war.) Let's combine Athens with a stay on some Greek island, preferably in spring. You might like Sikinos, a little island without tourists, where we'll have to ride a mule, *mju—l*, Maultier, to get to the village in the mountains. (Rhodes, *Roudzz,* your *Roh-* or *Róddos,* is doubtful: we might ˙run into˙ Frau Greier-Hoeffner there, and Fräulein Mattjes ("One and You"), and Pepita, the NDR Girl from Honolulu, and the lot. Or do you want us to?)

3. Spain. As you know, I was there as a refugee, because of Hitler. I should love to show you the places I know, Madrid for instance (the ⋯Prado⋯), and that Valencia garage where I worked, and all those ˙humble˙ people, kleine Leute, kleinste, die sind dort (und überall?) die besten. Then we might also see places which *you* may know and may like to show me. Granada, for instance? Or we might amuse ourselves in Germany on Mallorca. The Canaries are another possibility, I have a good friend living on a small island there, a lovely person. We could go and see her if you promise your MCP to wash the dishes. (She is very old, and I am a considerate person, rücksichtsvoll.)

4. Paris – well, I'm not too keen on it, but I would go there for your sake. I would much prefer:

5. Southern France, the Côte d'Azur maybe, and/or Provence. If you wish, we could include a few days in Paris. A nice addition might be the Loire valley or Brittany (Bretagne!). Let's think about it.

6. Israel. I have never been there, and I'd love to go with you. It would be fascinating to form an opinion about that country and my fellow Jews. I am afraid we'll have heated discussions, but why shouldn't we quarrel once in a while? Ein bißchen Zank steigert den Appetit, and I promise we'll have good food. Please, Doosie, include this point in your list.

7. London, Oxford, and a quiet week in Cornwall or up in the North, in Scotland. I know these places. It would be like introducing old friends to you – or mutual friends perhaps, gemeinsame Freunde, if you know these places as well. Incidentally, what about the Glyndebourne Opera Festival? *Glaind*-Glyndebourne is famous for its strawberries and cream eaten sitting in the grass among the daisies, Gänseblümchen mein.

8. Scandinavia. For reasons known to you, I am a little doubtful. But if you insist, we'll have a Scandinavian tour taking in Stockholm, Oslo, Copenhagen – and Uppsala, of course, plus some Nature-*neitsch(e)*. Speaking of Nature, something occurs to me right now: Why don't we spend one or two summer months in a Swedish holiday bungalow? Sweden is a wonderful country – for tourists (and reindeer), and I love *neitsch(e)*, solange wir Nescafé bzw. Jacobs zur Hand haben, plus some cigarettes helping me to ·stand·, aushalten, the fresh air.

9. Cairo, the Nile and the pyramids. Trusting that my publisher sets a high price for this book, I think we'll have the money for one of those de luxe hotels somewhere on the border of the Sahara. Will you marry me if they serve a "continental breakfast" there, with Brötchen?

10. New York, Washington, lovely Vermont (a kind of Thüringen) and, why not, California. I think we'll have enough Doosies by then – not counting cer-

tain moneys from the Bundesbahn, Mon Chéri, Gillette, and, who knows, once more from Reemtsma Ernte 23 – to pay for a ridiculously expensive stay in Hollywood, Beverly Hills or Santa Barbara. If we're ··broke··, pleite, I'll tell you. (··broke··: Bitte keine Angst vor Pünktchenwörtern, es wird nichts mehr verhört.) Anyway, let's ·skip· Las Vegas.

11. A nice little South Sea island? I am against it. But ·by all means· or, as they say in Berlin, ··eh ick mir schla'n lasse . . .··

12. Switzerland. I'd love you to meet some very good old friends. Basel, for instance, that great town which most people merely pass through on their way to some other place. Also we could spend a week or two at Ascona on the Lago Maggiore, together with other famous writers who live there on the alms, *a—ms*, Almosen, from their readers (whom they don't even call Doosies, ungrateful bastards). Wie alt mag übrigens jetzt die berühmte Fede sein, die damals mit ihren bildschönen siebzehn Jahren im – ach! – einzigen Café Asconas Erich Maria Remarque, Ernst Toller, Magnus Hirschfeld (·of all people·) und Deinen Kindskopf bediente? It's easy to figure out: She's well over sixty. (Of course, "Ascona is no longer what it was", to quote-zitieren what I heard already at that time.)

Still 12, Switzerland: Villa Castagnola near Lugano is another possibility – it's such a nice hotel. If you have nothing against double beds, we might get Katia Mann's half for you, and her husband's half for me, myself reading to you all night the *Bekenntnisse des Hochstaplers Felix Krull,* unless, *anléss,* sofern nicht – ·unless· you can suggest something even better for us to do. (There isn't much.) Incidentally, speaking of Swiss lakes such as the Lago di Lugano, why don't we make that journey up to the Gotthard tunnel, moving triumphantly along the Vierwaldstättersee in our Joseph Haydn train? You may remember. (DM 2000 from the Schweizerische Bundesbahnen, payable in Swiss francs.)

13-24. Here are another dozen places and countries which you are invited to suggest instead of – or in addition to – my own suggestions. Maybe you'd like to go to Moscow, for instance, or to Monte Carlo; to Vienna-Wien or Istanbul. I am also prepared to go with you to Tokyo, smoky Pittsburgh, Lourdes ˙of all places˙ ("ausgerechnet", wie gehabt) or wherever you want to go. Cuba? Colmar would be nice – Mathis der Maler, den guten Elsässer Riesling nicht zu vergessen. If you wish, we could also spend some time in Germany – noch gibt es die und den Mosel. Who knows, perhaps you'll suggest Worpswede, which carries memories. Or a certain castle near Baden-Baden? (The Fürstin knows about you.) What about Johnny's Bar, Berlin, *Bölínn*? Well, you may prefer Dresden or Weimar, or you may like to practise your English in Ireland or India... darling, it's all ˙˙up to you˙˙ (remember?).

Falls Du einen Rumtopf, *rúmmtoppf,* hast und überhaupt weißt, was das ist, nimm ihn bitte mit. Two of my Doosies – Ulrike, the Assistant Professor who loved that Antje girl, and Angelika, my Bonn hostess who threw me out – had one. As far as I know it wasn't known in my day. It's delicious, *dilíschß*. Please take it along, at the risk of spoiling your clothes.

But please, don't bring your husband, children, lover, grandmother nor, if you can help it, your dog or cat. If you absolutely must stay with them, I have a good English word for you: be an ˙armchair traveller˙, ein Lehnstuhltourist, and enjoy your trip at home. Wer weiß, vielleicht male ich Dir das schon auf dieses Buch, on the cover of the very book you're holding in your hands: Das Wunder aus Tausendundeiner Nacht: der fliegende Teppich, der Brief, das Mirakel der Briefmarke. Einen großen blauen Himmel möchte ich Dir malen, wolkengetüpfelt, Air Mail. Remember our first letter? That stamp of yours, a meadow plant called "Kümmel"? Remember a book called "Duden", once in lonely Spain and then, from you, on a stamp travelling toward a Berlin letterbox, no longer T.'s?

Geliebte, if you decide to stay at home, don't worry: we can go on that journey, both of us, *provided that, vorausgesetzt daß,* you let me know where you want us to go. Just write down some of my numbers (including No. 6, if possible) and add your own suggestions. Keep it brief, fasse Dich kurz. No Doosie letters, please, dazu kennen wir uns viel zu gut.

You'll be needing my address. It's Arosgatan 29, Uppsala, Sweden.

Falls Du Dich über meine schwedische Adresse wunderst, so tue ich das auch. I don't want to ·mystify· you (unser letztes Pünktchenwort, *mísstifai*), ich will Dir nicht mit Mystifikationen kommen; aber es verhält sich eben mit dieser Adresse etwa so wie mit dem Brötchenwagen: Was Dir nicht paßt und mir danebengegangen ist, das haben wir halt im Exil zusammenphantasiert, und damit basta.

Sie ist sehr schön gewesen, diese Zeit. If only I could give back to you a few hours of those thousand and one you gave me.

I tried to. I shall try again. Ich fange schon wieder zu kritzeln an: A Holiday with ...

Raus aus diesem Buch jetzt. Let's go.

. . . and a pen to write with,
to work with.
You gave me the paper, too
(oder "as well"; aber Vorsicht bei "also":)
You *also* gave me the paper.
You did,
You do,
Geliebte.

The Letters

Der Abdruck folgender Illustrationen erfolgte mit freundlicher Genehmigung der Verlage:

Seite 45: Aus: "The English Duden", 2. Auflage, Seite 45; Bibliographisches Institut AG, Mannheim

Seite 222: Aus: Christian Morgenstern, Gallows Songs and Other Poems; R. Piper & Co Verlag, München

Seite 203: Aus: Kurt Tucholsky, Gesammelte Werke; © Rowohlt Verlag GmbH, Reinbek bei Hamburg, 1960